# CONTEMPORÁNEA

**Manuel Mujica Lainez** nació en Buenos Aires en 1910 y murió en 1984. Escribió más de veinte libros (novelas, cuentos, biografías, poemas, crónicas de viaje y ensayos), entre los que cabe mencionar *Misteriosa Buenos Aires, Los ídolos, La casa, Invitados en el paraíso, Bomarzo, El unicornio, El viaje de los siete demonios, El brazalete* y *El escarabajo*. Varias novelas y cuentos suyos fueron llevados al cine y a la televisión, y el compositor Alberto Ginastera realizó una ópera, hoy legendaria, basada en la novela *Bomarzo*. "Manucho" Mujica Lainez obtuvo múltiples premios por su obra literaria, entre ellos el Premio Nacional de Literatura en 1963 y la Legión de Honor del Gobierno de Francia en 1982. Sus libros fueron traducidos a más de quince idiomas.

Biblioteca

# MANUEL MUJICA LAINEZ

*Misteriosa Buenos Aires*

Con todo mi amor, espero
que lo disfrutes!!

mamá

PD: gracias por hacerme la
mamá mas feliz del
mundo.

MIAMI. ⊞ DeBOLS!LLO U.S.A.

SILVINA MAYO 2006.

Foto de tapa: Ricardo Ceppi

Mujica Láinez, Manuel
   Misteriosa Buenos Aires - 1ª ed. - Buenos Aires : Debolsillo, 2005.
   288 p. ; 19x13 cm. (Contemporánea)

   ISBN 987-566-100-7

   1. Narrativa Argentina I. Título
   CDD A863.

Primera edición: junio de 1964
Trigésima novena edición y primera bajo este sello: noviembre de 2005

IMPRESO EN LA ARGENTINA

*Queda hecho el depósito*
*que previene la ley 11.723.*
© 1964, Editorial Sudamericana S.A.®
*Humberto Iº 531, Buenos Aires.*

www.edsudamericana.com.ar

ISBN 987-566-100-7

Publicado por Editorial Sudamericana S.A.® bajo el sello Debolsillo

*A Ana V., a Ricardo, a Joaquín
a Manuel Cruz, a Bernabela,
a Ximena, a Victoria y a Lucía*

# I

## EL HAMBRE

### 1536

Alrededor de la empalizada desigual que corona la meseta frente al río, las hogueras de los indios chisporrotean día y noche. En la negrura sin estrellas meten más miedo todavía. Los españoles, apostados cautelosamente entre los troncos, ven al fulgor de las hogueras destrenzadas por la locura del viento, las sombras bailoteantes de los salvajes. De tanto en tanto, un soplo de aire helado, al colarse en las casucas de barro y paja, trae con él los alaridos y los cantos de guerra. Y en seguida recomienza la lluvia de flechas incendiarias cuyos cometas iluminan el paisaje desnudo. En las treguas, los gemidos del Adelantado, que no abandona el lecho, añaden pavor a los conquistadores. Hubieran querido sacarle de allí; hubieran querido arrastrarle en su silla de manos, blandiendo la espada como un demente, hasta los navíos que cabecean más allá de la playa de toscas, desplegar las velas y escapar de esta tierra maldita; pero no lo permite el cerco de los indios. Y cuando no son los gritos de los sitiadores ni los lamentos de Mendoza, ahí está el angustiado implorar de los que roe el hambre, y cuya queja crece a modo de una marea, debajo de las otras voces, del golpear de las ráfagas, del tiroteo espaciado de los arcabuces, del crujir y derrumbarse de las construcciones ardientes.

Así han transcurrido varios días; muchos días. No los cuentan ya. Hoy no queda mendrugo que llevarse a la boca. Todo ha sido arrebatado, arrancado, triturado: las flacas raciones primero, luego la harina podrida, las ratas, las

9

sabandijas inmundas, las botas hervidas cuyo cuero chuparon desesperadamente. Ahora jefes y soldados yacen doquier, junto a los fuegos débiles o arrimados a las estacas defensoras. Es difícil distinguir a los vivos de los muertos.

Don Pedro se niega a ver sus ojos hinchados y sus labios como higos secos, pero en el interior de su choza miserable y rica le acosa el fantasma de esas caras sin torsos, que reptan sobre el lujo burlón de los muebles traídos de Guadix, se adhieren al gran tapiz con los emblemas de la Orden de Santiago, aparecen en las mesas, cerca del Erasmo y el Virgilio inútiles, entre la revuelta vajilla que, limpia de viandas, muestra en su tersura el "Ave María" heráldico del fundador.

El enfermo se retuerce como endemoniado. Su diestra, en la que se enrosca el rosario de madera, se aferra a las borlas del lecho. Tira de ellas enfurecido, como si quisiera arrastrar el pabellón de damasco y sepultarse bajo sus bordadas alegorías. Pero hasta allí le hubieran alcanzado los quejidos de la tropa. Hasta allí se hubiera deslizado la voz espectral de Osorio, el que hizo asesinar en la playa del Janeiro, y la de su hermano don Diego, ultimado por los querandíes el día de Corpus Christi, y las otras voces, más distantes, de los que condujo al saqueo de Roma, cuando el Papa tuvo que refugiarse con sus cardenales en el castillo de Sant Angelo. Y si no hubiera llegado aquel plañir atroz de bocas sin lenguas, nunca hubiera logrado eludir la persecución de la carne corrupta, cuyo olor invade el aposento y es más fuerte que el de las medicinas. ¡Ay!, no necesita asomarse a la ventana para recordar que allá afuera, en el centro mismo del real, oscilan los cadáveres de los tres españoles que mandó a la horca por haber hurtado un caballo y habérselo comido. Les imagina, despedazados, pues sabe que otros compañeros les devoraron los muslos.

¿Cuándo regresará Ayolas, Virgen del Buen Aire? ¿Cuándo regresarán los que fueron al Brasil en pos de víveres? ¿Cuándo terminará este martirio y partirán hacia la comarca del metal y de las perlas? Se muerde los labios, pero

10

de ellos brota el rugido que aterroriza. Y su mirada turbia vuelve hacia los platos donde el pintado escudo del Marqués de Santillana finge a su extravío una fruta roja y verde.

Baitos, el ballestero, también imagina. Acurrucado en un rincón de su tienda, sobre el suelo duro, piensa que el Adelantado y sus capitanes se regalan con maravillosos festines, mientras él perece con las entrañas arañadas por el hambre. Su odio contra los jefes se torna entonces más frenético. Esa rabia le mantiene, le alimenta, le impide echarse a morir. Es un odio que nada justifica, pero que en su vida sin fervores obra como un estímulo violento. En Morón de la Frontera detestaba al señorío. Si vino a América fue porque creyó que aquí se harían ricos los caballeros y los villanos, y no existirían diferencias. ¡Cómo se equivocó! España no envió a las Indias armada con tanta hidalguía como la que fondeó en el Río de la Plata. Todos se las daban de duques. En los puentes y en las cámaras departían como si estuvieran en palacios. Baitos les ha espiado con los ojos pequeños, entrecerrándolos bajo las cejas pobladas. El único que para él algo valía, pues se acercaba a veces a la soldadesca, era Juan Osorio, y ya se sabe lo que pasó: le asesinaron en el Janeiro. Le asesinaron los señores por temor y por envidia. ¡Ah, cuánto, cuánto les odia, con sus ceremonias y sus aires! ¡Como si no nacieran todos de idéntica manera! Y más ira le causan cuando pretenden endulzar el tono y hablar a los marineros como si fueran sus iguales. ¡Mentira, mentiras! Tentado está de alegrarse por el desastre de la fundación que tan recio golpe ha asestado a las ambiciones de esos falsos príncipes. ¡Sí! ¿Y por qué no alegrarse?

El hambre le nubla el cerebro y le hace desvariar. Ahora culpa a los jefes de la situación. ¡El hambre!, ¡el hambre!, ¡ay!; ¡clavar los dientes en un trozo de carne! Pero no lo hay... no lo hay... Hoy mismo, con su hermano Francisco, sosteniéndose el uno al otro, registraron el campamento. No queda nada que robar. Su hermano ha ofrecido vanamente, a cambio de un armadillo, de una culebra, de un

11

cuero, de un bocado, la única alhaja que posee: ese anillo de plata que le entregó su madre al zarpar de San Lúcar y en el que hay labrada una cruz. Pero así hubiera ofrecido una montaña de oro, no lo hubiera logrado, porque no lo hay, porque no lo hay. No hay más que ceñirse el vientre que punzan los dolores y doblarse en dos y tiritar en un rincón de la tienda.

El viento esparce el hedor de los ahorcados. Baitos abre los ojos y se pasa la lengua sobre los labios deformes. ¡Los ahorcados! Esta noche le toca a su hermano montar guardia junto al patíbulo. Allí estará ahora, con la ballesta. ¿Por qué no arrastrarse hasta él? Entre los dos podrán descender uno de los cuerpos y entonces...

Toma su ancho cuchillo de caza y sale tambaleándose.

Es una noche muy fría del mes de junio. La luna macilenta hace palidecer las chozas, las tiendas y los fuegos escasos. Dijérase que por unas horas habrá paz con los indios, famélicos también, pues ha amenguado el ataque. Baitos busca su camino a ciegas entre las matas, hacia las horcas. Por aquí debe de ser. Sí, allí están, allí están, como tres péndulos grotescos, los tres cuerpos mutilados. Cuelgan, sin brazos, sin piernas... Unos pasos más y los alcanzará. Su hermano andará cerca. Unos pasos más...

Pero de repente surgen de la noche cuatro sombras. Se aproximan a una de las hogueras y el ballestero siente que se aviva su cólera, atizada por las presencias inoportunas. Ahora les ve. Son cuatro hidalgos, cuatro jefes: don Francisco de Mendoza, el adolescente que fuera mayordomo de don Fernando, Rey de los Romanos; don Diego Barba, muy joven, caballero de la Orden de San Juan de Jerusalén; Carlos Dubrin, hermano de leche de nuestro señor Carlos V; y Bernardo Centurión, el genovés, antiguo cuatralbo de las galeras del Príncipe Andrea Doria.

Baitos se disimula detrás de una barrica. Le irrita observar que ni aun en estos momentos en que la muerte asedia a todos han perdido nada de su empaque y de su orgullo. Por lo menos lo cree él así. Y tomándose de la cuba para no caer, pues ya no le restan casi fuerzas, comprueba que el caballero de San Juan luce todavía su roja cota de armas, con la cruz blanca de ocho puntas abierta como una flor en el lado izquierdo, y que el italiano lleva sobre la armadura la enorme capa de pieles de nutria que le envanece tanto.

A este Bernardo Centurión le execra más que a ningún otro. Ya en San Lúcar de Barrameda, cuando embarcaron, le cobró una aversión que ha crecido durante el viaje. Los cuentos de los soldados que a él se refieren fomentaron su animosidad. Sabe que ha sido capitán de cuatro galeras del Príncipe Doria y que ha luchado a sus órdenes en Nápoles y en Grecia. Los esclavos turcos bramaban bajo su látigo, encadenados a los remos. Sabe también que el gran almirante le dio ese manto de pieles el mismo día en que el Emperador le hizo a él la gracia del Toisón. ¿Y qué? ¿Acaso se explica tanto engreimiento? De verle, cuando venía a bordo de la nao, hubieran podido pensar que era el propio Andrea Doria quien venía a América. Tiene un modo de volver la cabeza morena, casi africana, y de hacer relampaguear los aros de oro sobre el cuello de pieles, que a Baitos le obliga a apretar los dientes y los puños. ¡Cuatralbo, cuatralbo de la armada del Príncipe Andrea Doria! ¿Y qué? ¿Será él menos hombre, por ventura? También dispone de dos brazos y de dos piernas y de cuanto es menester...

Conversan los señores en la claridad de la fogata. Brillan sus palmas y sus sortijas cuando las mueven con la sobriedad del ademán cortesano; brilla la cruz de Malta; brilla el encaje del mayordomo del Rey de los Romanos, sobre el desgarrado jubón; y el manto de nutrias se abre, suntuoso, cuando su dueño afirma las manos en las caderas. El genovés dobla la cabeza crespa con altanería y le tiemblan los aros redondos. Detrás, los tres cadáveres giran en los dedos del viento.

El hambre y el odio ahogan al ballestero. Quiere gritar mas no lo consigue y cae silenciosamente desvanecido sobre la hierba rala.

13

Cuando recobró el sentido, se había ocultado la luna y el fuego parpadeaba apenas, pronto a apagarse. Había callado el viento y se oían, remotos, los aullidos de la indiada. Se incorporó pesadamente y miró hacia las horcas. Casi no divisaba a los ajusticiados. Lo veía todo como arropado por una bruma leve. Alguien se movió, muy cerca. Retuvo la respiración, y el manto de nutrias del capitán de Doria se recortó, magnífico, a la luz roja de las brasas. Los otros ya no estaban allí. Nadie: ni el mayordomo del Rey, ni Carlos Dubrin, ni el caballero de San Juan. Nadie. Escudriñó en la oscuridad. Nadie: ni su hermano, ni tan siquiera el señor don Rodrigo de Cepeda, que a esa hora solía andar de ronda, con su libro de oraciones.

Bernardo Centurión se interpone entre él y los cadáveres: sólo Bernardo Centurión, pues los centinelas están lejos. Y a pocos metros se balancean los cuerpos desflecados. El hambre le tortura en forma tal que comprende que si no la apacigua en seguida enloquecerá. Se muerde un brazo hasta que siente, sobre la lengua, la tibieza de la sangre. Se devoraría a sí mismo, si pudiera. Se troncharía ese brazo. Y los tres cuerpos lívidos penden, con su espantosa tentación... Si el genovés se fuera de una vez por todas... de una vez por todas... ¿Y por qué no, en verdad, en su más terrible verdad, de una vez por todas? ¿Por qué no aprovechar la ocasión que se le brinda y suprimirle para siempre? Ninguno lo sabrá. Un salto y el cuchillo de caza se hundirá en la espalda del italiano. Pero ¿podrá él, exhausto, saltar así? En Morón de la Frontera hubiera estado seguro de su destreza, de su agilidad...

No, no fue un salto; fue un abalanzarse de acorralado cazador. Tuvo que levantar la empuñadura afirmándose con las dos manos para clavar la hoja. ¡Y cómo desapareció en la suavidad de las nutrias! ¡Cómo se le fue hacia adentro, camino del corazón, en la carne de ese animal que está cazando y que ha logrado por fin! La bestia cae con un sordo gruñido, estremecida de convulsiones, y él cae encima y siente, sobre la cara, en la frente, en la nariz,

14

en los pómulos, la caricia de la piel. Dos, tres veces arranca el cuchillo. En su delirio no sabe ya si ha muerto al cuatralbo del Príncipe Doria o a uno de los tigres que merodean en torno del campamento. Hasta que cesa todo estertor. Busca bajo el manto y al topar con un brazo del hombre que acaba de apuñalar, lo cercena con la faca e hinca en él los dientes que aguza el hambre. No piensa en el horror de lo que está haciendo, sino en morder, en saciarse. Sólo entonces la pincelada bermeja de las brasas le muestra más allá, mucho más allá, tumbado junto a la empalizada, al corsario italiano. Tiene una flecha plantada entre los ojos de vidrio. Los dientes de Baitos tropiezan con el anillo de plata de su madre, el anillo con una labrada cruz, y ve el rostro torcido de su hermano, entre esas pieles que Francisco le quitó al cuatralbo después de su muerte, para abrigarse.

El ballestero lanza un grito inhumano. Como un borracho se encarama en la estacada de troncos de sauce y ceibo, y se echa a correr barranca abajo, hacia las hogueras de los indios. Los ojos se le salen de las órbitas, como si la mano trunca de su hermano le fuera apretando la garganta más y más.

15

## II

## EL PRIMER POETA

## 1538

En la tibieza del atardecer, Luis de Miranda, mitad clérigo y mitad soldado, atraviesa la aldea de Buenos Aires, caballero en su mulo viejo. Va hacia las casas de las mujeres, de aquellas que los conquistadores apodan "las enamoradas", y de vez en vez, para entonarse, arrima a los labios la bota de vino y hace unas gárgaras sonoras. Por la ropilla entreabierta, en el pecho, le asoman unos grandes papeles. Ha copiado en ellos, esta mañana misma, los ciento treinta y dos versos del poema en el cual refiere los afanes y desengaños que sufrieron los venidos con don Pedro de Mendoza. Describe a la ciudad como una hembra traidora que mata a sus maridos. Es el primer canto que inspira Buenos Aires y es canto de amargura. Cuando revive las tristezas que allí evoca, Luis de Miranda hace un pucherillo y vuelve a empinar el cuero que consuela. Tiene los ojos brillantes de lágrimas, un poco por el vino sorbido y otro por los recuerdos; pero está satisfecho de sus estrofas. A la larga los fundadores se las agradecerán. Nadie ha pintado como él hasta hoy las pruebas que pasaron.

Espolea al mulo rezongón, casi ciego, casi cojo de tanto trotar por esos senderos infernales, y a la distancia avista, semioculta entre unos sauces, la casa de Isabel de Guevara.

A ésta la quiere más que a sus compañeras. Es la mejor. En tiempos del hambre y del asedio, dos años atrás, se portó como ninguna: lavaba la ropa, curaba a los hombres, rondaba los fuegos, armaba las ballestas. Una maravilla. Ahora es una enamorada más, y en ese arte, también la más cumplida. Luis de Miranda le recitará su poema: ella lo sabrá comprender, porque lo cierto es que los demás se han negado a comprenderlo, como si se empeñaran en echar a olvido la grandeza de sus trabajos.

Al alba se fue con sus rimas a ver al párroco Julián Carrasco, en su iglesuca del Espíritu Santo, la que construyeron con las maderas de la nao Santa Catalina; pero el cura no le quiso escuchar. Demasiado tenía que hacer. Cuatro marineros del genovés León Pancaldo aguardaban a que les oyera en confesión, y esos italianos de tan natural elegancia deben ser de pecado gordo. En el fondo de la capilla se levantaba el rumor de sus oraciones mezclado al tintineo de los rosarios.

De allí, don Luis se trasladó con su manuscrito a visitar al teniente de gobernador Ruiz Galán, quien manda a su antojo en la ciudad con un dudoso poder del Adelantado. El hidalgo tampoco le recibió; estaba durmiendo. Y cuando Miranda llamó a su puerta por segunda vez, le explicaron los pajes que se hallaba en conversación con el propio Pancaldo, discutiendo la compra de sus mercaderías. Pero ¿qué? ¿Nadie podrá atender la lectura de sus versos, los versos en los que narra el hambre que soportaron todos?

Isidro de Caravajal cultivaba su huerta, con ayuda de uno de los italianos, y le despidió para más tarde; a Ana de Arrieta la encontró en el portal de su casa, muy perseguida por tres de los extranjeros melosos, quienes le ofrecían en venta mil tentaciones: cajas de peines, bonetes de lana, sombreros de seda, pantuflos, hasta máscaras, como si en lugar de una aldeana sencilla hubiera sido una rica señora de Venecia.

No había nada que hacer, nada que hacer. Los genoveses, con ser tan pocos, habían logrado lo que los indios no consiguieron: invadir a Buenos Aires. Una semana antes, su nave la Santa María había quedado varada frente a la ciudad. Saltando como monos, los marineros dejaron que se perdiera el casco y salvaron los aparejos, el velamen y las áncoras. Luego se ocuparon, con la misma agilidad

17

simiesca, bajo la dirección de Pancaldo, de transportar hasta la playa los infinitos cofres que la nao contenía y que los comerciantes de Valencia y de Génova destinaban al Perú. Sobre la arena se amontonaron en desorden, como presa de piratería. Había arcones descuartizados y de su interior salían, como entrañas, las piezas de tela suntuosa. La ciudad se inundó de tesoros. Harto lo necesitaba su pobreza. Doquier, aun en las chozas más míseras, apiláronse los objetos nuevos, espejeantes: los jubones, los penachos, las sartas de perlas falsas que decían "margaritas", las balanzas, los manteles, y también los puñales, las espadas, los arcabuces, las candelillas, las alforjas. León Pancaldo los daba por nada, pues nada se le podía pagar. Lo único que exigía era que le firmaran unas cartas de obligación, por las cuales los conquistadores se comprometían a saldar lo adeudado con el primer oro o plata que se les repartiera. Firmaban y firmaban: muchos, sacando la lengua y dibujando penosamente unos caracteres espinosos como enrejado palaciego; los más, con una simple cruz. Y escapaban hacia sus casas, como ladrones, con las pipas de vino, con los barriles de ciruelas, con los jarros de aceitunas, con los quesos de Mallorca. ¡A hartarse, después de tanta penuria!

¿Quién iba a prestar sus oídos a Luis de Miranda, si estaban tan embebecidos por ese juego brujo que, a cambio de unos mal trazados palotes, proveía de cuanto se ha menester?

El mayordomo del Rey de los Romanos andaba más hidalgo que nunca, con su flamante gorro de terciopelo, a la brisa la pluma verde. Pedro de Cantoral mostraba a los vecinos su silla jineta de cuero de Córdoba. ¡Y las mujeres! Las mujeres parecían locas.

Por eso se iba el poeta, en la placidez del crepúsculo, hacia el familiar abrigo de Isabel de Guevara.

Pero allí también había fiesta. Mientras ataba el mulo a un ceibo, rumiando su malhumor, oía el bullicio de las vihuelas y los panderos. ¡Cuánta gente! Jamás se vio tanta gente en el aposento de la enamorada, iluminado con ceras chisporroteantes en los rincones. En un testero, echada sobre cojines, completamente desnuda, está Isabel. Y en torno, como siempre, como en todas partes, los italianos, con sus caras de halcones y sus brazos tostados, ceñidos por el metal de las ajorcas. Miranda les conoce ya. Ése en cuyo sombrero se encarama un mono del Brasil, y que envuelve a la muchacha en un paño de perpiñán multicolor y que la hace reír tanto, es Batista Trocho. Aquel del guitarrón y los dientes deslumbrantes es Tomás Risso; y Aquino aquel otro, aquel que pasa sobre los pechos breves de la muchacha, acariciándola, la lisura de la camisa de Holanda y que le promete tamañas joyas: hasta zapatos de palma y cofias de oro y de seda.

Isabel no para de reír, en el estruendo de las cuerdas, de los panderos y de las voces. Junto a ella, Diego de Leys desgrana collares de cuentas de vidrio. Ha destapado una cazuela de perfumes y le va volcando el líquido delicioso sobre los hombros morenos, sobre la espalda.

Beben sin cesar. ¡Para algo trajo tanto vino español la nave de León Pancaldo! Zapatean los genoveses un baile de bodas e Isabel aplaude.

Por fin logra Luis de Miranda llegarse hasta el lecho. La Guevara le recibe con mil amores y le besa en ambas mejillas.

—Cate su merced —suspira—, cate estos chapines, cate estos pañuelos...

Y los hace danzar, y los agita, relampagueantes y leves como mariposas.

Diego de Leys, el bravucón, borracho como una cuba, no puede soportar tales confianzas:

—¿Qué venís a hacer aquí, don Pecador, con esa cara de duende?

Y le arroja a la faz un chorro de perfume. Las carcajadas de los italianos parecen capaces de volar el techo. Se revuelcan por el suelo de tierra.

Ciego, el poeta saca el espadón y dibuja un molinete terrible. Su vino tampoco le permite conservar el equilibrio, así que gira sobre las plantas como una máquina mortífera. Diego de Leys salta sobre él, aprovechando su ceguera, y le corta el pómulo con el cuchillo. Lanza Isabel un grito agudo. No quiere que le hagan mal, ruega que no le hagan mal:

—¡Por San Blas, por San Blas, no le matéis!

Desnuda, hermosísima, se desliza entre los genoveses que se han abalanzado sobre su pobre amigo. Chilla el mono que el terror encrespa. Pero es inútil. Entre cuatro alzan en vilo al intruso, abren la puerta y le despiden como un bulto flaco. El resto, enardecido por el roce de la enamorada, la ha derribado en los revueltos cojines y se ha echado sobre ella, en una jadeante confusión de dagas, de botas y de juramentos.

Luis de Miranda recoge el manuscrito caído en la hierba. Como ha extraviado en la refriega el pañuelo, tiene que frotarse la herida con el papel. Sube trabajosamente al mulo y regresa al tranco a la ciudad, por la barranca. Llora en silencio.

Una luna inmensa asciende en la quietud del río y su claridad es tanta que transforma a la noche en día espectral, en día azul. Cantan los grillos y las ranas en la serenidad de los charcos y de los matorrales.

El poeta detiene su cabalgadura y queda absorto en la contemplación del ancho cielo. Despliega entonces los folios manchados de sangre, de su sangre, comienza a leer en voz alta:

> *Año de mil y quinientos*
> *que de veinte se decía,*
> *cuando fue la gran porfía*
> *en Castilla...*

Callan los ruidos alrededor. El paisaje escucha la historia trágica que ha vivido. La recuerda el río atento; la recuerdan los algarrobos y los talas. La sangre mana de la cara del lector y le enrojece los versos:

> *Allegó la cosa a tanto*
> *que como en Jerusalén,*

> *la carne de hombre también*
> *la comieron.*
> *Las cosas que allí se vieron*
> *no se han visto en escritura...*

Así leyó Fray Luis de Miranda, para el agua, para la luna, para los árboles, para las ranas y para los grillos, el primer poema que se escribió en Buenos Aires.

## III

## LA SIRENA

## 1541

Corren a lo largo de los grandes ríos, desde las empalizadas de Buenos Aires hasta la casa fuerte de Nuestra Señora de la Asunción, las noticias sobre los hombres blancos, sobre sus victorias y sus desalientos, sus locos viajes y la traidora pasión con que se matan unos a otros. Las conducen los indios en sus canoas y pasan de tribu en tribu, internándose en los bosques, derramándose por las llanuras, desfigurándose, complicándose, abultándose. Las llevan las bestias feroces o curiosas: los jaguares, los pumas, las vizcachas, los quirquinchos, las serpientes pintarrajeadas, los monos, papagayos y picaflores infinitos. Y las transmiten también en su torbellino los vientos contrarios: el del sudeste, que sopla con olor a agua; el polvoriento pampero; el del norte, que empuja las nubes de langostas; el del sur, que tiene la boca dura de escarcha.

La Sirena oyó hablar de ellos hace años, desde que aparecieron asombrando al paisaje fluvial las expediciones de Juan Díaz de Solís y Sebastián Caboto. Por verles abandonó su refugio de la laguna de Itapuá. A todos les ha visto, como vio más tarde a quienes vinieron en la flota magnífica de don Pedro de Mendoza, el fundador. Y ha crecido su inquietud. Sus compañeros la interrogaban, burlones:

—¿Has encontrado? ¿Has encontrado?

Y la Sirena se limitaba a mover la cabeza tristemente.

No, no había encontrado. Se lo dijo al Anta de orejas de mula y hocico de ternera que cría en su seno la misteriosa piedra bezoar; se lo dijo al Carbunclo que ostenta en la frente

22

una brasa; se lo dijo al Gigante que habita cerca de las cataratas estruendosas y que acude a pescar en la Peña Pobre, desnudo. No había encontrado. No había encontrado.

Ya no regresó a la laguna de Itapuá. Nadaba perezosamente, semiescondida por el fleco de los sauces, y los pájaros acallaban el bullicio para oírla cantar.

Va de un extremo al otro de los ríos patriarcales. No teme ni a los remolinos ni a los saltos que levantan cortinas de lluvia transparente; ni al rigor del invierno ni a la llama del estío. El agua juega con sus pechos y con su cabellera; con sus brazos ágiles; con la cola de escamas azules prolongada en tenues aletas caudales color del arco iris. A veces se sumerge durante horas y a veces se tiende en la corriente tranquila y un rayo de sol se acuesta sobre la frescura de su torso. Los yacarés la acompañan un trecho; revolotean en torno suyo los patos y las palomas llamadas apicazú, pero presto se fatigan, y la Sirena continúa su viaje, río abajo, río arriba, enarcada como un cisne, flojos los brazos como trenzas, y hace pensar en ciertas alhajas del Renacimiento, con perlas barrocas, esmaltes y rubíes.

–¿Has encontrado? ¿Has encontrado?

La mofa: ¿Has encontrado?

Suspira porque presiente que nunca hallará. Los hombres blancos son como los aborígenes: sólo hombres. Tienen la piel más fina y más clara, pero son eso: sólo hombres. Y ella no puede amar a un hombre. No puede amar a un hombre que sólo sea hombre, ni a un pez que sea sólo pez.

Ahora nada por el Río de la Plata, rumbo a la aldea de Mendoza. El Gigante le ha referido que unos bergantines descendieron de Asunción, y por los faisanes ha sabido que sus jefes se aprestan a despoblar a Buenos Aires. Precaria fue la vida de la ciudad. Y triste. Apenas han transcurrido cinco años desde que el Adelantado alzó allí las chozas. Y la destruirán.

En la vaguedad del crepúsculo, la Sirena distingue los tres navíos que cabecean en el Riachuelo. Más allá, en la meseta, arden los fuegos del villorrio destinado a morir.

23

Se aproxima cautelosamente. No ha quedado casi nadie en los bergantines. Eso le permite acercarse. Nunca ha rozado como hoy con el pecho grácil las proas; nunca ha mirado tan vecinas las velas cuadradas que tiemblan al paso de la brisa.

Son unos barcos viejos, mal calafateados. La noche de junio se derrumba sobre ellos. Y la Sirena bracea silenciosamente alrededor de los cascos. En el más grande, en lo alto de la roda, bajo el bauprés, advierte una armada figura, y de inmediato se esconde, temerosa de ser descubierta. Luego reaparece, mojado el cabello negro, goteantes las negras pestañas.

¿Es un hombre? ¿Es un hombre armado de un cuchillo? O no... o no es un hombre... El corazón le brinca. Vuelve a zambullirse. La noche lo cubre todo. Únicamente fulgen en el cielo las estrellas frías y en la aldea las fogaradas de quienes preparan el viaje. Han incendiado la nao que hacía de fortaleza, la capilla, las casas. Hay hombres y mujeres que lloran y se resisten a embarcar, y los vacunos lanzan unos mugidos sonoros, desesperados, que suenan como bocinas melancólicas en la desierta oscuridad.

Al amanecer prosigue la carga de los bergantines. Partirán hoy. En lo que fue Buenos Aires, sólo queda una carta con instrucciones para quienes arriben al puerto, aconsejándoles cómo precaverse de los indios y prometiéndoles el Paraíso en Asunción, donde los cristianos cuentan con setecientas esclavas para servirles.

Las naos remontan el río, entre las islas del delta. La Sirena las sigue a la distancia, columpiándose en el vaivén de las estelas espumosas.

¿Es un hombre? ¿Es un hombre armado de un cuchillo?

Tuvo que aguardar a la luz indecisa de la tarde para verle. No había abandonado su puesto de vigía. Con un tridente en la derecha y una rodela embrazada, custodiaba el bauprés del cual tironeaban los foques al menor balanceo. No, no era un hombre. Era un ser como ella, de su casta ambigua, hombre hasta la mitad del cuerpo, pues el resto, de la cintura a los pies, se transformaba en una mén-

24

sula adherida al barco. Una barba rígida, triangular, le dividía el pecho. Le rodeaba la frente una pequeña corona. Y así, medio hombre y medio capitel, todo él moreno, soleado, estriado por las tormentas, parecía arrastrar el navío al impulso de su torso recio.

La Sirena ahogó un grito. Surgieron en la borda las cabezas de los soldados. Y ella se ocultó. Se sumergió tan hondo que sus manos se enredaron en plantas extrañas, incoloras, y el olear se llenó de burbujas.

La noche arma de nuevo sus tenebrosas tiendas, y la hija del Mar se arriesga a arrimarse a la popa y a deslizarse hasta el bauprés, eludiendo las manchas amarillas de los faroles encendidos. A su claridad el Mascarón es más hermoso. Se le sube la luz por las barbas de dios del Océano hacia los ojos que acechan el horizonte.

La Sirena le llama por lo bajo. Le llama y es tan suave su voz que los animales nocturnos que rugen y ríen en la cercana espesura callan a un tiempo.

Pero el Mascarón de afilado tridente no contesta y sólo se escucha el chapotear del agua contra los flancos del bergantín y la salmodia del paje que anuncia la hora junto al reloj de arena.

Entonces la Sirena comienza a cantar para seducir al impasible, y las bordas de los tres navíos se pueblan de cabezas maravilladas. Hasta irrumpe en el puente Domingo Martínez de Irala, el jefe violento. Y todos imaginan que un pájaro está cantando en la floresta y escudriñan la negrura de los árboles. Canta la Sirena y los hombres recuerdan sus caseríos españoles, los ríos familiares que murmuran en las huertas, los cigarrales, las torres de piedra erguidas hacia el vuelo de las golondrinas. Y recuerdan sus amores distantes, sus lejanas juventudes, las mujeres que acariciaron a la sombra de las anchas encinas, cuando sonaban los tamboriles y las flautas y el zumbido de las abejas amodorraba los campos. Huelen el perfume del heno y del vino que se mezcla al rumor de las ruecas veloces. Es como si una gran vaharada del aire de Castilla, de Andalucía, de Extremadura, meciera las velas y los pendones del Rey.

El Mascarón es el único en quien no hace mella esa voz peregrina.

Y los hombres se alejan uno a uno cuando cesa la canción. Se arrojan en sus cujas o sobre los rollos de cuerdas, a soñar. Dijérase que los tres bergantines han florecido de repente, que hay guirnaldas tendidas en los velámenes, de tantos sueños.

La Sirena se estira en el agua quieta. Lentamente, angustiosamente, se enlaza a la vieja proa. Su cola golpea contra las tablas carcomidas. Ayudándose con las uñas y las aletas empieza a ascender hacia el Mascarón que, allá arriba, señala el camino de los tesoros. Ya se ciñe a la ménsula rota. Ya rodea con los brazos la cintura de madera. Ya aprieta su desesperación contra el tronco insensible.

Le besa los labios esculpidos, los ojos pintados.

Le abraza, le abraza y por sus mejillas ruedan las lágrimas que nunca lloró. Siente un dolor dulcísimo y terrible, porque el corto tridente se le ha clavado en el seno y su sangre pálida mana de la herida sobre el cuerpo esbelto del Mascarón.

Entonces se oye un grito lastimero y la estatua se desgaja del bauprés. Caen al río, estrechados en una sola forma, y se hunden, inseparables, entre la fuga plateada de los pejerreyes, de los sábalos, de los surubíes.

## IV

## LA FUNDADORA

### 1580

La vieja carabela y los dos bergantines vienen por el medio del soleado Paraná, con los repobladores de Buenos Aires. Los demás cubren la distancia desde Asunción por tierra, arreando la caballada y los vacunos. Entre tantos hombres –son más de setenta– sólo hay una mujer: Ana Díaz. Las otras bajarán del caserío poco más tarde, cuando la ciudad haya sido fundada de nuevo y comiencen a perfilarse las huertas y a levantarse las tapias. Un mes y estarán allí. Hasta entonces, Ana Díaz será la única mujer.

En el puente de la nao San Cristóbal de Buena Ventura, donde Juan de Garay conversa con los jefes, Ana remienda un jubón azul. Las voces patricias –la de Gonzalo Martel de Guzmán, la de Rodrigo Ortiz de Zárate, la de Alonso de Escobar– suenan en torno, robustas, discutiendo la traza del escudo que se otorgará a Buenos Aires. Ana corta una hebra con los dientes y mira el paisaje de la ribera. Pronto llegarán.

Han partido de Asunción en el mes de marzo; luego hicieron escala en Santa Fe y reanudaron el viaje en mayo, en la segunda quincena. Se les incorporaron algunos hombres, pero ella sigue siendo la sola mujer. Por eso está sentada como una gran señora en el puente de la carabela, entre los hidalgos.

Gonzalo Martel le muestra el diseño torpe de la heráldica: el águila negra de los Ortiz de Zárate y de los Torres de Vera; la cruz de los caballeros calatravos, los aguiluchos hambrientos... Escobar le detalla, dibujando en el aire con las manos, el lugar que ocuparán el Fuerte, la Plaza Mayor y los conventos. Parece, tanto le inflan la boca las palabras espléndidas, que hablara de la catedral de Burgos y de San Lorenzo del Escorial.

Y Ana sonríe.

Juan de Garay le indica la variación del paisaje solitario. A los bosques inmensos, volcados sobre el agua, donde los ojos de los jaguares y los pumas se encendían de noche como luciérnagas, sucedieron las altas barrancas rojas en cuyo flanco se calentaban los yacarés. Ahora empieza la llanura bordeada de sauces. El río se bifurca. Navegan por el Paraná de las Palmas. Dos meses hace que dejaron Asunción.

Los caballeros visten para Ana, que no es bonita ni fea, sus ropas de lujo, y la nave se ilumina con los terciopelos púrpuras y las dagas españolas.

Ana sonríe. Piensa que por la costa, con la gente que avanza al mando de Alonso de Vera y Aragón, a quien dicen "Cara de Perro" por la torva facha, viene su pequeña tropa de vacas y de caballos. No olvida que a principios de ese mismo año de 1580, cuando levantó el estandarte real llamando a la población de Buenos Aires, Garay prometió que distribuiría entre sus acompañantes las yeguas y caballos cimarrones que inundan la pampa. En Buenos Aires se podrá vivir.

Detrás de la carabela, en su estela que se abre en abanico, cabecean los dos bergantines, las embarcaciones menores, las balsas, las canoas. Es una flota diminuta la que marcha río abajo.

Y los señores cuentan sus proezas y se mueven como si bailaran, agitando las plumas de los birretes como crestas de gallo, para que Ana, la labradora, sonría.

El sábado 11 de junio, con harta ceremonia, funda Garay a Buenos Aires, en el nombre del Padre, del Hijo y del Espíritu Santo. Está armado como para un torneo y en su coraza fulgura el sol. Dijérase un caballero andante, un Galaor, un Amadís de Gaula, mientras recorre el descampado, alrededor del árbol de justicia que acaban de erigir. De acuerdo con el rito antiguo, desnuda la espada, corta hierbas y tira unos mandobles terribles, hacia el norte, hacia el sur, hacia el este y hacia el oeste. A su vera aguardan los setenta hombres, algunos de pie y otros de hinojos, con atavíos de fiesta, y entre ellos, henchida la falda crujiente sobre la cual reposan sus manos ásperas, Ana Díaz, la única mujer.

Juan de Garay, tremebundo como un enorme crustáceo de plata, bracea penosamente, mientras repite las fórmulas de la toma de posesión. Alza la visera del yelmo, mira hacia el río triste y hacia el cielo de nubes quietas y sus ojos descansan en Ana, que está rezando por lo bajo.

Y Ana sonríe.

Esa noche se embriagaron los señores y los villanos venidos de Asunción. Casi todos los pobladores eran muy jóvenes y criollos: apenas unos muchachitos que daban vueltas y vueltas, girando alrededor del rollo de justicia como en torno de un tótem. Desde su cámara de la carabela, Ana escucha los cantos hasta muy tarde. Algunos acuden a ofrecerle una serenata con vihuelas. Otros, avanzada la noche, merodean cerca de su habitación, como lobos, porque es la sola mujer y el vino y la fiesta aguzan sus ansias de amar.

Y Ana, tendida en el lecho angosto, cierra los ojos y sonríe.

El general Juan de Garay, cuando repartió los solares, adjudicó uno para Ana Díaz, frente al de Ambrosio de Acosta, el santafesino. Ella se aplicó en seguida a limpiar la maleza. Como es joven y fuerte, se basta para el trabajo. Ordeña las vacas, planta la huerta, cuida las gallinas. En una jaula parlotea el loro que Gonzalo Martel de Guzmán cazó para ella en la arboladura de uno de los bergantines, desafiando el peligro con la capa al viento.

Los mozos la continúan requiriendo, haciendo sonar las espuelas danzarinas. ¿Acaso no es la única mujer? Al atardecer, les oye que rondan su choza, conteniendo la respiración, como lobos.

Hasta que las otras mujeres comienzan a llegar a Buenos Aires. Rodrigo Ortiz de Zárate y Gonzalo Martel son alcaldes, y regidor Alonso de Escobar. Andan muy orondos, la espada al cinto, entre los cercos vagos. La aldea se ha llenado de mujeres de ojos verdes y negros, morenas y blancas. Cuando los señores topan en su camino con Ana Díaz, arqueada por el peso de los cubos de agua, la saludan apenas.

Los mozos van del brazo de mestizas de pelo lacio. A veces se esconden detrás de un algarrobo y las besan y les muerden el cuello. Sacude a Buenos Aires un estremecimiento de pasión.

Ana riega su huerta bajo el chillido de los teros o el largo grito de los chajaes. Recuerda a Juan de Garay, alzando la visera relampagueante y brindándole la ciudad con una inclinación cortesana del busto de hierro, como si fuera una flor.

Se frota las manos que la tierra oscurece, y sonríe.

## V

## LA ENAMORADA DEL PEQUEÑO DRAGÓN

### 1584

Inés, mestiza de la casa de don Rodrigo Ortiz de Zárate, corre en pos del amo para observar a los tres prisioneros que avanzan entre picas y espadas desnudas. Tan corpulento es su señor que no le deja ver cuanto quisiera. Además, la reverberación que irisa de escamas el río la obliga a hacer visera con la mano. Los tres hombres se aproximan lentamente, hendiendo el grupo de curiosos. Ahora sí, ahora puede detallarles a su gusto. Se han detenido ante el teniente de gobernador, a pocos metros. Dos de ellos llevan las barbas crecidas, sucias, espinosas, sobre las ropas desgarradas; el otro, lampiño, parece un adolescente. Una masa de pelo color de miel le cae sobre el rostro y a cada instante la aparta con un movimiento brusco de la cabeza: entonces la cara se le ilumina con la luz de los grandes ojos celestes. Inés no vio jamás ojos como ésos. La gente de aquí los tiene renegridos, tenebrosos, o de un verde profundo. Los de Isabel son así, verdes como piedras verdes, como cristales verdes.

El menor se adelanta y hace su reverencia, la diestra en la cintura. A la legua se le advierte el señorío, a pesar del traje miserable cuyos jirones dejan transparentar, en las piernas y en el pecho, su carne justa, ceñida, tostada por el sol. Don Rodrigo tose por dignidad y le interroga: ¿Quiénes son? ¿De dónde vienen? Alza el muchacho la mano delgada y responde en lengua extranjera, gutural. El hidalgo se impacienta. Detrás, las mujeres atisban y los hombres del pueblo comentan por lo bajo. Extiéndese alrededor la cha-

31

tura de Buenos Aires, con unas contadas casucas, con unas huertas, con algún árbol, asomado sobre las tapias. En el río se balancea la canoa indígena en la cual llegaron los forasteros. Por fin hay uno que entiende a medias ese idioma y que explica al funcionario del Rey: los recién venidos son ingleses y el capitán que los encabeza se llama John Drake.

Demúdase Ortiz de Zárate y se le marca en la frente la lividez de la cicatriz:

–¿Drake? ¿Dráquez? ¿Cómo el pirata Francisco Dráquez?

Torna a parlamentar el intérprete y con mil dificultades traduce: el joven es sobrino de Sir Francis Drake, corsario de la Reina Isabel de Inglaterra. Lo mismo que sus compañeros, se ha fugado a través del río, por milagro, en esa frágil canoa. Los charrúas les tuvieron presos durante trece meses.

Lo único que al teniente de gobernador importa es que sus obligados huéspedes sean súbditos de la soberana herética. Se mesa las barbas patricias y exclama: ¡Herejes!

–¡Herejes! ¡Herejes! –chilla una mujer que le ha oído, y entre los mirones corre un estremecimiento.

–Habrá que avisar al Adelantado, a Charcas, y a los señores inquisidores, en Lima.

Don Rodrigo Ortiz de Zárate da la orden de marcha. Va caviloso. Es hijo del Cerero Mayor de la Emperatriz y no juega con las cosas que atañen a la religión. Le siguen, custodiados, los tres piratas. Chisporrotean las alabardas, como si fueran de fuego. Cuando pasan junto al rollo de justicia, donde los criminales son expuestos al escarnio público, Ortiz de Zárate titubea. No sabe si debe hacerles encadenar allí, pero recapacita que ésos son asuntos que incumben a autoridad más alta, y se interna con la comitiva en la ciudad. A la zaga, discuten los vecinos.

–A estos luteranos –dice uno– hay que hacerles arder como paja.

Dispone don Rodrigo que por ahora les encierren en la casa que Pablo de Xerez hace construir frente a la suya, en el solar que Garay le asignara dentro de los repartimientos de la fundación. Ya hay en pie dos habitaciones y una tiene una pequeña ventana dividida en cruz. Allí quedará el sobrino del Dráquez, el sobrino del Dragón, como le llaman en América. A los otros se les señalará por cárcel la habitación contigua.

Inés, la mestiza, ha permanecido inmóvil mientras se aleja la tropa. Aunque se empeñara, no podría moverse. En sus dieciséis años, nunca ha sentido tan confusa emoción. ¡Cómo se asombrarían los muchachos que sin cesar la requieren de amor, si consiguieran leer en su ánimo! Para ellos es la esquiva, la secreta, la que no se da.

Inés está como hechizada. Por más que baja los párpados, la tiniebla se aclara con las llamas del pelo de John. Le ve en todas partes, volandero, como una madeja que se enreda a los cercos de tunas y que envuelve con su trama fina las fachadas pobres. Ella misma siente, tras los ojos cerrados, que la hebra de oro y miel gira y se enrosca en torno de sus piernas firmes, de su cintura escurridiza, de sus pechos nuevos, y asciende hasta su boca. No acierta a moverse, maniatada, desconocida. Drake se ha vuelto a mirarla, una vez.

En el patio del teniente de gobernador, mientras don Rodrigo garabatea sus cartas altisonantes para don Juan Torres de Vera y Aragón, el Adelantado, y para el Tribunal del Santo Oficio del Perú, Inés ha escuchado muchos pormenores de la vida del joven corsario. Los relatos la hacen soñar. Es cosa de maravillarse, pensar que en tan cortos años haya corrido tantas aventuras.

Fue de los que dieron la vuelta al mundo, con Sir Francis; de los que apresaron paños de Holanda en las Islas de Cabo Verde, y vino en Valparaíso, barras de plata en Arica, sedas y jubones en el Callao y más y más oro en los puertos del Pacífico, a punta de espada; de los que recibieron parte en la distribución de vajillas lujosas; de los que navegaron por los mares de monstruos que bañan a las Islas del Maluco y fueron de allí a Guinea y a Sierra Leona, trocando el metal por clavo de olor, por pimienta y por

33

jengibre. Al oír las narraciones fabulosas, parécele a Inés que los galeones avanzan por la plaza de Buenos Aires, amenazadores los leopardos en las banderas, inundándolo todo con el perfume de las especias exóticas. Y eso no bastó. Después de que la Reina Isabel armó caballero a Sir Francis, John volvió al océano a las órdenes de Edward Fenton. Comandaba una nave. ¡Y sólo cuenta veinte años! En la boca del Río de la Plata, los bancos de arena les cerraron el paso. Una noche, arrastrado por la tormenta, el patache de John Drake se alejó del resto de la armada. Tras de bogar a la deriva se hundió frente a la costa. Los marineros ganaron la playa a nado y allí les descubrieron los charrúas a causa del humo de las fogatas. Más de un año les privaron de libertad, con la duda constante de cuándo les devorarían. Por fin lograron huir John Drake, Richard Farewether, su piloto, y Daclos, otro luterano.

Inés se dice que aunque John no fuera sobrino del Dragón famoso, aquel cuyo azote fue anunciado por la aparición de un cometa; aunque no hubiera andado por tierras de tanto sacrificio; aunque no hubiera metido los brazos hasta el codo en el oro y las perlas, lo mismo la hubiera subyugado así. Sabe ya que le ama sin razón y sin fortuna, desesperadamente, que le ama por esa masa de pelo que para ella brilla más que el oro de los cofres, por sus piernas largas y nerviosas, por ese mirar.

Dos soldados vigilan la puerta de la casa de Xerez que guarda a los cautivos. Durante el día, los vecinos la rondaron. ¡Hay tan poco que hacer en Buenos Aires! Buscan de espiar hacia el interior, como si fuera aquella una jaula de animales raros. Y raros son, en verdad: ingleses, piratas y heréticos. Deberían tener cuernos y pezuñas. Los disimularán. El mocito que los manda disfraza los cuernos, de seguro, debajo de tanto pelo de miel.

Al atardecer Inés se acerca. Los soldados la conocen. Uno la requiebra, pero no la dejan llegarse, como hubiera deseado, hasta la ventana en cruz. Órdenes del señor Ortiz de Zárate. Se aposta, pues, al otro lado de la calle, a la sombra del alero de su amo, allí donde un sauce vuelca torrentes negros y la oculta. Y mira y mira, angustiada. Minutos después, la ventana se ilumina. Es que él está ahí, dorado como los dioses que se alzan, esculpidos, en las proas de las galeras. Y la ha visto también. Ha visto, a diez metros, la silueta de una mujer graciosa, toda trenzas y ojos verdes y boca frutal. Más de una hora quedan el uno frente al otro. No pueden hablarse y si se hablaran no se comprenderían. Sólo pueden mirarse y callar, él subido en un escaño por lo alto de la abertura. En el medio, por la calle de barro, se persiguen las gallinas grises y los patos solemnes, redondos.

Don Rodrigo Ortiz de Zárate ha anunciado que los prisioneros partirán para Santa Fe, en el plazo de cinco días, a que se les tome declaración jurada, y que de allí seguirán viaje al Paraguay.

¡Cinco días! Inés llora echada de bruces en su cuja. Llora con el cabello destrenzado. Su sangre dormida hasta hoy clama por el corsario adolescente. En su inocencia, no define qué le pasa. Lo único que sabe es que quisiera más que nada, más aún que poseer el broche de rubíes de su señora doña Juana de la Torre, tener ahí con ella al pequeño Dragón y estrecharle contra el pecho. Le duele el pecho de amarle así.

John Drake también la recuerda. En los días transcurridos desde su arribo a Buenos Aires, se ha esforzado en no pensar en otra cosa. Se convence, con argumentos apasionados, para diluir el miedo, que si por algo le importa que lo saquen de allí y le envíen hacia el norte y hacia las misteriosas torturas inquisitoriales, que los predicadores de la corte inglesa describen con tal minucia, es porque tendrá que dejarla, porque ya no la volverá a ver, elástica, aceitunada, a la sombra familiar del sauce antiguo. Se revuelve como un cachorro de león en su cárcel diminuta. No quiere darse tiempo para otras memorias, ni siquiera para aquélla, fascinante, que le muestra a la Reina Isabel en el esplendor barroco de su falda rígida, titilante de joyas, y a él de hinojos, detrás de Sir Francis, oscilándole una perla en el lóbulo izquierdo, al cuello el collar de esmalte y oro macizo. La Reina les estira la mano a besar... ¡Pero no, no quiere pensar en eso, ni en los arcones abiertos, colmados hasta el tope de cálices, de incensarios, de casullas y de aguamaniles que centellean! Ni tampoco en el Támesis sereno, que fluye entre castillos, tan distinto de este río de maldición; ni evocar la estampa feliz de los perrazos de Lancashire y de los galgos esbeltos, cuando disparan entre el alegre clangor de las trompas; ni el bullicio de las riñas de gallos, con la elegancia de los gentileshombres que arrojan escarcelas de monedas sonoras; ni los duelos y el jubiloso escapar embozado, ante los faroles de la guardia; ni los jarros desbordantes de cerveza, que se alzan hacia las vigas de las hosterías, en los coros de los brindis... Nada... nada... Nada: ni pensar en las islas remotas, amodorradas bajo las palmeras y los árboles de alcanfor. Otras mujeres ha conocido, muchas otras, sumisas como esclavas entre sus brazos... Y no quiere pensar en ellas, ni en nada, ni en Sir Francis sobre todo, su verdadero rey, su auténtico dios, a quien ve, en un relámpago, con un fondo de mascarones pintados y de velámenes hermosos como cuerpos de mujer. No, no quiere... Sería terrible pensar en esas cosas y en las cosas del mañana, las que se agazapan, camino del Perú, donde le colgarán por los pulgares en una cámara subterránea y le abandonarán hasta que se pudra. Es necesario olvidarlas para no enloquecer. No hay que guardar en la mente más imagen que la de la mestiza que diariamente, cuando se insinúa la noche, acude a su apostadero, frente a la ventana. Eso sí, eso es una realidad bella y dolorosa, y lo demás son sueños.

Tres días; no restan más que tres días. Inés ha resuelto que esta noche hablará con él, aunque no le entienda. Su amor la transfigura. La muchacha tímida, recelosa, está pronta a correr cualquier riesgo. Corta un racimo de uvas, en la viña de la huerta, y cruza con él la calle. Lo muestra

36

de lejos a los soldados, quienes se encogen de hombros: ¡Para el prisionero!

Después de todo, poco falta para que los ingleses abandonen a Buenos Aires.

Ahora están frente a frente, separados por el muro: de un lado John Drake, todo luz; del otro Inés, toda sombra. Ella se empina, porque la ventana está muy alta, y tiende el racimo. Él se encarama en el escabel, pero en lugar de tomar la fruta, se aferra a la muñeca de la mestiza. Las uvas ruedan para el suelo. La muchacha, aplastada contra la pared, siente la aspereza de la tapia mojada de rocío, punzándole los pechos y el vientre. El pirata habla atropelladamente, jadeando, y ella advierte, en el borbotón de palabras desconocidas, el tono de ruego angustiado. A poca distancia, sobre su cabeza, se enciende el pelo sutil que se muere por acariciar. Drake guarda silencio; sólo se oye su respiración anhelosa. Le suelta el brazo y de un manotón lanzado en la noche, ciego, le arranca el vestido tenue y descubre un hombro moreno. Esa fruta sí; a esa fruta sí la quisiera, que debe ser tibia y lisa y dulce.

Pero ya se aproximan los soldados con los arcabuces, e Inés huye hacia la casa de don Rodrigo. Mañana, las gallinas picotearán en el fango, sorprendidas por el inesperado banquete, las primeras uvas del señor Ortiz de Zárate.

Inés no ha regresado durante dos días a la tapia desde la cual suele atisbar al preso. Doña Juana de la Torre se ha enterado, por chismes de las esclavas que hilan en sus ruecas, de que la mestiza llevó un regalo de su fruta al capitán cismático, y la ha amenazado con decírselo al teniente de gobernador si se repite el episodio. Es muy piadosa; a la Reina de Inglaterra la llama "la Diabla"; se persigna tres veces antes de acurrucarse en el lecho marital.

La muchacha solloza en su habitación. ¡Mañana, mañana mismo, el pequeño Dragón se esfumará para siempre! No le verá y los días transcurrirán, monótonos, entre los rezongos de don Rodrigo y la charla mareante de los esclavos. Se pasa la mano, suavemente, sobre el hombro.

37

Cierra los ojos e imagina que es él quien la roza con los dedos de filosa delgadez. Aguarda a oír los ronquidos de su amo y sale.

Es noche de luna llena; la embalsama el aire liviano. La ciudad reposa. A veces, el chillido de una lechuza solitaria ahonda la quietud. Los soldados velan delante de la puerta de Pablo de Xerez. Ortiz de Zárate es muy riguroso: no vayan a volársele los pájaros, cuando les tienen lista la jaula en Asunción del Paraguay.

Inés corre hacia su refugio, bajo el sauce, en puntas de pie. Los carceleros no notan su presencia. Chista muy bajito y en seguida surge en la ventana la cara de John. Nunca le ha parecido tan hermoso a la mestiza, nunca tan leve el pelo de oro. La luna lo enciende en la cruz de los barrotes.

La niña da un paso, dos, tres, hasta que el resplandor lunar se vuelca sobre ella como un torrente de plata. Desprende entonces su vestido y lo deja caer despacio, con un ademán ritual. Queda completamente desnuda ante el infiel. John Drake muerde el barrote. Inés le brinda lo que puede brindarle, lo único que puede brindarle: esa desnudez de sus dieciséis años celosos; todo lo que tiene.

El pirata, deslumbrado, lanza un grito. Los soldados ven, un segundo, la forma ágil, saltarina, que desaparece. Y en la ventana, los ojos celestes, dilatados.

Al alba, a caballo, con escolta, John Drake, Richard Farewether y Daclos, partieron para Asunción, etapa en su rumbo al Santo Oficio de Lima.

## VI

## EL LIBRO

### 1605

—¡Un par de pantuflos de terciopelo negro!

El pulpero los alza, como dos grandes escarabajos, para que el sol destaque su lujo.

Bajo el alero, los cuatro jugadores miran hacia él. Queda el escribano con el naipe en alto y exclama:

—Si gano, los compraré.

Y la hija del pulpero, con su voz melindrosa:

—Son dignos del pie del señor escribano.

Éste le guiña un ojo y el juego continúa, porque el flamenco que hace las veces de banquero les llama al orden.

—¡Doce varas de tela de Holanda! ¡Dos sobrecamas guarnecidas, con sus flocaduras!

A la sombra del parral, Lope asienta lo que le dictan, dibujando la bella letra redonda.

Están en el patio de tierra apisonada. A un lado, en torno de una mesa que resguarda el alerillo, cuatro hombres —el molinero flamenco, el escribano, un dominico y un soldado— prueban la suerte al lansquenete, el juego inventado en Alemania en tiempos de Carlos V o antes aun, cuando reinaba su abuelo Maximiliano de Habsburgo, el juego que las tropas llevaron de un extremo al otro de los dominios imperiales. Más acá, cerca de la parra, la hija del pulpero se ha ubicado en una silla de respaldo, entre dos tinajones. Es una muchacha que sería bonita si suprimiera la capa de bermellón y de albayalde con los cuales pretende realzar su encanto. Entre tanta pintura ordinaria, brillan sus ojos húmedos. Viste una falda amplísima, un verduga-

39

do, cuyos pliegues alisa con las uñas de ribete negro. Sobre el pecho, bajo la gorguera, tiemblan los vidrios de colores de una joya falsa. Su padre, arremangado, sudoroso, trajina en mitad del patio. Un negro le ayuda a desclavar las barricas y las cajas, de donde va sacando las mercaderías que sigilosamente desembarcaron la noche anterior. Son fardos de contrabando venidos de Porto Bello, en el otro extremo de América. Se los envió Pedro González Refolio, un sevillano. Buenos Aires contrabandea del gobernador abajo, pues es la única forma de que subsista el comercio, así que el tendero apenas recata el tono cuando dicta:

—¡Arcabuces! ¡Siete arcabuces!

El soldado gira hacia él. Se le escapan los ojos tras las armas de mecha y las horquillas. Protesta el banquero:

—¡A jugar, señores!

Y baraja los naipes cuyo as de oros se envanece con el escudo de Castilla y de León y el águila bicéfala.

—¡Una alfombra fina, de tres ruedas! ¡Cuatro sábanas de Ruán!

Lope sigue apuntando en su cuaderno. Ni el pulpero ni su hija saben escribir, de modo que el mocito tiene a su cargo la tarea de cuentas y copias. Se hastía terriblemente. La muchacha lo advierte; abandona por un momento el empaque y, con mil artificios de coquetería, se acerca a él. Le sirve un vaso de vino:

—Para el escritor.

El escritor suspira y lo bebe de un golpe. ¡Escritor! Eso quisiera ser él y no un escribiente miserable. La niña le come con los ojos. Se inclina para recoger el vaso y murmura:

—¿Vendrás esta noche?

El adolescente no tiene tiempo de responder, pues ya está diciendo el pulpero:

—Aquí terminamos. Una... dos... tres... cinco varas de raso blanco para casullas...

Las ha desplegado mientras las medía y ahora emerge, más transpirado y feo que nunca, entre tanta frágil pureza que desborda sobre las barricas.

40

–Y esto, ¿qué es?

Levanta en la diestra un libro que se escondía en lo hondo de la caja. Azárase el mercader:

–¿Cómo diablos se metió esto entre los géneros?

Lo abre torpemente y como las letras nada le transmiten, lo lanza por los aires, hacia los jugadores. El escribano lo caza al vuelo. Conserva los naipes en una mano y con la otra lo hojea.

–Es una obra publicada este año. Miren sus mercedes: Madrid, 1605.

Se impacienta el banquero, a quien acosan los mosquitos:

–¿Qué se hace aquí? ¿Se lee o se juega?

Por su izquierda, hace cortar al dominico la baraja.

El fraile toma a su vez el libro (no es mucho lo que contiene: algo más de trescientas páginas), y declara, doctoral:

–Acaso sea un peligroso viajero y convenga someterlo al Santo Oficio.

–Nada de eso –arguye el dueño de la pulpería–. Luego se meterían en averiguaciones de cómo llegó a mis manos.

Y el soldado: –No puede ser cosa mala, pues está dedicado al Duque de Béjar.

El escribano se limpia los anteojos y resopla:

–Para mí no hay más duque que el Duque de Lerma.

Allí se echan todos a discutir. Bastó que se nombrara al favorito para que la tranquilidad del patio se rompiera como si en él hubieran entrado cien avispas. Por instantes el tono desciende y los personajes atisban alrededor. Es que el pulpero, irritado, ha dicho que el señor Felipe III es el esclavo del duque y que ese hombre altivo gobierna España a su antojo. Sobre las voces distintas, crece la del molinero:

–¿Jugamos? ¿Jugamos, pues?

La niña palmotea desde su silla dura y aprovecha la confusión para dirigir a Lope miradas de incendio.

–¡Haya paz, caballeros! –ruega el dominico–. He estado recorriendo el comienzo de este libro y no me parece que merezca tanta alharaca. Es un libro de burlas.

Menea la cabeza el escribano:

—¿Adónde iremos a parar con las sandeces que agora se estampan? Déme su merced algo como aquellos libros que leíamos de muchachos y nos deleitaban. *Las Sergas de Esplandián*...

—*Lisuarte de Grecia*...

—*Palmerín de Oliva*...

Los jugadores han quedado en silencio, pues la evocación repentina les ha devuelto a su juventud y a las novelas que les hacían soñar en la España remota, en la quietud de los caseríos distantes, de los aposentos provincianos donde, a la luz de la lumbre, los guerreros fantásticos se aparecían, con una dama en la grupa del caballo, pronunciando maravillosos discursos en el estruendo de las armas de oro.

Sólo el molinero de Flandes, que nunca ha leído nada, insiste con su protesta:

—Si no se juega, me voy.

Sosiéganse los demás.

—Mejor será que lo demos a Lope —resume el escribano—. A nosotros ya nada nuevo nos puede atraer, pues hemos sido educados en el oficio de las buenas letras. Señores, se pierde la raza. Empieza la época de la estupidez y de la blandura. ¡Ay, don Duardos de Bretaña, don Clarisel, don Lisuarte!

El pulpero suelta una carcajada gorda y alinea los arcabuces bajo la parra.

—¡Otra vuelta de vino de Guadalcanal! Y el libro, casi desencuadernado por los tirones, aletea una vez más por el aire, hacia el muchacho meditabundo que afila su pluma.

Ahora la casa duerme, negra de sombras, blanca de estrellas infinitas. La muchacha, cansada de aguardar a su desganado amante, cruza el patio de puntillas, hacia su habitación. Espía por la puerta y le ve, echado de bruces en el lecho. A la claridad de un velón, está leyendo el libro, el maldito libro de tapas color de manteca. Ríe, ensimismado, a mil leguas de Buenos Aires, del tendero, del olor a frutas y ajos que inunda la casa.

No lo puede tolerar el orgullo de la hija del pulpero. Entra y le recrimina por lo bajo, con bisbiseo afanoso, de miedo de que su padre la oiga:

—¡Mala entraña! ¿Por qué no has venido?

Lope quiere replicarle, pero tampoco se atreve a levantar la voz. Sucédese así un diálogo ahogado, entre la niña cuyos rubores pugnan por aparecer bajo la máscara de bermellón, y el mocito que se defiende con el volumen, como si espantara moscas.

Por fin, ella le quita el libro, con tal fiereza que deja en sus manos las tapas de pergamino. Y huye con él apretado contra el seno, rabiosa, hacia su cuarto.

Allí, frente al espejo, la presencia familiar de las alhajas groseras, de los botes de ungüento y de los peines de asta y de concha, la serena un poco, aunque no aplaca la fiebre de su desengaño. Comienza a peinarse el cabello rubio. El libro permanece abandonado entre las vasijas. Habla sola, haciendo muecas, apreciando la gracia de sus hoyuelos, de su perfil. Le enrostra al amante ausente su indiferencia, su desamor. Sus ojos verdes, que enturbian las lágrimas, se posan sobre el libro abandonado, y su cólera renace. Voltea las páginas, nerviosa. Al principio hay algunas en que las líneas no cubren el total del folio. Ignora que son versos. Quisiera saber qué dicen, qué encierran esas misteriosas letras enemigas, tan atrayentes que su seducción pudo más que los encantos de los cuales sólo goza el espejo impasible.

Entonces, con deliberada lentitud, rasga las hojas al azar, las retuerce, las enrosca en tirabuzón y las anuda en sus rizos dorados. Se acuesta, transformada su cabellera en la de una medusa caricaturesca, entre cuyos bucles absurdos asoman, aquí y allá, los arrancados fragmentos de *Don Quijote de la Mancha*. Y llora.

## VII

## LAS ROPAS DEL MAESTRO

### 1608

Por la abierta ventana entran las bocanadas del calor de diciembre. En sus escaños duros, amodorrados por el sopor de la hora, los alumnos escriben de mala gana. Se oye el rasgueo de las plumas lentas. De tanto en tanto, uno levanta la cabeza y cuenta con los dedos. Los hay de ocho años, de diez, de doce; el mayor, que pronto cumplirá catorce, es Juan Cordero, hijo del herrero portugués. Zumban las moscas.

El maestro Felipe Arias de Mansilla parece casi de la edad de Juan. Por más que frunce el ceño para darse empaque, sus diecinueve años se acusan en sus mejillas sin sombra de barba y en la delgadez y torpeza de sus miembros adolescentes. Camina entre los niños, la palmeta apretada en una mano. Sus ojos van de la ventana, detrás de la cual, en el descampado, crepita el sol, a la habitación vecina, que comunica sin puerta alguna con el aula. Ambos cuartos son muy modestos. El que los alumnos ocupan no posee más muebles que los escaños toscos y un tablón que sirve de mesa al maestro. En la fresca oscuridad del otro se desdibuja al fantasma del lecho pequeñito y sobre él, puestas en tal orden que se diría que un gran señor está durmiendo la siesta, extiéndense sus ropas flamantes, las que le entregaron esta mañana y todavía no estrenó.

Felipe Arias de Mansilla se acerca a ese aposento. Le brilla el mirar cuando contempla su ajuar intacto. Lo ha pagado hoy mismo. Fueron diez sonoros pesos los que emigraron de su bolsillo al de Sebastián de la Vega por el traje entero, con ropilla y capa. Los zapatos le costaron un peso más. Se endeudó para conseguirlos. No le resta ni una monedica ni la más flaca esperanza de crédito. Pero no le importa: ya son suyas las ropas que quería. Una hora después, cuando regrese del Cabildo, vestirá esas prendas de raja de Segovia con mangas jironadas, que aunque no fueron cortadas en el paño mejor lucirán sobre él a las maravillas. Beatriz no le volverá a ver con esta traza de pobre diablo. Eso quedará para los alumnos.

¡Cuántos sacrificios implicó la compra! Sebastián de la Vega le repitió que su jerarquía de sastre examinado en Madrid –lo dijo como si hubiera cursado universidades– le impedía rebajar ni un maravedí siquiera. Además le recordó que el arancel fijado por el Ayuntamiento se lo vedaba. ¡Y Felipe cuenta con un sueldo tan mísero! Cuando los cabildantes aceptaron su propuesta de enseñar a los niños, en julio pasado, acordaron que lo haría a cambio de cuatro pesos y medio para los que aprendieran a leer y nueve para los alumnos de escritura. Y eso, no mensualmente, sino al cabo del año.

Felipe se toca con las puntas de los dedos los codos, raídos; se mira la calza remendada y la otra, sin remendar, por la cual asoma su rótula filosa, muy blanca, de muchacho. Esto ya se acabó, felizmente. Beatriz, que en invierno gasta doce enaguas bajo el guardainfante y siete en verano, no se avergonzará más de él. Hoy podrá presentarle a su madre, tan huesuda, tan orgullosa, tan terriblemente principal. Como viste ahora no osaría penetrar en su estrado que perfuman las hierbas aromáticas de los braseros. Ni Beatriz se hubiera atrevido tampoco a llevarle allí, aunque es algo deudo del señor Hernando Arias de Saavedra.

–¡Beatriz! ¡Beatriz!

(Beatriz es como un pájaro, Beatriz es como una flor, Beatriz es como el río las noches de luna.) Tan feliz se siente, tan lleno de burbujas de alegría, que no puede contenerse y azota al aire con la palmeta. El estallido vibrante sorprende a los niños que alzan las cabezas pesadas. Felipe

45

Arias de Mansilla gira sobre los talones, severo, y ellos regresan a la melancolía de las restas y de las sumas. Pero el maestro no consigue permanecer así, ahogado por las emociones, sin comunicarlas. Estallaría. Sus ojos bailoteantes se posan sobre los de Juan Cordero y le sonríe.

A este morenito medio portugués le quiere de verdad. Antes de conocer a Beatriz, dos meses atrás, salían juntos los domingos y los días de fiesta. Iban al río, de pesca, y si bien solían traer por todo trofeo algunos bagres pinchudos, lo mejor de la tarde se pasaba en arrastradas conversaciones de bruces sobre el pasto. Felipe confiaba a su discípulo que cuando reuniera algunos pesos se embarcaría para la península, a Salamanca, a continuar sus estudios. Juan Cordero podría acompañarle... ¿o sólo aspira, como su padre, a envejecer en la fragua? Serían unos magníficos doctores, con harto latín y hebreo. ¡Y claro que le hubiera acompañado Juan! Al fin del mundo le seguiría. Nada cambiaba el moreno por esas tardes de vacación, por esas charlas cortadas de risas, por esos silencios en los que su respiración se apresura y en los que debe retenerse para no rozar con la suya la mano abandonada del maestro.

¿Salamanca? ¿Latines? No; Felipe Arias de Mansilla quedará ahora aquí, en Buenos Aires, junto a Beatriz, para siempre. Que Juan Cordero se vaya, si lo desea. Ya han hablado de eso también y Juan no le respondió. Se cubrió la cara con los dedos, de espaldas sobre el pasto, como si el sol le hiriera.

Sumar, restar, multiplicar, dividir; luego guiar a los inhábiles en el diseño de las letras (la cola de la "g", el buche de la "l"); y enseñar la doctrina cristiana. ¡Cuánta monotonía! Felipe no comprende cómo ha podido fijarse en él Beatriz, que es doncella tan opulenta, cortejada por los mozos ricos. Y sin embargo... Pero hoy, hoy mismo, hará su reverencia ante la señora, en el estrado oloroso. Se imagina, inclinándose con una mano en la cintura, henchida la capa, crujiente la ropilla.

La clase suelta una carcajada. Tan embebecido está que, inconscientemente, Felipe Arias de Mansilla acaba de hacer su reverencia, echando la palmeta hacia atrás como si fuera una espada. Parece un muñeco de retablo de títeres, con sus remiendos incoloros. El único que no ríe es Juan. Se muerde los labios y se oculta detrás del libro.

El maestro descarga un palmetazo sobre el tablón:

–Por hoy basta. Terminó la clase.

Los niños salen dando brincos al bochorno de la plaza, donde el Fuerte no es más que un corral de tapias, con un terraplén a la banda del río, desmoronado. Felipe detiene a Juan Cordero.

–Quédate aquí –le dice– por media hora. Cuida de que no entre nadie. Voy hasta el Cabildo y en seguida regresaré.

Juan le ve alejarse, frágil, anguloso, el pelo de tinta. Da lástima y ternura a la vez, de tan gracioso, de tan indefenso, bajo el violento sol de diciembre.

A pocos metros, en la cuja, el enemigo dormita. El enemigo carece de cara y de manos, lleva una diminuta gorguera blanca alrededor del cuello; se ciñe con un jubón negro, de raja de Segovia, a cuyos lados las mangas se abren, en jirones sutiles, vanidad del arte de Sebastián de la Vega, a modo de dos alas. Prolongan el cuerpo inmóvil las calzas y los zapatos. El enemigo reposa en la sombra violácea y verde, sin manos, sin rostro. Sin ojos, le espía desde el lecho.

Juan Cordero sabe que la lucha es desigual pero no le importa. Desenvaina la daga que escondió entre sus ropas, se acerca en puntas de pie, latiéndole locamente el corazón, como si el otro pudiera oírle. Se arroja sobre él y lo acuchilla, lo desgarra, lo transforma en un guiñapo, en un bulto de trapos confusos. Rueda por el suelo, envuelto en paños arrancados. Luego sale de la pieza. Llora como si hubiera asesinado a un hombre. Mecánicamente, absurdamente, limpia la hoja de la faca en las altas hierbas, como para quitar de su acero las huellas de la sangre.

47

## VIII

## MILAGRO

### 1610

El hermano portero abre los ojos, pero esta vez no es la claridad del alba la que, al deslizarse en su celda, pone fin a su corto sueño. Todavía falta una hora para el amanecer y en la ventana las estrellas no han palidecido aún. El anciano se revuelve en el lecho duro, inquieto. Aguza el oído y se percata de que lo que le ha despertado no es una luz sino una música que viene de la galería conventual. El hermano se frota los ojos y se llega a la puerta de su habitación. Todo calla, como si Buenos Aires fuera una ciudad sepultada bajo la arena hace siglos. Lo único que vive es esa música singular, dulcísima, que ondula dentro del convento franciscano de las Once Mil Vírgenes.

El portero la reconoce o cree reconocerla, mas al punto comprende que se engaña. No, no puede ser el violín del Padre Francisco Solano. El Padre Solano está ahora en Lima, a más de setecientas leguas del Río de la Plata. ¡Y sin embargo...! El hermano hizo el viaje desde España en su compañía, veinte años atrás, y no ha olvidado el son de ese violín. Música de ángeles parecía, cuando el santo varón se sentaba a proa y acariciaba las cuerdas con el arco. Hubo marineros que aseguraron que los peces asomaban las fauces y las aletas, para escucharlo mejor, en la espuma del navío. Y uno contó que una noche había visto una sirena, una verdadera sirena con la cola de escamas y el cabello de líquenes negros, que escoltó por buen espacio a la flota, balanceándose en el oleaje a la cadencia del violín.

Pero esta música debe ser otra, porque el Padre Francisco Solano está en el Perú, y para bajar del Perú a Buenos Aires, en las tardas carretas, se necesita muchísimo tiempo. ¡Y sin embargo, sin embargo...! ¿Quién toca el violín así en esta ciudad? Ninguno. Ninguno sabe, como Solano, arrancar las notas que hacen suspirar y sonreír, que transportan el alma. Los indios del Tucumán abandonaban las flechas, juntaban las manos y acudían a su reclamo milagroso. Y los jaguares de las selvas también, como esos tigres de las pinturas antiguas que van uncidos por guirnaldas a los carros triunfales. El hermano portero ha sido testigo de tales prodigios en San Miguel del Tucumán y en La Rioja, donde florece el naranjo plantado por el taumaturgo.

Es una música indefinible, muy simple, muy fácil, y que empero hace pensar en los instrumentos celestes y en los coros alineados alrededor del Trono divino. Va por el claustro del convento de Buenos Aires, aérea, como una brisa armoniosa, y el hermano portero la sigue, latiéndole el corazón.

En el patio donde se yergue el ciprés que cuida Fray Luis de Bolaños, el espectáculo de encantamiento detiene al hermano lego que se persigna. Ya avanza el mes de julio, pero el aire se embalsama con el olor y la tibieza primaverales. Todo el árbol está colmado de pájaros inmóviles, atentos. El portero distingue la amarilla pechuga del benteveo y la roja del pecho colorado y el luto del tordo y las plumas grises de la calandria y la cresta del cardenal y la cola larga de la tijereta. Nunca ha habido tantos pájaros en el convento de las Once Mil Vírgenes. Los teros se han posado sobre un andamio, allí donde prosiguen las obras que Fray Martín Ignacio de Loyola, obispo del Paraguay y sobrino del santo, mandó hacer. Y hay horneros y carpinteros entre las vigas, y chorlos y churrinches y zorzales y picaflores y hasta un solemne búho. Escuchan el violín invisible, chispeantes los ojos redondos, quietas las alas. El ciprés semeja un árbol hechizado que diera pájaros por frutos.

La música gira por la galería y más allá el hermano topa con el perro y el gato del convento. Sin mover rabo ni oreja, como dos estatuas egipcias, velan a la entrada de la celda de Fray Luis de Bolaños. Cuelga entre los dos una araña que ha suspendido la labor de la tela para oír la melodía única. Y observa el hermano portero que las bestezuelas que a esa hora circulan por la soledad del claustro han quedado también como fascinadas, como detenidas en su andar por una orden superior. Ahí están los ratoncitos, los sapos doctorales, la lagartija, los insectos de caparazón pardo y verde, los gusanos luminosos y, en un rincón, como si la hubieran embalsamado para un museo, una vizcacha de los campos. Nada se agita, ni un élitro, ni una antena, ni un bigote. Apenas se sabe que viven por el ligero temblor de los buches, por un rápido guiño.

El hermano portero se pellizca para verificar si está soñando. Pero no, no sueña. Y los acordes proceden de la celda de Fray Luis.

El lego empuja la puerta y una nueva maravilla le pasma. Inunda el desnudo aposento un extraño clamor. En el medio, sobre el piso de tierra, se recorta la estera de esparto que sirve de lecho al franciscano. Fray Luis de Bolaños se halla en oración, arrobado, y lo estupendo es que no se apoya en el suelo sino flota sobre él, a varios palmos de altura. Su cordón de hilo de chahuar pende en el aire. Así le han visto en otras oportunidades los indios de sus reducciones de Itatí, de Baradero, de Caazapá, de Yaguarón. En torno, como una aureola de música, enroscan su anillo los sones del mismo violín.

El hermano portero cae de hinojos, la frente hundida entre las palmas. De repente cesa el escondido concierto. Alza los ojos el hermano y advierte que Fray Luis está de pie a su lado y que le dice:

—El santo Padre Francisco Solano ha muerto hoy en el Convento de Jesús, en Lima. Recemos por él.

—Pater Noster... —murmura el lego.

El frío de julio se cuela ahora por la ventana de la celda. Al callar el violín, el silencio que adormecía a Buenos Aires se rompe con el fragor de las carretas que atruenan la calle, con el tañido de las campanas, con el taconeo de las devotas que acuden a la primera misa muy rebozadas, con las voces de los esclavos que baldean los patios en la casa vecina. Los pájaros se han echado a volar. No regresarán al ciprés de Fray Luis hasta la primavera.

## LOS PELÍCANOS DE PLATA

### 1615

Melchor Míguez da los últimos toques con el cincel al gran sello de plata que ostenta en su centro el escudo de la ciudad. Ya está lista la obra que por castigo le impusieron los cabildantes hace veinte días. Hay tres cirios titilantes sobre la mesa y el fondo del aposento se ilumina con las ascuas del hornillo, bajo la imagen de San Eloy. El platero enciende dos velas más. Ahora la habitación resplandece como un altar, alrededor del santo patrono de los orífices. Melchor ajusta el mango de madera al sello y lo hace girar entre los dedos finos, entornando los ojos para valorar cada detalle. Está satisfecho con su trabajo y los ediles tendrán que estarlo también. En el círculo de plata maciza, abre sus alas el pelícano heráldico. Cinco polluelos alzan los picos en torno. Tal es la descripción que le hizo el capitán Víctor Casco, alcalde ordinario, cuando le leyeron la sentencia y Melchor Míguez se ha ceñido exactamente a lo dispuesto. Luego, mientras burilaba los animalejos de abultado buche, salieron otros vecinos, viejos pobladores, alegando que ésas no eran las armas que Juan de Garay había diseñado para Buenos Aires, que ellos creen recordar que se trataba de un águila con sus aguiluchos; pero el terco alcalde se mantuvo en sus trece y no hubo nada que hacer. Pelícanos le pedían al platero y pelícanos había labrado.

Se recostó en el respaldo de vaqueta y suspiró. Esa noche su mujer quedaría libre. Lo había prometido y tenía que cumplir. Extendió la cera verde sobre un trozo de pergamino y aplicó encima el sello de plata: los palmípedos se

52

destacaron en la sobriedad primitiva de las líneas. Pronto se multiplicarán en los papelotes del Cabildo entre las firmas inseguras.

Y su mujer podrá irse, si quiere. A lo mejor se va esa misma noche para Santa Fe, donde tiene una hermana. Al alba partirá una tropa de carretas con negros esclavos y mercancías. Que se vaya con ellos. No le importa ya. El otro, el amante, se ha fugado de la ciudad, con la cara marcada para siempre. Acaso se encuentren en Santa Fe. ¿Qué le importa ya al platero? La señal de su cuchillo quedará sobre el pómulo del otro, para siempre, para siempre. Y cuando la adúltera le abrace, aunque sea en lo hondo de la noche de tinta, la cicatriz en medialuna se inflamará para enrostrarle su pecado. No podrá rozarla sin que le queme las mejillas como una brasa.

Después de todo, los alcaldes no extremaron el rigor. A cambio de la herida, lo único que le han exigido es que labrara ese escudo, sin cobrar nada por la hechura. El mayordomo de los propios le entregó el metal hace veinte días, y en seguida se puso a trabajar. Le gusta su oficio: es tarea delicada, señoril; requiere paciencia y arte.

El otro estará en Santa Fe, aguardándola; pero el tajo en el pómulo, verdadero tajo de orfebre por la destreza, ése no se le borrará.

Ella tuvo también su pena: quince azotes diarios con el látigo trenzado, sobre las espaldas desnudas. Da lástima ver ahora esas espaldas que fueron tan hermosas. Ella misma se las ha curado con hojas cocidas y aceites, pero todas las mañanas volvían a sangrar bajo la lonja de cuero. Melchor Míguez le dijo:

—Tengo que labrar el escudo y pondré veinte días en hacerlo. Hasta que lo termine, permanecerás encerrada y recibirás quince azotes cada día. Luego podrás ir a reunirte con él.

Y no ha cedido. A medida que su obra avanzaba, enrojecieron las espaldas de su mujer y se desgarraron en llaga viva. Nada logró apiadarle: ni los gritos enloquecidos que no serían escuchados, pues su casa está apartada de todas; ni el ver, mañana a mañana, cómo se debilitaba su mujer; ni ha sucumbido tampoco ante la tentación de soltar el látigo, de caer de rodillas y de besar esos hombros cárdenos, sensuales, que adora.

Podrá irse esta noche misma, si le place. Después se lo dirá. ¿Y si se quedara? ¿Si se quedara con él? La culpa ha sido lavada ya. Ambos pagaron el precio: él, con esa pieza de plata que resume en su gracia simple su sabiduría de orfebre; ella, con su sangre. Le desanudó las ligaduras que le impedían escapar, para que se vaya esta noche, si quiere. Pero ¿y si se quedara? ¿Si volvieran a vivir como antes de que el otro apareciera con su traición?

Se le cierran los ojos. Sueña con su mujer bella y sonriente. Él está cincelando una custodia maravillosa, como la que el maestre Enrique de Arfe hizo para la catedral de Córdoba, en España, y que sale en andas, balanceándose sobre las corozas de los penitentes, a modo de un pequeño templo de oro y de plata para el San Jorge que alancea al dragón. Ella, a su lado, en la bruma del sueño, vigila el fuego, pule la ileza, los alicates, las limas, los martillos diminutos. Melchor cabecea en su silla, en el aposento iluminado por el llanto de los cirios gruesos.

Ábrese una puerta quedamente y su mujer se adelanta, encorvada como una bruja. Cada paso le tuerce el rostro con una mueca de dolor. Despacio, sin un ruido, se aproxima al platero. Sobre la mesa brilla con la alegría de la plata nueva, el sello de la ciudad. La mujer estira una mano, cuidando de no tocar los buriles. Sus dedos se crispan sobre el mango de madera dura. Ya lo tiene. Avanza hasta colocarse delante de su marido. Alza el gran sello redondo, con un vigor inesperado en su flaqueza, y de un golpe seco, rabioso, cual si manejara una daga, lo incrusta en la frente de Melchor.

El orfebre rueda de su asiento sin un quejido. Algo se le ha quebrado en la frente, bajo el golpe salvaje.

La mujer, espantada, arroja el sello en el hornillo, para que se funda su metal. Luego huye renqueando. Afuera, escondido entre las sombras, la recibe en sus brazos un

54

hombre con una cicatriz en la cara, en forma de medialuna.

Melchor Míguez yace en la habitación silenciosa, alum-
brada como un altar para una misa mayor. En su frente
hendida, la sangre se coagula en torno del perfil borroso de
los pelícanos.

## EL ESPEJO DESORDENADO

### 1643

Simón del Rey es judío. Y portugués. Disimula lo segundo como puede, hablando un castellano de eficaces tartamudeos y oportunas pausas. Lo primero lo disfraza con el rosario que lleva siempre enroscado a la muñeca, como una pulsera sonora de medallas y cruces, y con un santiguarse sin motivo. Pero no engaña a nadie. Asimismo es prestamista y esto no lo oculta. Tan holgadamente caminan sus negocios, que sus manejos mueven una correspondencia activa, desde Buenos Aires, con Chile y el Perú. Se ha casado hace dos años con una mujer bonita, a quien le lleva veinte, y que pertenece a una familia de arraigo, parapetada en su hidalguía discutible. La fortuna y la alianza han alentado las ínfulas de Simón, hinchándole, y alguno le ha oído decir que si se llama del Rey por algo será, y que si se diera el trabajo de encargar la búsqueda a un recorredor de sacristías, no es difícil que encontraran un rey en su linaje.

—Pero no lo haré —comenta, mientras acaricia el rosario—, porque no me importa y porque fose caer en pecado —aquí tartamudea— de vanidad.

Vive en una casa modesta, como son las de Buenos Aires. La ha adornado con cierto lujo, haciendo venir de España y de Lima muebles, cristales, platerías y hasta un tapiz pequeño, tejido en Flandes, en el cual se ve a Abraham ofreciendo a Melquisedec el pan y el vino.

—Los judíos —dice cuando lo muestra a un visitante— sólo me gustan en el pa... paño.

–¿En el qué?

–En el pa... paño, texidos –y se persigna.

Tiene celos de su esposa, doña Gracia, cuya juventud provoca el galanteo. Para no perderla de vista, ha instalado la mesa de trabajo tan estratégicamente que, con levantar la cabeza, domina sus hogareñas actividades, más allá del patio donde las negras cumplen sus órdenes de mala gana.

A doña Gracia le bailan los ojos andaluces. Simón del Rey sospecha que no le ama y de noche, en el lecho matrimonial que parece un altar entre tantos exvotos, reliquias, escapularios y palmatorias, se inclina sobre su bello rostro, con paciencia de pescador, para atrapar lo que murmura en sueños. Alguna vez se escapa de los labios de su mujer un nombre: un nombre y nada más, que se echa a nadar con agilidad de pececillo entre las sábanas, las almohadas y las tablas de devoción. El prestamista lo aprisiona en su tendida red. Al día siguiente, doña Gracia deberá explicar quién es Diego o quién es Gonzalo, y siempre son parientes lejanos o amigos de su hermano mayor, que acudían a su casa cuando era niña. Simón masculla una frase ininteligible y se mete en su aposento, a embolsar las monedas de plata y a calcular cuánto le adeudan su suegro y sus primos políticos.

Pero hoy está contento por varias razones. Ha conseguido que el caballero que le diera en prenda su estancia, con molino, corrales y tierras de pan llevar, a cambio de una miseria, se resigne a entregársela sin pleitos, pues no puede pagarle. Además está conversando con un emisario recién venido de Chile, portador de buenas noticias. Es un muchacho con cara de tonto, quien se embarulla al informarle del éxito de sus negocios en el otro lado de la cordillera. Le trae un regalo de parte de su socio chileno, León Omes, también judío, también portugués. Le despoja cuidadosamente del lienzo que lo cubría, y el espejo veneciano fulge, como una gran alhaja, en medio de la habitación.

Simón del Rey lo mira y remira, en pos de rajaduras, pero está intacto. Asombra comprobar que ha cruzado los

57

desfiladeros traidores, balanceado sobre una acémila, sin sufrir daño alguno. Tanto crece su entusiasmo que, distraído el temor, llama a doña Gracia. La señora hace su reverencia, pasmada ante la gloria del espejo, y ojea al muchacho de cara de tonto, que tiene un lunar en la barbilla y el pelo negro y brillante como ciertos géneros ricos.

En el fondo del espejo, como en un agua verde, turbia, asoma su cara fina de mujer del sur de España, un poco árabe. Y detrás se esfuman las facciones aceitunadas de su marido, que divide la acusadora nariz de gancho, y las del emisario de Chile, sonriente.

–No me veo bien –declara doña Gracia.

–Es un espejo antiguo –expone el extranjero–; ya me previno mi amo que en eso reside su mérito principal.

–¡Y claro! –tercia Simón del Rey, que se las da de conocedor de artesanías refinadas–, ¡muy hermoso... e... e muy antigo!

Lo ha hecho colocar en el aposento donde duermen, frente al lecho, entre las pinturas de santos y de la Virgen María. Es, en verdad, un espejo muy hermoso. Su marco ha sido ejecutado con la misma materia, al modo veneciano, y las talladas hojas y volutas que le forman se destacan sobre su color de vino rojo. La luna es casi verde. Si el prestamista tuviera imaginación y algo más de lectura, todo el hechizo de Venecia le encantaría por la sola virtud de ese espejo singular, en cuyo encuadramiento persiste la delicadeza de los "margaritaios", los sutiles fabricantes de perlas de esmalte y de vidrio y de pendientes con granates, que Marco Polo hizo enviar a Basora y a los puertos del Asia Menor, del Mar Negro y de Egipto, para que de allí las caravanas los transportaran hasta China, donde decorarían los botones de los mandarines. Y en su luna vería la seducción del agua sensual que frota su lomo tornasolado al rubor de los palacios patricios, aéreos como los cristales que el sol de Murano enciende. Pero aunque nada de eso ve, algo especial, algo secreto encierra este espejo italiano, algo que le perturba, cuando súbitamente se vuelve a buscar en él su imagen, porque se dijera entonces que la luna

58

tarda en reflejarla, en devolvérsela, y es como si su rostro ascendiera sin premura de lo hondo del agua.

A medida que transcurren los días, Simón del Rey se preocupa. ¿Qué demonios le pasa al espejo? Una vez, observándolo a la distancia, desde el lecho, tuvo la impresión de que, en lugar de copiar su cuarto, otro aposento y otras personas habitaban su marco rojo. Se incorporó vivamente, pero cuando se plantó ante él, su faz cetrina estaba allí, como brindada por una fiel bandeja. Acaso le estaba aguardando, para tranquilizarle.

Doña Gracia irrumpe una mañana en su pieza de trabajo:

–El espejo está embrujado –le dice.

–¿Y por qué?

–Porque hoy he visto en él algo que no es de hoy, sino de ayer.

Simón del Rey se enfada. Le irrita que su mujer entre, contraviniendo órdenes, en su despacho. También le irrita que cualquier mala influencia pueda imponerle desprenderse de tan suntuoso obsequio.

–Vocé está boba –replica, y la manda a ocuparse de lo suyo.

Luego, de puntillas, se desliza en el cuarto que el espejo preside con su azogue misterioso, el cual se apresura a serenarle, retratándole de inmediato.

Simón se encoge de hombros. No dispone de tiempo para dedicarlo a femeninas extravagancias. Le solicitan problemas más graves. Y no es el menor, ciertamente, aquel cuya solución le obligará a alejarse de su casa durante diez días. Tendrá que trasladarse a recibir la estancia que es ahora suya y que se agrega a sus otros campos. Habrá que redactar inventarios, firmar papeles: sólo él puede hacerlo. Y lo más sensato será no dejar transcurrir el tiempo, porque para los portugueses soplan vientos de tempestad, y aunque él se ilusione con la idea de que ya le consideran castellano viejo, a veces le roe la duda y le entran unos grandes apuros y un afán de estar bien con todos y de que todos le calmen con unas sonrisas que se traducen así:

¡Pero, Simón del Rey!, ¿portugués, vuesa merced? ¿Vuesa merced, judío? ¿A quién se le ocurre tal dislate?

Hace menos de dos años, en 1641, fueron condenados a muerte en Buenos Aires los pilotos del navío Nuestra Señora de Oporto y dos lusitanos más, que trajeron al Río de la Plata anuncios de la rebelión del reino portugués. Y ¡qué comunicaciones! Doña Margarita de Saboya, Duquesa de Mantua y gobernadora del reino, había sido detenida; el pueblo se había levantado en masa y coronó al Duque de Braganza bajo el nombre de don Juan IV; ardía la guerra entre España y Portugal. Simón del Rey se tapaba los oídos. No le interesaba... no le interesaba... que le dejaran en paz... él era súbdito de Su Majestad Católica... español... y católico también... tan católico como Su Majestad Catoliquísima...

Deberá irse hoy mismo. Le duele alejarse de su mujer y multiplica las recomendaciones: que no salga a la calle bajo ningún pretexto; sólo para asistir al oficio religioso se lo permite; que permanezca enclaustrada, como corresponde a una señora de su posición y alcurnia.

—¡Como una monja! —insiste—, ¡como una monjiña!

Se va, muy erguido, después de persignarse y de echar una última mirada a su espejo inquietante, dentro del cual, evidentemente, algo raro pasa, algo que es mejor no analizar de cerca, porque entonces la Inquisición no le daría cuartel con sus interrogatorios; pero que se podría interpretar como una descompostura, como un desorden en el mecanismo reflector de imágenes, que se acelera o se atrasa. Ni aun tales consideraciones y la presunción de que en la fábrica del espejo veneciano —¡hay tanto hechicero en Italia!— intervinieron recursos mágicos, le deciden a separarse de él. Quizá, con el tiempo, se adormezca esa agua revuelta. El procedimiento más cuerdo, por ahora, será no mirarlo mucho, y sobre todo no dejar que se transforme en obsesión. Y no exagerar... no exagerar... para que el Diablo no se frote las palmas candentes.

Diez días después, Simón del Rey está de vuelta. La operación salió a pedir de boca y la estancia es la más importante que posee. En su casa, doña Gracia le espera vestida con el guardainfante opulento, el gris y rosa, y una lazada de seda azul en el cabello. ¡Qué hermosa es, Dios Todopoderoso! Hermosa como un navío dorado del Infante don Enrique, con sus velas y sus banderines vibrantes en la brisa del mar.

Simón del Rey la escudriña con los ojitos hebreos, guiñadores bajo la capota de los párpados. No la interroga. Un caballero no pregunta a su dama cómo se condujo en su ausencia. Pero va y viene por la casa, con su señora en pos, olfateando como un perro de jauría, y aguzando unas miradas oblicuas que resbalan sobre los muebles y ascienden como insectos voraces por el tapiz de Abraham y Melquisedec.

Esa noche, mientras se desviste en el aposento a la luz de una vela –doña Gracia se despereza en el lecho sin cobijas, desnuda– Simón se detiene ante el espejo y ahoga una exclamación.

Lo que la luna brumosa le ofrece no es su imagen, con el jubón desabrochado y la gorguera abierta bajo la faz expectante, sino –como si en vez de un espejo fuera un cuadro de verdoso barniz– la imagen de su mujer que retrocede hacia el lecho en brazos del emisario de cara de tonto. Y ese cuadro atroz se mueve lentamente, sonambúlicamente, lo que, si por un lado torna irreal el episodio, por el otro detalla y subraya sus aspectos más reales. A poco la escena se enlobreguece, se deshace como si estuviera pintada en velos muy pálidos, hasta que termina por desaparecer, y del abismo del espejo sube su propio rostro descompuesto, con los ojos reventándole en las órbitas.

El espanto mantiene tieso a Simón del Rey. Más todavía que la definitiva prueba del sortilegio, lo demuda la otra prueba, la de la infidelidad de su señora; porque la primera sobrepasa la razón y no es asunto que un pobre ser humano pueda aclarar, en tanto que la segunda tiene un significado diáfano y, aunque quisiera eludirlo, sólo a él atañe.

Doña Gracia, en el lecho, le llama con una voz baja que es casi un maullido. De un salto, Simón se arroja en él. Se

61

acurruca en su costado, ante el fingido despecho de la dama, y no responde a sus tentativas insistentes. Minutos después hace como que ronca, para que ella se duerma. Necesita reflexionar sin que le distraigan. No cierra los ojos durante la noche entera. Le quema la sangre. ¿Qué hará? Castigarla, sin duda... pegar, pegar hasta que le duelan las manos que hunde en la almohada... pero no ahora, porque los negros podrían oír sus gritos y presentarse con mucha alharaca; no ahora sino en la estancia, a salvo de todos...

A lo largo de la noche le acosa la escena que enmarcó el espejo, ese espejo que es como un reloj desordenado, cuyas manecillas dementes se paran donde les place. Al alba, concilia el sueño.

Despierta con el sol alto. Doña Gracia abandonó el aposento hace horas y andará trajinando con los servidores. Simón del Rey se frota los ojos y en seguida vuelve a apoderarse de él la evidencia desagradable... Pegar... pegar hasta que las manos le duelan... En la estancia, cerca del molino, hay una choza... Arrastrarla allí y pegar... pero no aquí... aquí hay testigos, parientes... un mundo de parientes orgullosos... y ese gobernador que aprovechará para vejarle, porque le odia... le odia como un caballero odia al judío con quien tuvo tratos por dinero y a quien debió soportar y agasajar y palmear en el hombro... No aquí sino allá, en la estancia, en el fortín extraviado entre talares y lagunas...

Se levanta, salpica sus mejillas y su nariz palestina con agua y se pone ante el espejo, deseoso y temeroso a un tiempo de que el cuadro que certifica su burla haya regresado a él. Pero en su lugar la luna de Venecia muestra en su retablillo de títeres lamentables otro acto, en el cual él desempeña el papel principal. Asómbrase Simón, pues la escena que se desarrolla –ésa en la cual dos soldados le prenden y se ve al señor alcalde con un gesto torcido– no ha tenido efecto aún, y el prestamista, tras breve vacilación, adivina que el reloj loco, cuyas agujas corren hacia adelante y hacia atrás con movimientos incoherentes, le está exhibiendo algo que un día sucederá y que se reflejará dentro de esa misma luna prodigiosa. Y de inmediato se da cuenta de que le arrestarán por asesino de su mujer; se da cuenta de que aunque su venganza se esconda en la soledad de la llanura, le descubrirán, y comprende que esos vanidosos castellanos que matarían a sus esposas por la sospecha más nimia, no tolerarán que un portugués judío haga lo mismo con una que procede de su altiva casta, no obstante que haya pecado, y deduce que él será quien saldrá perdiendo. Procura apaciguarse. Ya abundarán ocasiones para el desquite.

Ahora es menester quedarse quieto.

–¡No, no –se repite, tartamudeando–, no sucederá, no me meterán entre fierros!

Simón del Rey se dirige a su despacho. Le está aguardando su amigo Juan de Silva, con novedades de bulto: la situación ha hecho crisis; mientras él se hallaba fuera de la ciudad, el gobernador don Jerónimo Luis de Cabrera hizo pregonar un bando por el cual ordena que los moradores de nación portuguesa se inscriban en un registro y entreguen allí sus armas. Han acudido trescientos setenta; más de la cuarta parte de la población porteña es de ese origen. Todos concurrieron, del maestre de campo Manuel Cabral de Alpoin abajo, con arcabuces, con espadas, con dagas, con picas.

El mal humor del prestamista encuentra desembocadura y se lanza por ella a borbotones, como un torrente. Golpea la mesa con ambos puños y vocifera que él no irá, que no es portugués, que no lo fue nunca, sino un vasallo leal del Rey Felipe; y echa a su compadre.

Su mujer se arrima, medrosa, porque ha captado el chisporroteo que atiza el peligro.

–El espejo... –comienza a decir.

Simón del Rey explota, furioso:

–¡Não me cuente del espejo... não me lo nombre...!

La tarde caliente se cuela por la ventana, en la penumbra de la siesta, para atisbarle, empacado delante del cristal veneciano que sin reposo estudia, como si fuera un mapa mural y él un jefe que se apresta a dar una batalla, y que

63

titubea antes de marcar la mudanza de las posiciones. Pero el espejo, quizás alertado por esa vigilancia, ha suspendido la oscilación que trae y lleva las imágenes cuya custodia se le confía, y lo único que le da, a cambio de su presencia avizora, es su propia efigie de medio cuerpo, como un irónico retrato velazqueño, con una mano crispada bajo la gorguera.

—No la tocaré —dice Simón del Rey—; no iré a presidio por culpa de esa perra cristiana... Después... después...

Y cuando lo está diciendo o pensando, entran en su habitación, sin previo aviso, los dos soldados y el alcalde que vio reflejados allí.

—Simón del Rey —manifiesta el alcalde solemnemente—, traigo orden de conduciros ante Su Señoría, por no haber cumplido lo que dispuso sobre el desarme de los portugueses.

Simón se desconcierta. Esto no figuraba en sus planes. ¿Cómo iba a presentirlo, cuando tenía que considerar un asunto tan arduo y de tan distinta condición? ¿Qué pretende don Jerónimo Luis: que se vuelva loco? ¿Por qué no le dejan tranquilo, con su intranquilidad? ¿Cómo va a conjurarla o por lo menos a narcotizarla, si le torturan con estupideces?

Tartajea: —No soy portugués.

—Tendréis que acompañarme.

—No soy... no soy portugués...

Exasperado, porque la rabia impotente de ser portugués hasta la punta de las uñas y de que por ello invadan su casa se suma ahora a la de saberse engañado, descarga su ira sobre el alcalde, perdido el dominio, y le da un empellón.

El funcionario se alisa la ropa y dice:

—Vendréis conmigo a la cárcel, Simón del Rey, por rebelaros contra la autoridad.

El prestamista se agita como un poseído. En la luna espectral, cópiase exacta la escena que vio esa mañana: los soldados que avanzan y el alcalde del torcido gesto. Ante la sorpresa de los esbirros, rompe a reír. ¿Así que esto era todo? ¿Nada más que esto? ¿No le conducirían al Fuerte para ajusticiarle, sino para una simple declaración? Ríe hasta las lágrimas. ¡Ay –solloza–, ya regresaré, pronto regresaré! Su risa se muda repentinamente en cólera. Como un látigo le hostiga el recuerdo del mal rato que pasó por culpa del espejo. Antes de que los soldados puedan apoderarse de él, exclama:

–Éste es... éste es o culpable... o maldito... Y alza lo que más cerca encuentra –un Cristo de plata del Alto Perú– y lo estrella contra la luna que, al partirse, arrastra entre sus fragmentos las imágenes rotas. Saltan los fragmentos púrpuras y verdes. Uno se clava en la mejilla izquierda del alcalde y la sangre mana:

–¡Me habéis herido –gime el funcionario– y voto a Dios que lo pagaréis!

Los hombres se abalanzan sobre el portugués y le tuercen las muñecas para sujetarle, pero Simón del Rey no cesa de reír. Cruzan el patio, rumbo al zaguán. Doña Gracia aparece, asustada por el estrépito. Al mismo tiempo surge de la calle el muchacho con cara de tonto, que apenas puede murmurar que venía a despedirse, porque ya se llevan a Simón.

El prestamista cruza maniatado el corro que se amasó frente a la puerta, dentro del cual hay chicos que le gritan judío y negras que le sacan la lengua. Se vuelve para ver a su mujer y al extranjero que permanecen ante su casa y que luego entran en ella, muy juntos, a recoger los restos del espejo veneciano, del espía muerto.

Huirán a Chile con su pasión desesperada, pero Simón no lo sabrá nunca. Su proceso ambulará por tribunales indiferentes, acumulando papelería, de Buenos Aires a Lima, de Lima a España, hojeado distraídamente por magistrados e inquisidores, que se devolverán la carpeta cada vez más abultada, hasta que nadie entienda cuál es la causa que se debate, ahogada en un mar de sellos y de rúbricas, los que se repiten como si el expediente se hubiera llenado de espejos laberínticos que copian las idénticas fórmulas latinas y los rostros iguales de los jueces. Y Simón del Rey perderá todas sus estancias. Le enviarán de una a otra celda, por tentativa de asesinato en la persona de un representante de Su Majestad; por ocultamiento sedicioso de armas a favor de los enemigos portugueses; y por herético judío, que no vaciló en arrojar un Cristo contra la pared, quebrando un espejo, después de jurar que ese Cristo –que llamó maldito– era el culpable de su desgracia. Y se transformará en un viejecito cuyo temblor hace tintinear su rosario, y que susurra a los carceleros sordos:

–Le pegaré... la llevaré a la estancia... le pegaré... me dolerán las manos...

## XI

## CREPÚSCULO

### 1644

Hace tanto calor que el gobernador del Río de la Plata ha optado por quitarse la golilla incómoda y escapar del bochorno que se aplasta sobre las salas del Fuerte. Se ha acodado en uno de los parapetos, no los que vigilan el río sino las fronteras de la ciudad. El crepúsculo enrojece los techos. Por la plaza inmensa, entre nubes de polvo, avanza una carreta despaciosa como un escarabajo. No lloverá nunca más, nunca más. Ni Nuestra Señora del Rosario ni Nuestra Señora de las Mercedes escuchan las rogativas. Don Jerónimo escruta el cielo, en pos de un signo. Doquier, la misma calma, la misma serenidad de las nubes rojas y quietas, se mofa de los sembrados mustios.

El gobernador se hace aire con el abanico de su mujer. Un negrillo acude con el mate de oro.

Don Jerónimo Luis de Cabrera mira hacia abajo, hacia el foso seco que por esa parte circunda la mal llamada fortaleza. Las ranas no cejan en su desesperado clamor. Todo el mundo pide agua, agua, hasta su galgo negro que frota suavemente el hocico contra la diestra abandonada de su amo.

En el foso, sobre la hierba pálida, crujiente, tres soldados juegan a los naipes. El gobernador se asoma y les espía sin ser visto. Junto a ellos están los morriones que enciende el último sol como una fogata. Los tres son muy jóvenes, casi unos muchachos, y ríen.

El gobernador suspira. La cincuentena comienza a agobiarle, a modo de un fardo invisible que por momentos le tortura los hombros y le dobla. Pero él no es hombre de dejarse torcer sin resistir. Procede de casta de bravos y de rebeldes. Por eso murió agarrotado su abuelo, el fundador de Córdoba; por eso murió en el cadalso su padre, el levantisco. Se yergue, con el empaque de la estatura prócer. No hay en el Río de la Plata señor tan señor como Su Señoría. Le sobran blasones y estancias y parentescos principales. Y méritos también. Anduvo en la conquista de los Césares misteriosos y en la guerra contra los indios calchaquíes. Es digno de sus dos abuelos: de don Jerónimo Luis de Cabrera y de Juan de Garay.

Pero un nuevo suspiro delata su tristeza, que se confunde con la del crepúsculo que melancoliza a Buenos Aires. Palmea al perro y chupa la bombilla caliente. No, no lloverá nunca, ni sobre la ciudad ni sobre sus mechones grises.

Abajo las ranas prosiguen su serenata monótona: ¡agua!, ¡agua!, ¡agua! Los soldados terminan el juego. Ahora se echan de bruces sobre la tierra agrietada. El gobernador se abanica y oye su conversación.

—A las nueve —dice uno— iremos a ver a la paraguaya. Nos estará esperando.

—Mejor fuera —responde otro— llevar el vino.

Don Jerónimo piensa en esa paraguaya de la cual le ha hablado con fruncimiento hipócrita el alférez real. Es una hembra de perdición que vive en los arrabales, pero ¡tan hermosa!

—Tan hermosa... —murmura el gobernador, y por su mente pasan las mujeres bellas que conoció en Córdoba, en su mocedad. Recuerda las mestizas que iban por agua a la fuente, en su estancia de Costasacate, el cántaro al hombro. Recuerda una negra de la casa de su tío don Pedro, una esclava fina, arqueada, de fugaces caderas. Reía con los dientes y con los aros de plata. Se encontraban al atardecer, bajo un limonero. Recuerda...

Uno de los soldados se incorporó:

—La paraguaya me ha asegurado que nos aguardará sola.

Sola... El gobernador la imagina al amparo del alero de su chocita. Hay un papagayo en una percha y la muchacha

68

se estira, casi desnuda, como las mestizas que iban a la fuente...

Y las indias... En su estancia de San Bartolomé había una india más delicada, más sutil que las blancas. Millares de vacunos pueblan hoy esa heredad cordobesa de San Bartolomé. ¿Para qué los quiere, si todo se reduce a hacerse aire con el abanico de su mujer y a soñar?

Y otro soldado:

—Tiene un lunar junto al pecho izquierdo, tan negro que se le advierte en seguida, a pesar de ser morena.

Y el tercero:

—También lo he visto. No lo ha visto Su Señoría don Jerónimo Luis. Lo único que le muestran son papeles y papeles, para la firma orgullosa que ha menester de dos líneas y alarga las letras como si su nombre portara casco y plumas.

El pardo le sirve otro mate. De oro el mate; de oro la yerbera; de oro los marcos de los espejos del Alto Perú que fulguran en el aposento sombrío de su mujer; de oro los relicarios, los platos heredados de sus mayores, la pasamanería de los trajes y mantos de su dama. Ella es una señora ilustre, hija de Hernando Arias de Saavedra. Quisiera que su silla de manos fuera de oro. De oro... ¿para qué?

—Yo llevaré el vino.

—Yo le llevaré una crucecita de coral.

—Yo nada poseo para llevarle.

—Si nada le llevas, no la verás...

El gobernador siente que se le nublan los ojos. Otea el cielo enemigo. Sobre su cabeza, en un hueco de la piedra del escudo real, un nido de hornero añade su florón a la corona. Algunas langostas saltan en torno. Mañana, una nube amarilla se abatirá sobre la ciudad. Vendrá a visitarle una comisión de vecinos, quejosa, llorona. Habrá que organizar las preces a las Once Mil Vírgenes, para conjurar el daño.

El gobernador se pasa los dedos por los pómulos que la fiebre entibia. Once mil doncellitas desfilan de la mano por la Plaza Mayor. Ondulan sus túnicas de cuadro antiguo. Ninguna es para él. Para él, los papelotes, las firmas, los sellos de cera roja con la cabra de Mosén Pedro de Cabrera.

¡Ay! ¡Si osara dar un brinco y aparecer en el foso, en medio de los hombres! ¡Qué magnífico sería; qué propio del buscador de los Césares, del vencedor de los calchaquíes! Ellos se pondrían de pie temblando, miedosos del castigo que les corresponde por holgar en vez de cuidar el Fuerte. Pero él les sosegaría de inmediato:

—¿A dónde vais, caballeros, cuando la guardia termine?

Los soldados guardarían silencio, por temor de ofenderle.

Y él, entornando los párpados:

—Ya lo sé. Todo lo sabe el gobernador. Vais donde la paraguaya.

¡Cómo se echaría a reír de su asombro!

—Y yo con vosotros, gentileshombres.

Juntos se alejarían de un galope, hacia los arrabales.

Soñar... Es lo que le queda.

¿Y por qué no hacerlo? ¿Por qué?

El negrito regresa con la golilla en una mano, como si trajera un pájaro de nieve. Permanece embobado, mirando al nido de hornero. Luego se sacude y recita:

—Su Señoría, ya está aquí el señor Vicario General.

—Díles que en un instante me reuniré con ellos.

Y allá abajo, en el foso, cerca de las ranas, de las lagartijas, de la cigarra y su canción:

—Te repito que será inútil que vengas con nosotros si no aportas algo. ¿Acaso no conoces a la paraguaya?

El gobernador se ajusta la golilla, como quien se ahorca. Se inclina un poco más en el parapeto y advierte la decepción del muchacho que con nada cuenta y que muestra las palmas desnudas... el muchacho que no podrá ir con los otros a la choza de esa mujer fresca como un pámpano.

Hurga en su faltriquera y la halla vacía. Impaciente, se desabrocha el jubón y sobre el pecho velludo, colgado de una cadena, surge el doblón que le sirve de talismán. Vein-

70

te años hace que le acompaña, desde el tiempo de la expedición a los Césares, cuando tuvo que convertir unas carretas en balsas para vadear el Río Negro. Sin titubear, lo arranca. Concluyó para él la época feliz de esperar en la gracia de los talismanes. El perfil de Felipe III se desdibuja sobre el oro. Arroja la moneda al foso, con tal suerte que choca contra un morrión con breve grito metálico.

Los soldados alzan las cabezas maravillados, pero don Jerónimo ya no está allí. Don Jerónimo va por las salas con su galgo negro, al encuentro de la gobernadora y del vicario general. A la distancia, bajo un dintel, oscila como una campana la silueta de la hija de Hernandarias, robusta, maciza, moviéndose en el cairelado de las perlas barrocas.

# XII

## LAS REVERENCIAS

### 1648

Margarita cruza la Plaza Mayor en la silla de manos del gobernador del Río de la Plata. Va al Fuerte, a hacer su reverencia ante la señora Francisca Navarrete, la gobernadora. Su falda de raso amarilla es tan enorme que hubo que abrir las dos portezuelas, para albergar en el vehículo su rígida armazón. Los negros que transportan la caja, entre las varas esculpidas, caminan muy despacio, como si llevaran en andas una imagen religiosa, no sea que el lodo salpique el atavío de la niña. Ayer llovió y como siempre la Plaza se ha transformado en un pantano en el que las carretas emergen como lotes. Margarita se asoma y logra ver, detrás, la silla de su tía doña Inés Romero de Santa Cruz. Se balancea peligrosamente sobre los charcos.

Quisiera que llegaran de una vez; quisiera que la ceremonia hubiera terminado ya. Doña Inés, tan minuciosa en lo que atañe a la cortesana liturgia, la obsesiona hace diez días con su presentación en el Fuerte. Han sido días de intenso trabajo, desde que desembarcó en el puerto el maravilloso vestido enviado de España. Hubo que adaptarlo al cuerpo de la niña de trece años, y a Margarita la sofoca. ¡Pero qué hermoso es; qué hermoso el guardainfante hinchado, qué bella la pollera amarilla que lo cubre! Doña Inés parpadeó un minuto frente a la audacia del escote. La moda cambia en Madrid y ahora se muestra lo que antes se ocultaba; pero si la moda lo exige, así vestirá Margarita.

¡Y la reverencia, la complicación de la reverencia que no debe ser ni muy profunda ni muy leve; ni muy lenta ni muy rápida; ¡ni muy sobria ni muy florida! Los ensayos nunca acababan. Las primeras veces, cayó sentada sobre el almohadón oportuno, llorando. Le resultaba imposible doblarse, quebrarse bajo la armadura que la oprime.

Ya marchan cerca de las tapias del convento de la Compañía de Jesús. Flota en el aire un perfume de naranjas y de limas; un alivio después del hedor de carroñas que llena los huecos de la Plaza. Sobre el muro asoman, flexibles, las palmeras de dátiles y el pino de Castilla.

Aquí está la entrada del Fuerte; aquí los bancos de piedra, donde el gobernador don Jacinto de Lariz duerme la siesta medio desnudo, las tardes calurosas, para escándalo de la población.

El corazón de Margarita acelera su latir asustado. La niña se lleva las manos a él y palpa sin querer, bajo el encaje, los pechos casi descubiertos, tímidos.

Tendrá que saludar a don Jacinto y eso será lo peor. Lariz goza de una fama terrible. Sus querellas con el obispo y sus constantes vejaciones al vecindario han tejido en su torno la leyenda de la locura. Es el ogro que vive en el Fuerte, que azota a los capellanes y que se acuesta semidesnudo, mitológico, en el ancho portal. A esta hora estará jugando a los naipes con los otros blasfemos. Ojalá consiguiera esquivarle, porque a doña Francisca Navarrete, su esposa, no la teme. Al contrario. La señora no habla más que de los dulces que prepara en unos tarros de porcelana suave, y del calor de la ciudad, y de su nostalgia de las diversiones de la Corte. Esas charlas iluminan la mirada de la tía Inés Romero. Ella también ambiciona ir a España, pues aunque criolla la tienta su lejano brillo. Es viuda de un gran caballero, el maestre de campo don Enrique Enríquez de Guzmán, y cuenta en la metrópoli con parientes de pro.

Ahora descienden en el patio de armas. Doña Inés alza el pañolito perfumado porque la marea la catinga de los negros de Angola. Con las puntas de los dedos endereza los moños color de fuego sobre los bucles dorados de la niña. Van por los corredores, nerviosas, crujiendo sus almi-

73

dones. La señora se refresca con el abanico, el ventalle, orgulloso como un guión de cofradía. Murmura:

–No olvides: un paso atrás y entonces, sin esfuerzo, con naturalidad...

En el estrado resuenan las voces hirientes o gangosas. Ríe doña Francisca y se le nota la afectación. Hay varias damas allí. Las recién venidas las adivinan en lo oscuro de la sala.

¡Pobre Margarita, pobre pequeña Margarita, de palidez, de ojeras, con sus trece años y su vestido absurdo como un caparazón! En la espalda desnuda se le marcan los huesitos. No tiene ninguna gracia, ningún arte, mientras se dobla, flaqueándole las piernas, bajo la mirada de su tía.

Aplaude la gobernadora:

–¡Preciosa –dice–, preciosa! Y pronto, una mujer...

Las demás prolongan el coro.

La fragancia de las pastillas aromáticas es tan recia que Margarita piensa que se va a desvanecer. Cierra los ojos, y ya la rodean todas y le manosean el raso amarillo y los encajes y las cintas de fuego, y hablan a un tiempo, cacareando, suspirando, resollando. ¡Pobre Margarita!

Margarita quisiera estar a varias cuadras de ahí, en el patio de su casa, jugando con los esclavos. Para hacerlo debe esconderse, pues doña Inés no lo permite. La viuda desearía tenerla siempre a su lado, con una aguja en la diestra o un libro de historias de santos y de reyes. Y ella sólo es feliz entre los negros, trepando a los árboles de la huerta, corriendo como un muchacho. Parece un muchacho esmirriado y no una doncella principal. Aun hoy, con su escote y sus randas y el broche de corales, lo parece, y eso la hace sufrir.

El gobernador don Jacinto de Lariz surge por la puerta vecina, con unos naipes en la mano. Viene a averiguar la causa del alboroto. Trae desabrochado el jubón que decora la insignia de Santiago y que huele a vino. Detrás se encrespan, curiosas, las cabezas de los jugadores.

Y Margarita debe hacer de nuevo su reverencia. Es tal su miedo ante el ogro, que titubea y sucede lo que más

74

puede afligirla: cae sentada en el piso de baldosas, con tal mala suerte que la campana del guardainfante muestra, como un badajo, sus piernas flacas de pilluelo.

Adelántase don Jacinto, riendo, y le tiende la mano con el anillo de escudo. Se curva a su vez en una reverencia bufona y la alza. Los jugadores –el escribano Campuzano, Cristóbal de Ahumada, un bravucón, y Miguel de Camino, quien ha bebido bastante– estallan en carcajadas sonoras. Las damas ríen su risita de pajarera, por acompañarles, por adularles. Hasta doña Inés se sonríe, desesperada.

Entra Fernán, el paje, con una bandeja de refrescos.

El gobernador, sin disfrazar su hilaridad, ofrece uno a la pequeña. Ésta se muerde los labios para no llorar; se tortura para no arrancarse las cintas rojas y echar a correr.

Doña Francisca Navarrete se apiada:

–Que Fernán te conduzca al pasadizo de ronda, para que veas el río.

Doña Inés hubiera protestado, mas no se atreve. No está bien que su sobrina pasee sola por los bastiones con el mocito.

En el misterio del atardecer, el río y la ciudad parecen hechizados. La noche se anuncia ya como un velo de neblina. Se han recostado en el parapeto, junto a un cañón herrumbroso, sin decir palabra. Llega hasta ellos, subterráneo, el parloteo de las señoras, mezclado a los juramentos del gobernador que guerrea con la baraja.

El paje hace como si mirara a las aguas quietas y a la llanura, mientras señala al azar un velamen, un campanario, pero sus ojos, disimulando, se entornan hacia la niña. Están muy próximos el uno del otro: ella, desazonada por el ridículo de lo que le ha sucedido, por la perspectiva de las reprimendas de la tía, cuando regresen a su casa; él, turbado por la presencia de la muchachita cuyo seno comienza a dibujarse entre las blondas. Poco a poco Margarita se calma y siente que una zozobra distinta la estremece y la ahoga, como cuando el gato familiar se frota contra sus brazos desnudos. Sólo que esto es más agudo y más

75

dulce. En su inocencia no discierne el porqué de su desconcierto, mas advierte que fluye del hombre que se acoda a su vera, en la balaustrada. Nunca hasta ahora ha estado tan cerca de un hombre. Los negros no lo son. ¡Y esa torpeza, esa estupidez de la reverencia desgraciada, que el otro vio cuando avanzó con los refrescos en la bandeja de plata del Perú! No. Las cosas no pueden quedar así. Es necesario que le explique, que le diga que ella no es siempre así; que ésas son tonterías que doña Inés le impone, pero que si algún día la visita en su huerta la conocerá tal cual es, como una reina en medio de sus esclavos y de sus frutales. Si Margarita prefiere trepar a la copa del naranjo a departir inútilmente con las señoras, eso es asunto suyo. Fernán la comprenderá, porque no por nada son ambos casi niños y los niños se entienden.

Se torna hacia él y en el instante en que va a hablar algo se desprende de la muralla y revolotea sobre sus bucles.

Es un murciélago, negro, peludo, y la pequeña grita de terror. De un brinco, el paje lo espanta. La tiene en sus brazos, trémula, y aprovecha la confusión para ceñirla, para apretar como al descuido con sus manos ávidas esos pechos cuyo nacimiento se insinúa en la gracia de la curva y del hueco breve. Sólo unos segundos dura la escena, pero ello basta. Margarita rechaza a su compañero con un ademán imperioso. Por primera vez ha tenido conciencia de sus senos, de lo que ellos significan. Encendida como una manzana de su huerto, escapa hacia el estrado.

Doña Inés Romero la aguarda de pie, para despedirse. Los tahúres se han incorporado al grupo femenino. Forman un curioso tapiz de figuras, en la oscilación de las luces, con la base de los guardainfantes solemnes y la corola de las golillas.

En cuanto entra la jovencita, los contertulios se percatan de que algo ha acontecido. Es algo muy sutil, algo como un cambio en la atmósfera, como si a la atmósfera se hubiera añadido un elemento nuevo, impalpable y rico.

Margarita pone ambas manos en la armazón de su falda majestuosa y se inclina como una menina de palacio, para hacer la reverencia más perfecta del mundo. Don Jacinto de Lariz tuerce la ceja, asombrado, y chasquea la lengua. Se calza los anteojos de cuerno: ¿qué le ha pasado a la niña, a esta niña blanca y rosa, repentinamente deseable, acariciable, adorable?

El paje circula con los refrescos y los vasos se entrechocan como si quisieran bailar sobre la bandeja labrada.

## XIII

TOINETTE

1658

Toinette vuelve en sí de su desmayo y aunque quiere no logra incorporarse. Tarda un minuto en darse cuenta de que por más que se esfuerce no lo conseguirá. La viga central de su cámara, desplomada con parte del artesonado de querubes y sirenas esculpidas, le aprisiona la cintura. En torno reina la confusión. La bala española que partió el trinquete de La Maréchale fue seguida por otras del barco holandés de Isaac de Brac, que barrieron la cubierta e incendiaron la popa. Una de ellas alcanzó a la cámara de Toinette destrozando su labrada techumbre. Despatarráronse con escándalo los muebles orgullosos; rasgóse el tapiz que cubre el muro; los espejos se hicieron añicos, y Toinette creyó que había llegado su último instante. Hasta que la viga cedió. Ahora vuelve a abrir los ojos en ese aposento de pesadilla. El madero suntuoso la oprime como un cepo. En un rincón, el fuego desatado en la popa aviva una hoguera violenta.

Afuera, el estruendo no decrece. La Maréchale zozobra bajo las andanadas de sus enemigos y responde con sus baterías. Se oyen los gritos desesperados de los franceses. Pero, mon Dieu, mon Dieu! ¿dónde está Monsieur de Fontenay y cuándo vendrá a liberarla? ¿La dejarán morir allí, sola, entre sus grandes sillones volcados, sus despanzurrados cofres, sus ropas esparcidas? Toinette siente un dolor punzante en el pecho. Alarga los brazos cuanto puede, en busca de un apoyo, y no lo encuentra. Los dedos de su mano derecha rozan la arqueta de sus joyas. Gira la cabeza y la ve, al resplandor inseguro de las llamas distantes. Se estira desesperadamente, pero es inútil. Apenas si araña la tapa de bronce que encierra sus pendientes de perlas, su broche de esmeraldas, su collar de zafiros, su ancha pulsera de diamantes, todos los regalos de Monsieur de Fontenay; los regalos que la tentaron a emprender el viaje maldito.

¿Y Maroc? ¿Dónde andará Maroc en medio de este infierno? Le llama, convulsa: —¡Maroc! ¡Maroc!

El negrillo no puede haber muerto. Posee una agilidad gatuna y su cuerpo aceituna se le habrá escurrido a la Muerte entre las falanges;

—¡Maroc! ¡Maroc! ¡Timothée! ¡Timothée!

Nadie le responde: ni el africano ni el señor de Fontenay. Un sudor frío empapa la frente de Toinette. Solloza, angustiada:

—¡Maroc! ¡Maroc!

¿Por qué, por qué abandonó la calma de su casita francesa, en Béziers, para lanzarse a esta aventura loca? ¿Por qué escuchó a Timothée d'Osmat, cuando acudió a seducirla con fabulosas promesas? ¡Todo parecía tan fácil entonces, tan simple! Monsieur de Fontenay le aseguró que el viaje sería un paseo triunfal, con escolta de tritones y delfines, como en los cuadros de Rubens. Fondearían ante Buenos Aires y la ciudad se rendiría de inmediato. ¡Una aldea, apenas una aldea diminuta! Casi podrían llevársela a Luis XIV, de regreso, sobre una bandeja de plata. Y ahora...

El viaje de los tres navíos fue una maravilla. Surcaron el mar gallardamente, henchidos los velámenes, rítmicos los galeotes, danzando sobre las cofas los gallardetes azules sembrados de flores de lis. A Toinette la mimaron como a una reina. ¿Cuándo había conocido tales esplendores? No en casa de su padre, por cierto: el modesto escribano se debatía en la pobreza, cuando Timothée d'Osmat empezó a cortejar a su hija única. El señor hizo decorar el vasto alcázar de La Maréchale, para ella. Lo tendió de tapices flamencos; lo alhajó de muebles dorados y de espejos de Venecia, misteriosos, como el agua de los canales. Su lecho, cuyas colgaduras dan pena ahora, parecía el trono de una favorita, radiante, empenachado. Frente al aposento, prolongándolo sobre cubierta, Monsieur de Fontenay hizo armar un pabellón color de naranja, fijo en el frente delantero sobre dos alabardas con borlas. Allí transcurrieron las tardes de Toinette. Echada en los cojines, leía *Le Grand Cyrus*, de Mademoiselle de Scudéry, porque en su pintoresca ciudad del Hérault se las daba de mujer de letras y es un libro que no se debe ignorar. Volvía perezosamente las páginas del novelón inmenso e imaginaba que su destino se confundía con el de la heroína, para quien Ciro conquistó el Asia. Ciro era Monsieur de Fontenay, quien de tanto en tanto se aproximaba a besarle la mano, a ofrecerle un refresco. Magnífico, este Monsieur de Fontenay, a pesar de que ya es bastante maduro. ¡Y qué bien se coloca el sombrero de plumas sobre el pelucón enrulado!

En el puente, los estampidos se multiplican. La Santa Águeda de Ignacio de Males y la nao holandesa de Brac no aplacan su acometida. Un fragor terrible detiene el corazón de la muchacha. La Maréchale comienza a tumbarse sobre un costado. En la cámara ruedan los muebles; el lecho golpea contra un muro y las llamas se apoderan vivamente de él. Toinette no logra zafarse. Enloquecida, ruega:

—¡Timothée! ¡Timothée! ¡Maroc! ¡Maroc!

Maroc es un esclavo de quince años. El caballero se lo obsequió al zarpar. Un turbante escarlata le envuelve la cabeza y su única misión consiste en obedecer al ama: presentarle los frascos de perfumes; hacerle aire con un abanico de palmeras los días de calor ecuatorial; prepararle los sorbetes; acurrucarse a sus pies como un perro; sonreírle con los dientes blancos. Sus ojos no la abandonan ni un segundo. Pero ahora, cuando más lo necesita, la ha abandonado.

Ábrese la puerta de la habitación y la silueta de Timothée d'Osmat se recorta en el dintel, con un fondo de llamas. Ha perdido la peluca y el sombrero. Parece mucho más viejo así, casi un anciano. Le brilla la calva sudorosa.

Toinette se estremece de alegría. Monsieur de Fontenay da un paso hacia ella y cae pesadamente. La sangre que le mana de la boca moja los folios de *Le Grand Cyrus*.

La muchacha redobla sus esfuerzos. La espanta la vecindad del muerto. ¿El muerto? De repente cantan en su memoria los versos que oyó, dos años atrás en Béziers, cuando la compañía de Monsieur Molière estrenó *Le Dépit Amoureux*. Los decía Mascarille, el criado de Valère haciendo muecas bufonas:

*Eh! monsieur mon cher maître, il est si doux de vivre!*
*On ne meurt qu'une fois et c'est pour si longtemps!*

Pero los alejandrinos burlescos resuenan hoy en su mente en eco trágico: "¡Sólo se muere una vez y es para tanto tiempo!"

"Pour si longtemps!, pour si longtemps!" ¿Tendrá que morir ella también? ¡Maroc! ¡Maroc! ¡Qué miedo, qué miedo atroz de morir para siempre! El terror le ciñe la garganta. ¿Morirá allí a los veintidós años, con su frescura de flor, con sus labios rojos? ¡Ay! ¿por qué, por qué escuchó a Timothée y se dejó raptar en el sonoro coche que les arrastró a través de Francia hacia el puerto del demonio? Monsieur de Fontenay le puso al cuello los zafiros; le colgó de los lóbulos, con mil coqueterías, los pendientes de perlas de su madre; le juró que a su regreso el superintendente Fouquet le nombraría virrey del Río de la Plata. Se casarían. La presentaría en la Corte. Toinette haría su reverencia delante de Luis XIV que sólo cuenta veinte años y es bello como un Apolo de mármol. ¿Por qué escuchó al cortesano insinuante?

–¡Maroc! ¡Maroc!

Las otras dos naves de Timothée d'Osmat habrán emprendido la fuga, y alrededor de La Maréchale tumbada, flamígera, estrecharán el cerco las embarcaciones de los españoles y de los holandeses.

Toinette aguza el oído. En la costa retumban los alaridos victoriosos de los guaraníes que los padres jesuitas en-

81

viaron desde el norte, velozmente, para ayudar a proteger la ciudad.

¡Buenos Aires! ¡Cuánto, cuánto la odia! Al fondear frente a ella, en el estuario, Timothée se la mostró con un largo ademán, revoleando los puños de encajes de Malinas:

—¡He aquí vuestra capital, Marquesa de Buenos Aires!

Ella, con una sonrisa, había tomado el catalejo y no pudo contener un mohín decepcionado. Apenas cuatrocientas casas de barro forman la aldea, sin muro, sin foso, ni más baluarte que un fuerte pequeño. En la redondez del cristal de su anteojo, Toinette vio, como una miniatura, la frágil construcción, con sus cañoncitos. Detrás, en la llanura, apiñábanse los patios y las huertas, con la gracia de los naranjos, de los limoneros, de los perales, de los manzanos, de las higueras.

Debieron atacar en seguida pero no lo quiso Timothée. Antes recorrerían el río. Le gustaba jugar con la presa que no se podría defender. Por eso yace ahora de bruces, en el alcázar, con el rostro aquilino hundido en las páginas de *Le Grand Cyrus*.

—¡Maroc! ¡Maroc!

¿Dónde se esconderá Maroc, Maroc que permanecía de hinojos durante horas, junto al sillón de damasco de su ama, como ante una imagen, acariciándola con los ojos ardientes? ¿Habrá huido en alguna de las otras naves? El africano nada como un pez...

La torpeza de Monsieur de Fontenay dio tiempo a la ciudad para pertrecharse; para apremiar a los indios fieles; para requerir el socorro de la flota de mercaderes de Holanda que cargaban cueros de toro. Y ahora... Ya no habrá virreinato para Toinette, ni fiestas en el castillo de Vaux, donde triunfa la gloria del superintendente Fouquet y las fuentes dibujan palacios de vidrio sobre las copas de los árboles. Ya no habrá reverencias delante del monarca que, por un momento, deja a su adorada María Mancini, sobrina del Cardenal Mazarino, para admirar a la muchacha de labios rojos. Ya no habrá nada...

—¡Maroc! ¡Maroc!

La lucha ha cesado casi por completo. Sólo algunos disparos de mosquetería la prolongan. El fuego cubre como otro tapiz crepitante un muro entero de la cámara. Pronto lamerá la viga que aprieta el pecho joven y la cintura de Toinette. Entonces... Pero no hay que pensar en eso; es imposible. Hay que pensar en *Le Grand Cyrus* y en Monsieur Molière, con sus extraños bigotes y su peluca, cuando representaba en Béziers delante de los Estados. ¿Qué papel era el suyo? ¡Ah sí!, el del padre, el de Albert, en *Le Dépit Amoureux*, ¡y con qué osada elegancia! Pero no, no debe recordarlo, porque entonces:

*On ne meurt qu'une fois et c'est pour si longtemps!*

Maroc entra de un salto gimnástico, como un niño bailarín. Maroc, sin turbante, sin babuchas, sin la faja verde. Maroc, desnudo como un adolescente salvaje, negrísimos los ojos, erizado el pelo crespo. Se llega a ella, indeciso. Luego se inclina, se pone de rodillas, como cuando la cuidaba en la tienda anaranjada del puente. Acerca a la cara blanca la suya morena, ansiosa; acerca a los labios rojos su boca que tiembla. La besa largamente, hondamente. En medio de su pavor, desde el cepo que la tortura entre el moblaje fastuoso, Toinette siente ese beso de hombre. Es un beso distinto de los que le ha dado Monsieur de Fontenay, que hasta en el amor guarda un recato de ceremonia.

Maroc le besa el cuello; le besa la piel lisa y perfumada. De otro salto se pone de pie y toma la arqueta de joyas. Se detiene junto al cadáver de Timothée d'Osmat. Le alza la cabeza por una oreja, como si fuera un animal muerto, y le escupe en la mejilla. Luego la deja caer sobre el volumen abierto de Mademoiselle de Scudéry.

—¡Maroc! ¡Maroc!

Y ya está afuera. Ya se zambulle en el río. Ni siquiera se ha vuelto a mirar a la mujer que grita de horror.

Las llamas avanzan lentamente sobre la viga que aplasta el torso nacarado de Toinette.

83

## XIV

## EL IMAGINERO

## 1679

Manuel Couto regresó a Buenos Aires presa de una obsesión que le trastornó el ánimo. Había permanecido cinco años en los calabozos del Santo Oficio de Lima. Fueron cinco terribles años, durante los cuales su razón, de suyo dada a la fantasía, se extravió lentamente. Por acusaciones de una mestiza y un negro, sus criados, había sido enviado a esas crueles cárceles. Los servidores se amaban en secreto y como el imaginero comenzó a perseguir a la mocita, resolvieron deshacerse de él tachándole de hereje. El portugués no tuvo defensa. Era cierto que para terminar la escultura de Nuestra Señora de la Concepción se había sentado sobre la talla y que, ante las hipócritas recriminaciones de la mestiza, le había respondido que no se preocupara, que aquella era una perdida como ella. Golpeando el madero, añadió: "Esto no es más que un pedazo de palo." Era cierto también que en otra oportunidad, hallándose enfermo, blasfemó contra la Virgen, pues no aplacaba sus dolores. Cierto y muy cierto, para su desgracia. Los jueces y comisarios eclesiásticos de Buenos Aires se negaron a escucharle, cuando protestó de su inocencia y juró su condición de cristiano viejo. La sola circunstancia de ser portugués, natural de San Miguel de Barreros cerca de Oporto, fomentaba la sospecha de su judaísmo. De nada le valió su buena amistad con el gobernador don José Martínez de Salazar, quien en 1671 le había confiado la ejecución del Santo Cristo que donó a la Catedral de Buenos Aires. Secuestraron sus bienes y le mandaron al Perú, como un fardo. Allí le tomaron declaración muchas veces y por fin le sometieron a tormento, poniéndole en la cincha. Naturalmente, confesó cuanto quisieron y salió por las calles, a horcajadas en un burro, vistiendo el sambenito amarillo y llevando en la diestra un cirio verde. El verdugo le dio doscientos azotes. Luego le condenaron a cuatro años más de presidio, en Valdivia, pero como había pasado varios en la Ciudad de los Reyes, logró esquivar ese encierro y volverse al Río de la Plata.

Lo extraño es que no alimentaba ningún deseo de venganza hacia sus entregadores. Éstos, por lo demás, habían desaparecido. Otra preocupación le guiaba, le encendía la mirada loca.

Está ahora en su taller, rodeado de imágenes. Va de la una a la otra, estudiándolas, pasando sobre las caras sus dedos trémulos. Ayer presentó a las autoridades la estatua de San Miguel que le encargaron para el Fuerte y por la cual le pagaron cien pesos redondos. Dos esculturas más, ya listas, con su policromía y sus ropas de lino y terciopelo, alzan los brazos implorantes junto a la ventana. Son dos apóstoles. Sobre un cofre hay cabezas de santos, barbadas, trágicas, las mejillas surcadas de lágrimas y de arrugas. Hay en otro el boceto de un calvario. En un rincón apílanse los troncos de cedro, de naranjo, de algarrobo, de lapacho, de urunday, que utilizará en trabajos futuros.

Da lástima verle, de tan macilento. Ha traído de Lima la costumbre de hablar solo, por lo bajo, a causa de la larga soledad. Ha traído también una mujer joven, muy blanca, que le sirve de modelo, le cocina y le limpia la habitación. Es la única que entra en el taller. Muy de tarde en tarde, anuncia a algún señorón porteño que acude con un encargo.

La mujer se llama Rosario y es hermosa.

La obsesión de Miguel Couto nació en su celda limeña. Durante un lustro, el cuitado imaginero no vio más ser viviente que los familiares del Santo Oficio. Aparecían a horas

85

absurdas, graves, engolillados; los dominicos, de blanco y negro; precedidos por un fragor de cerrojos. Le preguntaban esto y aquello y lo anotaban minuciosamente. Luego tornaban a interrogar. Sopesaban lo declarado en balanzas celosas. Se valían de mil artimañas para arrancarle una palabra hebrea, una frase en griego. ¡Como si conociera algo que no fuera el portugués y un mal castellano! Y siempre le hablaban del alma, enredándose en zarzales de teología: que si el alma nos ha sido infundida por un soplo de Dios; que si el alma es inmortal, y cuando nos mudamos en un despojo miserable, vuelve al seno divino; que si queda flotando, invisible, o viaja a las moradas absolutas a recibir castigo y premio; que si el alma sí, que si el alma no... ¡El alma! El portugués creyó a veces, en su delirio, que el alma se le iba a escapar de los labios. Los apretaba entonces y juntaba las palmas en angustiada oración. O si no, en mitad de la noche oscurísima, temblando sobre el suelo duro, sentía alrededor un leve revoloteo, como de mariposas, como de silenciosos insectos. ¡Almas! La celda se llenaba de almas impalpables hasta que el amanecer asomaba en la altura de la reja.

Va a esculpir una talla nueva, pero no será un Cristo, ni un San Juan Bautista, ni una Magdalena, ni una Dolorosa. Será una talla que guardará para él. Si la vieran tendría que regresar a Lima, a la tortura, así que la ocultará como un avaro. Acaso esta obra, a diferencia de las otras, tenga alma, un alma, su alma. Después, el imaginero podrá morir.

Con el cuchillo filoso, comienza a raspar la madera blanda. Allí cerca, en cuclillas, Rosario borda. El artista no la necesita aún. Ella ni siquiera sabe qué resultará de la inspiración. Piensa que el tronco, casi tan blanco como su carne, se transformará en la Virgen de los Dolores, en la Virgen de la Paz... Y él, brillándole los ojos, hinca la hoja seguro.

Al cabo de una hora, cuando entra con el mate cebado, Rosario observa que la escultura tiene la traza de una mujer de pie, cuyos brazos se abandonan a lo largo del cuerpo. Manuel Couto da dos rápidas chupadas a la bombilla y ordena:

—Ahora desnúdate.

Enrojece la peruana. Es cosa que el maestro nunca le ha exigido. Todo se redujo a sentarse en el olear de los atavíos de pliegues geométricos, con un bulto que simulaba al Niño Jesús sobre las rodillas; o a soltarse el cabello y entornar los párpados, en la actitud de María de Magdala. ¡Pero esto! Enrojece y titubea.

Couto clava el cuchillo en la madera y repite, en un tono que no admite contestación:

—Desnúdate, mujer.

Rosario obedece con un suspiro y la presencia de su piel suavísima, surcada de venas celestes, torna más lúgubres las cabezas de los santos apóstoles, como si aquellas pupilas pintadas no resistieran la luz que despide su torso.

¿Eva? ¿Querrá el maestro labrar la imagen de Eva, madre de los mortales?

Rosario está de pie, desnuda, en el centro del taller. A lo largo de sus flancos reposan los brazos armoniosos. Tiemblan sus pechos gráciles.

Manuel Couto hunde el cuchillo en el leño elástico, cuyas vetas son como sutiles ríos de sangre azul.

Avanza la obra febrilmente. El escultor no descansa. A medianoche despierta a la muchacha, enciende unos gruesos cirios en el taller y reanuda la labor. Lo aguija la idea de no poder terminarla. Hasta entonces no dormirá tranquilo. Ha sido una semana de locura, pero falta poco. Ya se yergue en el aposento la figura de Rosario, con la boca entreabierta, con los brazos caídos en ofertorio, con el pecho breve y punzante. Jamás soñó Manuel que realizaría algo tan hermoso, tan verdadero.

Titilan las velas alrededor. Ahora, con sumo cuidado, el artista acuesta la estatua. Ha llegado el momento de policromarla. Mezcla los colores y, minuto a minuto, las fibras de la madera desaparecen bajo el pálido rosa, bajo el rojo que aviva los senos y los labios, bajo el verde que ilumina los ojos. Rosario contempla fascinada la operación. Detrás, en el chisporroteo de los pabilos, parece que los santos barbudos se inclinaran también.

Manuel Couto se ha sentado sobre el pecho de la escultura, para pintar el rostro.

Dice Rosario:

—¿Cómo os sentáis así sobre el cuerpo de nuestra madre Eva? ¿No es éste un gran pecado?

—¿Eva? ¿Y quién os ha contado que ésta es Eva? Ésta es sólo una perdida como vos.

El pincel queda inmóvil en el aire. De repente atraviesa la memoria del loco una escena idéntica a la que está viviendo. Es la que le precipitó en las mazmorras de Lima y le hizo sufrir las torturas de la Inquisición. La otra mujer, la mestiza, le había recriminado también que usara de la suerte, sin miramientos, de una talla...

El escultor se levanta de un brinco. En su puño relampaguea el cuchillo agudo con el cual fue arrancando las frágiles astillas. ¿Se propondrá esta hembra mandarle a presidio, como la otra? Pero, ¿por qué le persiguen así, por qué no le dejan en paz, si no busca guerra a nadie?

Rosario retrocede, asustada. En el ángulo de la habitación, los dos grandes apóstoles le cierran el paso. Grita de dolor, porque siente, entre los pechos, la hoja de metal que penetra y la sangre que mana a borbotones. Jadea desesperadamente, en el terror de la agonía.

El loco continúa de pie, saltándosele de las órbitas los ojos enormes. A un lado yace la mujer convulsa; al otro la que él esculpió, serena, con los brazos caídos que acompañan la línea del cuerpo.

Manuel no se demuda por el horror de su crimen. Su antigua obsesión se apodera de él. ¡El alma! ¡El alma de Rosario! No debe dejarla escapar. Debe cazarla al vuelo, como si fuera un pájaro, antes de que huya. Arrastra el madero tallado junto a la muchacha que casi no se mueve. Lo hace girar despacio, tomándolo por los hombros, hasta que la estatua cubre por completo a la moribunda y la desnudez viviente cede bajo el peso de la otra desnudez, ganada al tronco liso. Las bocas abiertas se rozan. No podrá seguir otro camino el alma volandera de Rosario.

La peruana esboza un rictus postrero y se estremece toda. El demente da un paso atrás y se seca el sudor frío que le baña las mejillas. Agitadas por el parpadeo de los cirios, las cabezas truncas de los santos le miran, amenazadoras, y los dos apóstoles oscilan como si se adelantaran hacia él, flotantes los ropajes bermejos. Empuja la mesa, para colocarla como un parapeto entre él y sus enemigos de madera y derriba los candelabros que caen con estrépito. ¿Y su última obra? ¿Acaso no se mueve también, en el suelo?

El fuego se adhiere a los mantos rojos y corre hacia la ventana. Manuel Couto vocifera y se golpea contra las paredes. Crepitan en torno, coléricos, los sacros personajes.

A la madrugada, los vecinos le hallaron, carbonizado, bajo las ruinas de su taller. Costó trabajo desembarazarle de los fragmentos de una estatua de mujer desnuda. Le tenía ceñido con los brazos de madera pulida; los brazos curvos, entreabiertos, alzados.

## XV

## EL ARZOBISPO DE SAMOS

### 1694

El arzobispo de Samos camina a grandes trancos por la celda del convento de Santo Domingo que le sirve de prisión. Walter ha escapado llevándose lo único que al griego le quedaba: su grueso anillo de oro cuya esmeralda ostenta labrado el mochuelo grato a Minerva. Mientras va y viene, colérico, el arzobispo se tortura pensando cómo habrá conseguido robarle la sortija. Los dedos de su mano derecha acarician incesantemente el anular izquierdo, como si esa fricción mecánica pudiera hacer surgir, bajo las yemas, la lisura familiar de la piedra preciosa.

Walter, su paje, desapareció hace quince horas con el anillo. ¡El anillo merced al cual Fray Joseph Georgerini proyectaba comprar su evasión a los carceleros! Y ahora no le resta nada, ni siquiera la esperanza. Él también parece un mochuelo, un enorme mochuelo absurdo, con sus ojos redondos y crueles, su nariz corva, su cara amarilla y sus ropas talares pardas y sucias, cuyas mangas flotantes se agitan como alas en la celda conventual.

¡Adiós, pues, a los planes de huida! El gobernador del Río de la Plata, el obispo y los comisarios de la Inquisición se salieron con la suya, y el arzobispo de Samos deberá emprender el camino de Lima, donde le aguardan los señores del Santo Oficio. Todo por culpa de Walter, por culpa de ese condenado inglés, hijo de mala madre, que sin duda se estará riendo ahora, rumbo al norte o al sur, lejos de los dominicos, de los interrogatorios, de los tribunales del Perú.

Fray Joseph Georgerini no teme el encuentro con los inquisidores. Otros careos más graves ha soportado en el curso de su vida azarosa y es hombre de mucho ingenio para que puedan hacerle trastrabillar las zancadillas de unos pequeños eclesiásticos coloniales. En cambio Walter sí lo temía. ¡Había que verle palidecer y demudarse, cuando se hablaba de los tormentos! Pero el arzobispo, con toda su ciencia sutil, no quiere enfrentarse con los agentes romanos. Prefiere que en Roma olviden su existencia. Y va y viene, rabioso, en tanto que las campanas del convento llaman a la primera misa.

Su cólera sube de punto. Hay en sus ojos de mochuelo un brillo peligroso. Desata el largo cordón que le ciñe la cintura y lo coloca en el piso, dibujando un triángulo. Luego se descalza, penetra en él, alza las palmas y comienza su invocación, implorando a Satán, Leviatán, Elioni, Astarot, Baalberit...

Las fórmulas mágicas de los grimorios, las del Libro de San Cipriano, las de la Clavícula de Salomón, resuenan en la celda de Buenos Aires. El arzobispo de Samos es ante todo un hechicero. Ahora no semeja un mochuelo sino un macho cabrío, temblorosa la barba, las cejas juntas, revuelto el pelo como una cornamenta, mientras repite por lo bajo los conjuros que otorgan la alianza del Demonio:

—Belfegor, Tanín, Belial, Alastor, Baal...

Hace más de cuatro meses que la impaciencia roe a Fray Joseph en el convento de Santo Domingo. Sólo una desgraciada tempestad y el naufragio de su barco pudieron llevarle a playa de tanta miseria. Cuando le condujeron desde las toscas, medio muerto, sobre una parihuela, entreabrió los párpados y vio desfilar a su lado la infinita pobreza de Buenos Aires que clamaba por la lluvia. Seguían su camilla, haciendo ademanes de teatro, el gobernador don Francisco de Robles, tres o cuatro oficiales reales, algunos soldados, y el extraño séquito del arzobispo: un paje inglés y los dos frailes agustinos, un español y un napolitano, que había recogido en sus andanzas. Detrás zo-

zobraban los restos del navío y el lento olear del Río de la Plata batía contra unos pocos cajones tumbados en el barro. Todo se había perdido.

Días complicados aguardaban al griego. Naturalmente, nadie comprendía quién era. El comisario porteño del Santo Oficio estudió sus papeles dándose aires de sabiduría, pero fue en vano. Dio vueltas y vueltas a las dos bulas escritas con letras ilegibles sobre pergaminos en forma de media luna, por medio de las cuales el Gran Turco despojaba a Fray Joseph del arzobispado de la Isla de Samos. El comisario resoplaba sobre las iniciales de oro, fruncía las narices y aspiraba el sospechoso olor de la herejía.

Los dos agustinos salvaron su responsabilidad de inmediato. Arguyeron que le habían conocido recientemente, y, abriendo las manos en abanico sobre la boca, apuntaron que se dedicaban a ordenar sacerdotes cobrando por ello buenas monedas de plata. El arzobispo mascullaba en griego, en latín, en turco, barajando los vocablos. Su criado sólo hablaba inglés. Era imposible comprenderles y ellos mismos alimentaban la confusión adrede con tanto sonido ronco. Pero el comisario inquisitorial buscaba su pista dentro del laberinto. Iba arremangado, congestionado, repitiendo las preguntas.

Unas veces creía deducir que Fray Joseph Georgerini, griego de nación, cismático que había abjurado, había obtenido el permiso del Papa Clemente X para decir misa según el rito griego. Deducía otras que el forastero había vagado de Samos a Roma y de allí a Florencia, a París, a Marsella, a Londres, a Lisboa; que los ingleses le habían reducido a prisión; que había ambulado por Madrid con el hábito desgarrado, como un profeta antiguo. Y por fin, cuando estaba seguro de que Su Majestad vería con agrado que las autoridades de Buenos Aires procedieran contra el intruso, el griego sagaz lograba torcer el expediente y dar la impresión de que el monarca le había autorizado a pedir limosna en sus dominios por tiempo de un año.

El comisario don Sebastián Crespo y Flores se mesaba los escasos mechones y volvía a empezar. Desesperado, cerró las carpetas, escribió al Santo Oficio de Lima y ordenó que el arzobispo de Samos, o lo que fuera la jerarquía de su obligado visitante, se encerrara bajo custodia en el convento de los hijos de Guzmán. Allá se fue Fray Joseph Georgerini, aleteantes las mangas de su ropón. Le quedaba su esmeralda, con el grabado mochuelo de las viejas monedas atenienses. Seduciría con ella a sus guardianes y podría escapar. Y ahora Walter se la había robado...

–Satán, Leviatán, Elioni, Astarot, Baalberit...

El arzobispo de Samos llama al Demonio en su socorro; al Diablo a quien Erasmo vio en las pulgas de Rotterdam, a quien el ermitaño San Antonio escupió en la cara, a quien el Papa San Silvestre metió en una cueva, a quien San Cipriano abrazó en su juventud.

Y la celda se ilumina con el color del azufre en torno del brujo que semeja un macho cabrío.

Walter escapa a uña de caballo camino de Córdoba. En su anular izquierdo fulge la esmeralda con la pequeña ave rapaz que se nutre de reptiles y de roedores. El paje se detiene a pasar la noche bajo un espinillo. En la soledad que le oprime y le asusta, piensa, para distraerse y darse ánimo, en el mal rato que estará viviendo su señor. Una leve sonrisa asoma a sus labios pero pronto se borra. La imagen iracunda del arzobispo de Samos, a quien supone entregado a quién sabe qué ritos nefandos en el convento de Buenos Aires, basta para invadirle de zozobra. Durante los últimos meses, en el barco, ha espiado a Fray Joseph en más de una ocasión por el ojo de la cerradura, y le ha visto modelando figurillas de cera en las que luego clavaba alfileres agudos, o inclinado con el rostro descompuesto sobre sus libros arábigos. Pero por más que el griego quiera, no podrá alcanzarle hasta aquí con sus mañas. Hay muchas leguas entre ambos.

El muchacho enciende una fogata y se tumba a dormir arrebujado. Allá cerca, su caballo pasta en los cardales.

La noche pesa encima con su terrible negrura.

93

Horas más tarde, Walter despierta bruscamente. Algo, quizá un insecto, le ha picado el anular, en la mano donde lleva la sortija. La hoguera se ha extinguido casi y al tímido resplandor de las brasas el paje distingue, sobre el anillo, en la segunda falange, una diminuta mancha azul.

Alrededor la noche acentúa su desamparo. La pampa no goza ni de una estrella ni de un grillo. Sólo rompe el silencio, en las tinieblas cercanas, el balido de un animal que podría ser una cabra salvaje. Temeroso, Walter silba a su caballo y como respuesta oye, dentro de la fronda del árbol que le cobija, el grito de un ave oculta, quizás un mochuelo, como una risa falsa, destemplada. El muchacho se esfuerza por divisar algo en la sombra, pero la masa del espinillo se funde con las tintas nocturnas. Se pone de pie y, extendiendo los brazos como un ciego, sale en busca de su alazán. Lo silba de nuevo, lo llama, y entretanto el balido responde a la risa agorera que parte del tronco.

El dedo le quema como si lo hubiera arrimado al rescoldo. Acaso le haya mordido una víbora. Lívido de terror, Walter se quita la esmeralda y la coloca en el anular derecho. Mientras las palpa con angustia, siente que las falanges izquierdas se le hinchan y que el dolor se insinúa hacia la muñeca, hacia el brazo.

Entre los cardos roza por casualidad un fragmento de la brida de su cabalgadura. Se oprime la mano envenenada que al tacto parece algo monstruoso y caliente. A la distancia, escucha el alegre relincho del caballo que huye por la llanura desierta.

Walter regresa a los tropezones al refugio del fuego. Ahora le arde la otra mano, el otro anular, a la altura de la sortija. Saca también de allí el anillo y lo desliza en su faltriquera. Acerca los dedos a las brasas y ve que los de una mano, tumefactos, agarrotados, con las uñas irreconocibles, comienzan a cubrirse de una transpiración verde y mohosa. En la otra ya avanza la gangrena azul.

El paje llora de miedo y se echa a correr entre las matas. Bajo su faltriquera, en el muslo, la misma mordedura le irrita la carne. Toma el anillo griego, el anillo maldito, y lo arroja a la noche. La piedra brilla en el aire como un carbunclo. Pronto, los brazos de Walter penden, inertes, perdidos. Arrastra la pierna que le pesa como si fuera de plomo. Comprende que no podrá continuar así por mucho tiempo. Y en tanto vaga cayendo y levantándose, por el llano cruel, gimiendo como un loco, le persigue la risa del mochuelo invisible, que revolotea en la oscuridad y le golpea la cara con las alas duras.

# XVI

## EL EMBRUJO DEL REY

### 1699

*Fragmento de una carta enviada des-
de Buenos Aires al enano milanés don
Nicolasito Pertusato, criado de los reyes
Felipe IV y Carlos II.*

"...y sin duda asombrará a vuesa merced recibir esta
carta mía, pues me habrá echado en olvido después de
tanto tiempo; por ello refrescaré su memoria y le recordaré
que tuve el honor de conocerle en Madrid ha veinte años,
gracias a una casualidad feliz.

Hallábame en las cocinas del Real Alcázar, con mi
amigo el enano inglés Bodson, aquel que el Duque de
Villahermosa trajo de Flandes y regaló a Su Majestad
cuando vuesa merced llegó en busca de la vianda, en
cumplimiento de su función de Ayuda de Cámara. De
inmediato vuesa merced y el inglés comenzaron a disputar por unas codornices, y Bodson la hubiera pasado muy
mal, pues vuesa merced medio le había metido en un ojo
la llave del cuarto regio, de no haber intervenido para
separarles este visitante curioso y Mari-Bárbola, la enana
de la Reina. Con el fin de hacer las paces, sugirió esta
última que, siendo yo forastero y recién venido de Segovia, me mostraran el cuadro de la Infanta Margarita, la
que casó con el Emperador, y en el cual el pintor Velázquez incluyó también las figuras de vuesa merced y de la
enana. La idea fue del gusto de todos y allá nos diri-
gimos.

Conservo en la mente como una de las escenas más preciosas de mi vida vagamunda el cruce de tantos aposentos tendidos de tapices y adornados de maravillas, hasta alcanzar el cuarto bajo de Su Majestad, la pieza del despacho, donde el cuadro me tuvo buen espacio boquiabierto. ¡Ay, señor don Nicolasito, paréceme estarlo viendo ahora, con aquella luz que despedían el rostro y el traje de la Infanta, y aquella reverencia de las meninas, y a un lado el pintor, y al otro la Mari-Bárbola, pesada, robusta, feísima, y vuesa merced, tan fino, tan delicado, tan pequeñito, el pie apoyado graciosamente sobre el lomo de un mastín! Veinte años de penurias y mudanzas han transcurrido desde entonces y nada se me perdió.

En aquel instante oímos pasos y mi corazón golpeó desordenadamente, pues temí que fuera el Rey quien venía a sentarse a aquella mesa del despacho, que colmaban las carpetas, los papeles, los sellos y las plumas. Echamos a correr por las mismas salas vacías, sonoras, y la mona vestida de raso amarillo, plantada sobre la cabezota de Mari-Bárbola, lanzaba unos chillidos agudos, mientras el inglés se defendía de los topetazos contra las sillas que le obligaba a dar con sus brincos un negro y revoltoso lebrel. Por una de las puertas que a ambos lados se abrían, desapareció vuesa merced secretamente y ya no torné a verle en mi vida. Le narro el lance tan por lo menudo, pues sé que, así como yo lo he guardado en la mente, vuesa merced lo habrá olvidado, con tantos episodios memorables como le habrá ofrecido su larga experiencia palaciega.

No detallaré a vuesa merced lo que mis andanzas fueron desde entonces. Estuve en Mallorca, en Brujas y en el Milanesado, siempre con adversa fortuna, probándolo todo, a veces de volatinero, pues he sido diestro en ejecutar piruetas y saltos de payasería, otras de paje de algún hidalgo pobre, de marinero, de vihuelista y hasta de sacamuelas. Encontrándome en Sevilla con una agujereada bolsa por hacienda, decidí desgarrarme hacia estas malditas Indias alabadas, movido por la tentación de la gloria y del oro. Ni oro ni gloria llovieron sobre mí, sino sinsabores infinitos. Conocí las ciudades de México, de Panamá y del Brasil, donde puse las botas como flecos y ejercí tantas profesiones que ni yo mismo acertaría a enumerarlas, y por fin mis huesos maltrechos y roídos (he cumplido cincuenta y seis años) rodaron hasta este desgraciado Puerto de Santa María de los Buenos Aires, donde ni es bueno el aire ni María nos alivia con el dulzor de su sonreír.

El destino aciago, ya que no la bienandanza que de muchacho soñé, me ha brindado algunas amistades fieles. Una de ellas es la del estudiante Felipe Blasco, llamado el Cojo, que es quien escribe esta carta, porque tan luengos trajines y la urgencia de aprender la ciencia de la vida y del pan diario no me dejaron asueto para estudios de universidad. Otra, es la del perrero de la Catedral, Marcelino Peje, cuya función finca en echar los canes del templo, que siempre hay algunos merodeando por los altares. Y otra, finalmente, la de Sebastián Milagros, un negro maestro en el arte de curar lo incurable. Juntos hemos formado una cofradía para venirnos en mutua ayuda. Por eso la carta que vuesa merced tiene en sus nobles manos se compone en nombre de los cuatro.

Trazado este exordio, diré a vuesa merced don Nicolasito que mi modo de lograr el cotidiano mantenimiento, compartido con el estudiante que mencioné, consiste por ahora en el humilde oficio de sopista, o sea que ambos acudimos muy de mañana a los conventos de San Francisco y de Santo Domingo y a la Compañía, provistos de sendas escudillas, en pos de la ración de sopa que la caridad de los Padres provee, con más agua que otras especies, a quienes la solicitan por el amor de Dios y de la Virgen. Este año la ración se ha debilitado, pues sabrá vuesa merced que la Divina Majestad prueba nuestra paciencia con una terrible sequía por la falta de lluvias. De vez en vez alternamos la pitanza conventual, insuficiente para los reclamos de un estómago inquieto, con otros auxilios habidos honestamente. Así, por ejemplo, guiamos en la ciudad a los escasos viajeros, conduciéndoles a las mejores pulperías, o servimos de correo a señores y damas, cuando han menester de mensajeros de especial discreción.

Ayer quiso nuestra estrella que el gobernador don Agustín de Robles agasajara en el Fuerte a varios cabildantes y funcionarios y que el Cojo y yo fuéramos llamados para atenderles. Entre plato y plato (no fueron muchos y regresaban tan limpios que defraudaron nuestras esperanzas), nos fue dado escuchar la conversación de esas personas principales, departiendo con autoridad. Fue así como nos enteramos del hechizo de Su Majestad a quien Dios guarde.

Su Señoría don Agustín había recibido pliegos de la Corte y a media voz comunicó a sus huéspedes compungidos la novedad que, según revelaciones hechas por un demonio a Fray Antonio Álvarez de Argüelles, dominico del convento de Cangas y conjurador famoso, Su Majestad padece desde la edad de catorce años un hechizo que se le dio en una taza de chocolate, dentro de la cual se deshicieron entre otros ingredientes que no me atrevo a citar, los sesos de un hombre muerto de mala muerte. Ya podrá imaginar, señor Pertusato, cómo temblaron en nuestras manos las jícaras y los jarros de plata al oír tan espantosos pormenores, y más aun al saber que, en opinión del mismo diablo informante, se debieron a la ambición de la Reina Madre doña Mariana de Austria, que en gloria esté.

Terminado el yantar y recogida la vajilla, nos reunimos como solemos hacerlo en la choza de Marcelino Peje, perrero catedralicio: el Cojo, el negro Sebastián Milagros y este indigno servidor de vuesa merced. Comentamos, como era justo, lo que habíamos escuchado contra nuestra voluntad en el Fuerte, y resolvimos de común acuerdo, validos de la circunstancia de haber tratado yo pasajeramente a vuesa merced veinte años ha, enviarle la carta que estoy dictando y que el Cojo aderoza con donaire más sutil.

Tiene ella por objeto comunicar a vuesa merced, Señor Ayuda de Cámara, una fórmula que en casos graves aplica Sebastián Milagros y cuyas virtudes han sido hasta hoy infalibles. Consiste en una cocción de palma, romero y olivo tostados en una vasija de arcilla, con los cuales se sahumará la alcoba del embrujado, asperjando también los rincones con agua sacra. Quien realice el exorcismo deberá revestir una capa y aletear con ella, a manera de quien espanta, en dirección a la puerta. En ésta se habrá enterrado previamente un cuí negro, clavado con alfileres. Acaso vuesa merced ignore que el cuí o cuy es un conejillo de tierras cálidas.

Nuestro deseo, como buenos vasallos, es que la razón de este remedio, cuya eficacia podría salvar al Imperio de daños crueles, llegue a oídos de nuestro glorioso Monarca. ¿Qué embajador más titulado que vuesa Merced, don Nicolasito, con su privanza en la cámara de Su Majestad? Le encareceremos por ello que nos facilite su concurso.

Marcelino Peje ha apartado algunas economías en años de duro rigor y ha dispuesto que si vuesa merced accede a transmitir al regio Amo la fórmula antes dicha, se honrará presentándole un bellísimo jubón de gamuza verde llegado por misteriosa equivocación a Buenos Aires, que tiene faldillas a lo francés y un ancho pasamanos de hebras de oro, y que luciría a las mil lindezas sobre la figura de vuesa merced.

A cambio de nuestra voluntad nada pedimos, que sólo cumplimos un deber y nos inspira la ahincada lealtad del súbdito hacia quien es dueño de nuestras vidas por gracia de Dios. Agradeceríamos tal vez se nos tuviera en cuenta para algún socorrillo, pues todos lo necesitamos en esta hora amarga, lo mismo Marcelino Peje que el moreno Sebastián Milagros y Felipe Blasco el Cojo y este criado de Vuestra Señoría, quien espera no cerrar los ojos para el sueño último sin que los acaricie el sol de Madrid y sin ver una vez más, en la pieza del despacho de Su Majestad, el cuadro donde el aposentador Velázquez pintó a Vuestra Señoría de pie en un ángulo, como si fuera un menudo Príncipe...".

## XVII

## LA CIUDAD ENCANTADA

## 1709

Levanta los ojos don Bruno de los papeles y mira hacia afuera por la ventana con viruela de moscas. Es la hora de la siesta y el calor se aplasta sobre el campo. Vapores dorados oscilan en los confines de la llanura, como un largo y tenue incendio. Para descansar de la vibración quemante, toma un trozo de cristal verde y observa al través los manchones de vacunos que motean los pastos. Esas manchas rojizas, terrosas, esos cueros y ese sebo y esas astas, son su fortuna. Luego gira hacia el interior de la habitación. Aplaca el ardor de los párpados sobre la frialdad de los muebles oscuros y reanuda la lectura con un gesto malhumorado. ¿Qué más le dirá el hermano en su carta?

*Y así, toda mi vida, harto lo sabes, fue averiguar de la Ciudad Encantada, entre viajeros y frailes de misión. Desde niño...*

Desde niño, es cierto, desde niño. Cuando jugaban en la casa paterna, en Buenos Aires, lo que más atraía a Jayme era organizar expediciones en pos de la Ciudad Encantada. Pronunciaba los nombres mágicos como si paladeara dulces: Trapalanda, Elelín... En cambio él insistía para que fueran a un lugar concreto, determinado: a ver llegar las carretas y las mulas, por la calle de los Mendocinos, donde rodaban y rodaban las obesas barricas; o a asistir al desembarco azaroso de los que venían por el río; o a asomarse a las casas episcopales, en cuyos patios se soleaban las casullas bordadas con ángeles y flores, con papagayos y monos.

101

–Vamos a buscar la Ciudad Encantada –rogaba Jayme.

Y allá se partían, con un niño negro, hijo de un esclavo. Bruno iba a regañadientes, protestando: –¡Si no hay tal Ciudad Encantada! Pregúntaselo a Padre y te lo dirá.

Aprovechaba la caminata juntando semillas que luego le vendía a su madre por monedas, para que ensartara rosarios. Cruzaban Buenos Aires, hacia el cercano ejido. Más allá de las dehesas, la pampa desnuda, letárgica, soportaba el peso de las anchas nubes.

–¿Para dónde piensas que está tu ciudad? –inquiría Bruno en son de mofa.

–Hacia allá... hacia allá...

Unas veces indicaba un rumbo, en la vaguedad del horizonte; otras, escogía una dirección opuesta. Sacaba del bolsillo un papel en el cual esa tarde misma había garabateado un plano. Andaban, andaban... Una vizcacha aparecía aquí, bigotuda; allí era un hornero o un gavilán; allí un hombre a caballo, anudado el pañuelo a la cabeza.

–¿Y la ciudad?

–Por allá... más allá... (Como si pudiera surgir de repente, encendida como una inmensa lámpara en los secos pastizales.)

*Desde niño he vivido poseído por el afán de alcanzar sus muros. ¿Te acuerdas cuánto reías de mí? O, si no, te irritabas. Siendo muy muchachos, presentóse en casa un soldado viejo que había ido con Don Jerónimo Luis de Cabrera a la conquista de los Césares. Le brillaban los ojos. Fue él quien más me entusiasmó con su relato de maravillas. ¿Lo recuerdas? Padre meneaba la cabeza y tú no hacías más que sonreír, pero Leonor y yo pendíamos de su cuento extraño. Si los indios no hubieran metido fuego a los carros, si no se hubiera perdido todo seguro estoy de que hubieran avistado la ciudad y entrado en ella...*

Leonor... Ella sí creyó en la Ciudad Encantada. Como Jayme. Lo que los vinculaba era aquella quimera, aquel imposible. A menudo sorprendió a los primos en conciliábulo secreto. Hablaban de la ciudad. Escapaban de Buenos Aires y su chatura hacia la ciudad misteriosa. Él no podía entrar en esas conversaciones. Su escepticismo le daba categoría de intruso y aunque hubiera querido volver sobre sus pasos, ya era tarde.

Leonor... Levanta los ojos nuevamente y la ve pasar por la galería frontera de la ventana entre las jaulas de cotorras. Un sombrero de paja la protege del sol. Camina con desgano. Conserva todavía la gracia aérea con la cual le dominó desde chico.

¿Qué quiere Jayme? Casi le había olvidado. No... no es verdad... no conseguirá olvidarle jamás... ¿Por qué diablos remueve estas antiguas historias inútiles? Lo único real es que Leonor es suya, suya, de Bruno. Lo demás son sueños, diversión de perezosos, como la Ciudad Encantada.

Lee una página más. Jayme le refiere en ella detalles insulsos, monótonos, de su vida. El puesto que desempeña en la Real Hacienda...

*No hay nada más triste y sin sustancia; nada más distante de mi condición. Me sofoca, me abruma; la grosería de mis compañeros me desespera. Veinte años he sufrido así, aunque nunca te lo dije. Si no tuviera mi Ciudad, no sé qué haría. He estudiado cuanto a ella se refiere, comparando cuidadosamente las memorias de los viajeros, y cada vez me convenzo más de que la ciudad que buscó el capitán César existe. Sólo que se esconde al sur, muy al sur, donde la construyeron los primeros náufragos. Oro y plata la pavimentan y piedras azules y rojas. La gobierna un patriarca emperador. El santo Padre Mascardi creyó en ella y llegó a sus cercanías, atravesando los grandes lagos. Le guiaba una princesa a quien convirtió al cristianismo. Matáronle los indios cuando poco le faltaba para llamar a sus puertas de diamante. Ahora...*

Ahora... aquí en el corazón mismo del mamotreto, debe hincarse la raíz de todo el asunto.

*Ahora un hombre valiente, Silvestre Antonio de Rojas, declara que la ha descubierto por fin, a dos leguas del mar, y traza el derrotero por el Tandil y el Volcán, hacia el sudoeste...*

Don Bruno imagina a su hermano escribiendo en la habitación del Fuerte. Lo rodean espesos libracos de la Real

Hacienda. Nada le ha vencido. Ha sido más recio que la miseria y que la burla. ¿Cuántos años tendrá? Araña la cincuentena. Y sin embargo ha salvado de los embates, como un endeble, multicolor navío, su ilusión, su estúpida ilusión. Soñar... ¿por qué no hizo como él, que hoy es opulento y bien mirado? La estancia le pertenece, otra, en Córdoba del Tucumán. Y los vacunos que en ellas se multiplican, como torrentes de agua parda, revuelta, en la que sobrenadan los cuernos feroces. La Ciudad Encantada ¡bah!... eso no lleva más que a vaciar el cerebro, a roerlo, a enloquecer... ¿Gozaría don Bruno de la amistad del gobernador don Manuel de Velazco y Tejada, el almirante, si en lugar de vigilar el negocio de cueros que juntos realizan con ganancia tan pingüe, se dedicara a la invención de ciudades con cúpulas de esmeralda y calzadas de turquesa?

*...quisiera, con toda el alma, irme con él a la Ciudad Encantada, a rendirla para el Rey Nuestro Señor. Por eso te pido que influyas ante Su Señoría para que me ayude con algún dinero, del cual ando escasísimo, pues es empresa de riesgo y que exige preparación. Sé que el gobernador te considera como a ninguno y no te negaría favor tan pequeño, que redundará en su gloria. Esta vez te juro que no me equivoco. De lo que pueda obtenerse, en metales y joyas, recibirás la parte justa. Más aún, te daré de la mía lo que quieras; me conoces y sabes lo poco que me importa el dinero. Lo que sí me importa es llegar a la Ciudad de los Césares, probarme que mi vida no ha sido vana. Si consultas con Leonor...*

¡De nuevo Leonor, Leonor, su mujer! Claro que si consultara con ella se pondría del lado de Jayme, como cuando conspiraban juntos, excluyéndole de su Ciudad. Esa ciudad absurda, esa patraña, ha sido para él una enemiga; el bastión dentro del cual Leonor y Jayme se encerraban; el sitio prohibido... Leonor... ¿Acaso tuvo Bruno la culpa de que el padre se la entregara a él en matrimonio? ¿Acaso tiene la culpa de ser el mejor de ambos, el triunfador, el que encaró la existencia con seriedad, el de las estancias ricas y no el empleado de la Real Hacienda a quien un mito trastorna?

*Los años y las circunstancias nos han alejado, hermano mío, pero nunca podrán separarnos. No te incomodé antes por prudencia y respeto, pues comprendo la gravedad de tus obligaciones. Esta vez la voluntad que desde la infancia me mueve ha avasallado mi discreción. Perdona a quien todo lo espera de ti. La Ciudad Encantada está ahí, al alcance de nuestras manos.*

Sobre la mesa, rozando los papeles de Jayme, reposa la carta a medio escribir que don Bruno dirigía al gobernador, cuando le trajo el mensajero la de su hermano. Le informa en ella detalladamente acerca de los cueros que en breve le enviará. Toma la pluma y añade un párrafo:

*Barrunto que Su Señoría recibirá un memorial de mi hermano Jayme, requiriendo su socorro para intervenir en la expedición a los Césares que mandaría Don Silvestre Antonio de Rojas y que por descabellada no puede contar con el apoyo de Su Señoría. Ruego a Su Señoría no le escuche, pues cuanto haga en ese sentido significará para mí angustias y tormentos. El saberle en peligro quebrantará mi ánimo.*

Don Bruno queda con la pluma en el aire. Por primera vez en tantos años, titubea. ¿Y si Jayme tuviera razón? ¿Si la ciudad se hallara ahí? La ve crecer en el vaho de oro que cubre el horizonte con su neblina. Ve su espejismo de torres, los tapices deslumbrantes volcados en las murallas, los centinelas cuyas corazas relampaguean. ¿Y si Jayme tuviera razón? ¿Si la conquistara? Críspanse los dedos del estanciero en los folios. Moja la pluma:

*Es menester que continúe en la Real Hacienda en el desempeño de su cargo.*

El caballero levanta el cristal verde. Al través mira los vacunos que ondulan en la pampa. Leonor pasa bajo el cristal, prisionera del acuario turbio. Al ponerse de pie, siente don Bruno que algo cruje bajo su bota. Es uno de los rosarios que su madre ensartaba con las semillas que le daba él a cambio de monedas.

## XVIII

## LA PULSERA DE CASCABELES

### 1720

Por el ventanuco enrejado, Bingo espía a los negreros ingleses. Sus figuras se recortan en la barranca del Retiro, con fondo de crepúsculo, más allá de las higueras y de los naranjos. Fuman sus largas pipas de tierra blanca, con los sombreros echados hacia atrás, y sus casacas color pasa, color aceituna, color miel y color tabaco se empañan y confunden sus tonos frente al esclavo que llora. Bingo vuelve los ojos hacia su hermana muerta, que yace junto a él sobre el suelo duro. A lo largo de la habitación, apíñanse los cuerpos sudorosos. Hay treinta o cuarenta negros, hombres y mujeres, los unos sobre los otros, como fardos. Su tufo y sus gemidos se mezclan en el aire que anuncia el otoño, como si fueran una sola cosa palpable.

En la barranca, los ingleses de la South Sea Company pasean lentamente. Rudyard, el ciego, tantea la tierra con su bastón. Ríe de las bromas de sus compañeros, con una risa pastosa que estremece sus hombros de gigante. Se han detenido frente a la fosa que cavan los africanos, más allá de la huerta. Ya sepultaron a doce apestados. Basta por hoy.

Bingo salmodia con su voz gutural, extraña, una oración por la hermana que ha muerto. Su canto repta y ondula sobre las cabezas de los esclavos como si de repente hubiera entrado en la cuadra una ráfaga del viento de Guinea. Incorpóranse los otros encarcelados y mientras la noche desciende suman sus voces a la melopea dolorosa.

Pero a los empleados de la South Sea Company poco les importan los himnos lúgubres. Están habituados a ellos.

Tampoco les importa la peste que diezma a los cautivos. Mañana fondeará en el Riachuelo un barco que viene de África con cuatrocientos esclavos más. Los negocios marchan bien, muy bien para la Compañía. Hace siete años que adquirió el privilegio de introducir sus cargamentos en el Río de la Plata, y desde entonces más de una fortuna se labró en Londres, más de un aventurero adquirió carroza y se insinuó entre las bellas de Covent Garden y del Strand, porque en el otro extremo del mundo, en la diminuta Buenos Aires, los caballeros necesitan vivir como orientales opulentos, dentro de la sencillez de sus casas de vastos patios.

Rudyard, el ciego, muerde la pipa blanca. Pronto llegará la hora de buscar a su favorita, a Temba, la muchachita frágil que lleva en la muñeca su pulsera de cobre con tres cascabeles. Ignora que Temba ha muerto también. Ignora que en ese mismo instante Bingo, su hermano, la está despojando del brazalete.

Desnúdase la noche, velo a velo. El edificio de la factoría comienza a fundirse con las sombras. Los negreros se enorgullecen de él. Es uno de los pocos de Buenos Aires que cuenta con dos pisos. Se levanta en las afueras de la ciudad, entre enhiestos tunales, en un solar que antes perteneció al gobernador Robles, al general don Miguel de Riglos y a la Real Compañía portuguesa, y que se extiende con más de mil varas de frente, sobre el río, y una legua de fondo, hacia la llanura.

A esa casa regresan los ingleses. Junto a la fosa, sobre la tierra removida, las palas quedaron espejeando, abandonadas a la luz de las estrellas. En la galería los hombres se separan de Rudyard. Ríen obscenamente porque saben a dónde va. Palmean las anchas espaldas del ciego, quien se aleja, vacilando, hacia la cuadra hedionda.

Su mujer de la pulsera... su mujercita de la pulsera... Bajo los ojos incoloros, inmóviles, terribles, apagados para siempre por la enfermedad cruel de Guinea, se le frunce la nariz y le tiembla la papada colgante. Esto de la pulsera de cascabeles es invención suya, sólo suya. Cuando descargan en el Retiro una remesa de África, Rudyard anda una hora

107

entre las hembras, manoseándolas o rozándolas apenas con las yemas sutiles. Hasta que escoge la preferida y le ciñe, para reconocerla entre el rebaño oscuro, la pulsera de cobre. Nunca se equivoca en la elección. Sus compañeros lo comentan chasqueando la lengua, maravillados. Ni tampoco osará la mujer quitarse la ajorca. Una lo hizo y recibió cien azotes, a la madrugada. Había muerto ya cuando iban por la mitad de la cuenta. Su cabeza pendía a un costado, como una gran borla crespa, y seguían azotándola.

El ciego palpa los muros. Titubea su bastón. Su mujercita de la pulsera, miedosa, fina... Será su última noche, porque mañana aparecería por la factoría, después de atravesar la ciudad por el camino del bajo, desde la barraca del Riachuelo, la caravana de carne nueva.

Descorre el cerrojo y empuja la puerta. Su enorme masa ventruda bloquea la entrada. Llama, impaciente:

–¡Temba! ¡Temba!

En el rincón le responde el son familiar de los cascabeles, asustado. El ciego sonríe. Noche a noche repite la escena que le divierte. Se hace a un lado para que la muchacha pase. La cazará al vuelo, al cruzar la puerta, como si fuera un pájaro veloz, y la arrastrará al jardín.

Bingo se alza y toca en silencio la mejilla de su hermana. Sesenta ojos están fijos en él. Brillan en la inmensa habitación, como luciérnagas. Sólo los ojos de Rudyard, espantosamente claros, no relampaguean. Todo calla en torno suyo. Se oyen las respiraciones jadeantes. El olor es tan recio que, con estar acostumbrado a él, el inglés se lleva una mano al rostro.

El negro es elástico, delgado y pequeño como su hermana. Se le señala el esqueleto bajo la piel. Avanza encorvado hacia el enemigo y a su paso los cuerpos de ébano se apartan, sigilosos.

–¡Temba! ¡Temba!

Temba descansa para siempre, rígida, y Bingo levanta en la diestra, como una sonaja de bailarín, la pulsera de cobre. Sólo tres metros le separan ahora del gigante ciego. Calcula la distancia y de un brinco salta por el vano de la puerta. Rudyard le arroja el bastón entre las piernas, pero yerra el golpe. Las sonajas cantan su victoria afuera, en la galería.

Rudyard asegura los cerrojos y se echa a reír. Arriba, los negreros ríen también, borrachos de gin, acodados sobre la mesa como personajes de Hogarth. Escuchan los trancos inseguros del ciego, los choques de su bastón contra las columnas, la vocecita de los cascabeles.

—¡Temba! ¿Dónde estás?

Temba está en la cuadra, con los brazos sobre los pechos de mármol negro. Los esclavos no osan acercarse. Se acurrucan en los rincones. Hoy no podrán dormir. Escuchan, escuchan, como sus amos, el claro repiqueteo de las bolas de cobre.

Bingo baila, enloquecido, alrededor del hombracho. El inglés no para de reír y revolea su rama de pino. Han dejado el corredor y van el uno detrás del otro, hacia el declive de la barranca: el que huye, ágil como un simio; el perseguidor, pausado, macizo como un oso. Y todo el tiempo cantan los cascabeles. Hasta que Rudyard, fatigado, termina por enfurecer. Fustiga los limoneros, los perales. Embarulla los idiomas:

—¡Temba! ¿Dónde te escondes? ¿Where are you, tigra?

Sus botas destrozan las coles de la huerta, las cebollas, los ajos, las lechugas.

Han alcanzado el lugar en el cual fueron sepultados los negros. Bingo salta sobre la fosa y hace sonar los cascabeles. Es como si una serpiente llamara entre las tunas, con sus crótalos, con su tentación.

El ciego da un paso, dos, tres, balanceándose pesadamente, y su capuchón se derrumba en la humedad del hoyo. El negro no le concede un segundo de respiro. Levanta la pala como un hacha y, de un golpe, le parte el cráneo. Luego, sin un instante de reposo, empieza a cubrirlo de tierra. La pulsera de cascabeles lanza por última vez su pregón al aire, cuando cae en la fosa, sobre la casaca color aceituna.

En la factoría roncan los ingleses su borrachera, y los esclavos despiertos se abrazan, tiritando de frío.

109

## XIX

## EL PATIO ILUMINADO

### 1725

Todo ha terminado ya. Benjamín se arrebuja en su capa y cruza el primer patio sin ver los jazmines en flor que desbordan de los tinajones, sin escuchar a los pájaros que desde sus jaulas despiden a la tarde. Apenas tendrá tiempo de asegurar las alforjas sobre el caballo y desaparecer por la salida del huerto, rumbo a Córdoba o a Santa Fe. Antes de la noche surgirá por allí algún regidor o quizás uno de los alcaldes, con soldados del Fuerte, para prender al contrabandista. Detrás del negro fiel que llegó de Mendoza, tartamudeando las malas nuevas, habrán llegado a la ciudad sus acusadores. La fortuna tan velozmente amasada se le escapará entre los dedos. Abre las manos, como si sintiera fluir la plata que no le pertenece. Pálido de miedo y de cólera, tortura su imaginación en pos de quién le habrá delatado. Pero eso no importa. Lo que importa es salvarse, poner leguas entre él y sus enemigos.

En el segundo patio se detiene. La inesperada claridad le deslumbra. Nunca lo ha visto así. Parece un altar mayor en misa de Gloria. No ha quedado rincón sin iluminar. Faroles con velas de sebo o velones de grasa de potro chisporrotean bajo la higuera tenebrosa. Entre ellos se mueve doña Concepción, menudita, esmirriada. Corre con agilidad ratonil, llevando y trayendo macetas de geranios, avivando aquí un pabilo, enderezando allá un taburete. Los muebles del estrado han sido trasladados al corredor de alero, por la mulata que la sigue como una sombra bailarina. A la luz de tanta llama trémula, se multiplican los

110

desgarrones de damasco y el punteado de las polillas sobre las maderas del Paraguay.

Benjamín se pasa la mano por la frente. Había olvidado la fiesta de su madre. Durante diez días, la loca no paró con las invitaciones. Del brigadier don Bruno Mauricio de Zabala abajo, no había que olvidar a nadie. Para algo se guarda en los cofres de la casa tanto dinero. El obispo Fray Pedro de Fajardo, los señores del Cabildo, los vecinos de fuste... Colmó papeles y papeles como si en verdad supiera escribir, como si en verdad fuera a realizarse el sarao. Benjamín encerró los garabatos y los borrones en el mismo bargueño donde están sus cuentas secretas de los negros, los cueros y frutos que subrepticiamente ha enviado a Mendoza y por culpa de los cuales vendrán a arrestarle.

Doña Concepción se le acerca, radiante, brillándole los ojos extraviados:

–Vete a vestir –le dice–; ponte la chupa morada. Pronto estará aquí el gobernador.

Y sin detenerse regresa a su tarea. Benjamín advierte que se ha colocado unas plumas rojas, desflecadas, en los cabellos. Ya no parece un ratón, sino un ave extraña que camina entre las velas a saltitos, aleteando, picoteando. Detrás va la esclava, mostrando los dientes.

–Aquí –ordena la señora–, la silla para don Bruno.

La mulata carga con el sillón de Arequipa. Cuando lo alza fulgen los clavos en el respaldo de vaqueta.

El contrabandista no sabe cómo proceder para quebrar la ilusión de la demente. Por fin se decide:

–Madre, no podré estar en la fiesta. Tengo que partir en seguida para el norte.

¿El norte? ¿Partir para el norte el día mismo en que habrá que agasajar a la flor de Buenos Aires? No, no, su hijo bromea. Ríe doña Concepción con su risa rota y habla a un tiempo con su hijo y con los jilgueros.

–Madre, tiene usted que comprenderme, debo irme ahora sin perder un segundo.

¿Le dirá también que no habrá tal fiesta, que nadie acudirá al patio luminoso? Tan ocupado estuvo los últimos

111

días que tarde a tarde fue postergando la explicación, el pretexto. Ahora no vale la pena. Lo que urge es abandonar la casa y su peligro. Pero no contó con la desesperación de la señora. Le besa, angustiada. Se le cuelga del cuello y le ciega con las plumas rojas.

—¡No te puedes ir hoy, Benjamín! ¡No te vayas, hijo!

El hombre desanuda los brazos nerviosos que le oprimen.

—Me voy, madre, me voy.

Se mete en su aposento y arroja las alforjas sobre la cama. Doña Concepción gimotea. Junto a ella, dijérase que la mulata ha enloquecido también. Giran alrededor del contrabandista, como dos pajarracos. Benjamín las empuja hacia la puerta y desliza el pasador por las argollas.

La señora queda balanceándose un momento, en mitad del patio, como si el menor soplo de brisa la fuera a derribar entre las plantas.

—No se irá —murmura—, no se irá.

Sus ojos encendidos buscan en torno.

—Ven, movamos la silla.

Entre las dos apoyan el pesado sillón de Arequipa contra la puerta, afianzándolo en el cerrojo de tal manera que traba la salida.

La mulata se pone a cantar. Benjamín, furioso, arremete contra las hojas de cedro, pero los duros cuarterones resisten. Cuantos más esfuerzos hace, más se afirma en los hierros el respaldo.

—¡Madre, déjeme usted salir! ¡Déjeme usted salir! ¡Madre, que vendrán a prenderme! ¡Madre!

Doña Concepción no le escucha. Riega los tiestos olorosos, sacude una alfombrilla, aguza el oído hacia el zaguán donde arde una lámpara bajo la imagen de la Virgen de la Merced. De la huerta, solemne, avanza el mugir de la vaca entrecortado de graznidos y cloqueos.

—¡Madre, madre, que nadie vendrá, que no habrá fiesta ni nada!

La loca yergue la cabeza orgullosa y fulgura su plumaje temblón. ¿Nadie acudirá a la fiesta, a su fiesta? Su hijo desvaría.

112

En el patio entró ya el primer convidado. Es el alcalde de segundo voto. Trae el bastón en la diestra y lo escoltan cuatro soldados del Fuerte.

Doña Concepción sonríe, paladeando su triunfo. Se echa a parlotear, frenética, revolviendo los brazos huesudos en el rumor de las piedras y de los dijes de plata. Con ayuda de la esclava quita el sillón de la puerta para que Benjamín acoja al huésped.

113

## XX

## LA MOJIGANGA

### 1753

La negra asoma entre el cerco de tunas y mira hacia el camino. Nada se ve en su soledad, bajo el cielo claro de estrellas. Tiende el oído, pero el desorden de su corazón le impide escuchar. Se aprieta el seno, para aquietar la angustia. Los tres pequeños le tironean la falda. Nada se oye ni se ve y el camino se aleja hacia el fondo de la noche entre el canto de los grillos. Muchas horas hace ya que Antón falta de la chocita. Se le llevaron los enmascarados, riendo y haciendo bufonerías, y Dalila quedó allí, con los hijos, aguardando el regreso del carro multicolor. Le rogó al marido que no la dejara, pero fue inútil. Desde la mañana, el negro estuvo bebiendo en un rincón.

–¡Hoy es Carnaval! –le gritaba–. ¡Hoy es Carnaval! –y empinaba el jarro.

Dalila acalló sus presentimientos. Nada le ha dicho de ellos ni de los sueños atroces que la revuelven en el jergón, a su lado, cuando parece que el alba no volverá nunca.

¡Ay!, y el carro, el carro adornado de papeles rojos y azules, tampoco volverá... tampoco volverá... ¿Dónde suenan ahora las risas? ¿Dónde hace bulla la mojiganga alegre de hombres disfrazados? ¿Dónde anda el aprendiz de verdugo?

Dalila va y viene por la huerta diminuta, sin reparar en la plantación. Los niños que debían dormir ya, no cejan en su empeño, prendidos de su falda. Callan los tres, pero tironean, tironean, y cada vez es como si preguntaran.

Llegó el carro por la mitad del camino, muy de mañana. Sus ruedas se hundían en las costras de barro seco.

114

Desde lejos lo vieron avanzar, pesadote, al tranco de una yunta de bueyes, y Antón soltó su risa. Le señalaba la gracia de la mula que acompañaba a los que iban de fiesta. Cabalgaba en ella un enmascarado que la hacía corcovear y que vestía, como el resto de la mojiganga, un ropón sucio, terminado en puntiaguda coroza, a modo de las que usan los cofrades penitentes, con sólo dos agujeros para los ojos. Eran seis o siete y todos reían; pero Dalila tuvo miedo.

Cuando se detuvieron delante de la choza, la negra se adelantó con un cuenco, para ofrecerles vino. Supo que eran de su raza por las manos. Recelosa, les tendió la vasija. Y el de la mula, que era quien más disparates hacía, sacó de una alforja un huevo lleno de agua y otro lleno de harina, y los arrojó contra los niños que todo lo observaban con asombro y que también se echaron a reír, sacudiendo la mojadura como animalitos.

Los esperpentos se pusieron a cantar. Cantaban la Cadena, el Perico, el Malambo, y hacían unas obscenas contorsiones, con meneo de caderas y de vientre.

Y le llevaron. Le dieron un traje como los suyos, muy remendado. Se lo vistieron con mil ceremonias ridículas, de esas que sólo los negros saben hacer, y se fueron a Buenos Aires, distante media legua. Daba tumbos la carreta y el de la mula movía los brazos, como si pronunciara un discurso para las ranas que huían hacia los zanjones.

Entonces comenzó la espera larga como el día.

En vano quiso tranquilizarse. Ha vivido así, de zozobra, desde que, dos meses atrás, los regidores compraron a Antón, esclavo ladino, para que el alguacil mayor le instruyera en los modos de aplicar el tormento. A Antón el cargo le pareció magnífico. Ninguno azotaba como él. Ninguno tan robusto, tan eficaz. Los desocupados se reunían en su torno, en la Plaza Mayor, cuando dejaba caer la lonja, una, dos, tres, diez, veinte veces, con rítmico balanceo, sobre las espaldas desnudas de los que sufrían condena. Cumplía su trabajo con aplicación. Una, dos, tres... Las espaldas brillaban al sol. Casi siempre eran negros los castigados: esclavos rebeldes, esclavos que habían hurtado alguna cosa o que riñeron con cuchillos. Una, dos, tres...

Dalila le suplicó que no lo hiciera. No podrían obligarle a eso. Pero Antón no lo entendió así. Creía que la función le destacaba entre los otros negros, que le señalaba una jerarquía de mandatario. Le gustaba el aparato de la solemnidad: la fila de soldados, el empaque del alguacil, la ronda de bobalicones. No pensaba, mientras ejercía su oficio, en el dolor del torturado. Eso era parte de la fiesta. La sangre era parte de la fiesta, con sus rubíes. Y la lonja subía y bajaba, ritual. Alguna señora se asomaba a una reja vecina. Acaso se desmayara tras el postigo. Una, dos, tres...

Se negó a comprender, cuando Dalila le dijo que sus compañeros de ranchería ya no querían hablarle. ¡Era él, era él quien no quería codearse con los otros! Hinchaba el pecho y se tocaba los músculos de los brazos. En el Cabildo le habían regalado un traje nuevo que lucía garbosamente. ¿Acaso no le mostraban con ello su favor; acaso no le estaban indicando así su privanza, su condición que le levantaba sobre los demás?

Pero después de transcurrido el primer mes, el joven verdugo empezó a extrañar a los amigos. Ya no le buscaban para ir a la pulpería o para los bailes, las noches de tamboril y de vihuela. ¿Osarían hacerle a un lado, a él, a Antón, al más fuerte, al único con quien el alguacil conversaba casi de igual a igual?

Por eso acogió con tanto entusiasmo a la mojiganga carnavalesca. Bajo las ropas talares y los capuchos, adivinó a los camaradas. Y rió con una risa abierta, que saltaba entre sus dientes blancos, mientras el carro se perdía hacia Buenos Aires, en pos del caballero de la mula. Allí sí podrían divertirse. Entrarían en las casas; perseguirían a las negras; danzarían el fandango, cantando en su media lengua la estrofa aprendida de los españoles:

> *Asómate a la ventana,*
> *cara de borrica flaca;*
> *a la ventana te asoma*
> *cara de mulita roma.*

116

Y Dalila permaneció con los hijos, los tres hijos, con su miedo. Por la tarde salió a la carretera solitaria y anduvo un trecho, por si topaba con alguno que le diera noticias de los festejos de Buenos Aires. A nadie halló y se recogió en la habitación única de la choza. El temor la fue royendo por dentro, sutilmente, a medida que las horas morían y se acostaba el sol sobre la llanura y florecían las estrellas pálidas, borrosas, como reflejadas en un espejo antiguo. La fue royendo por dentro, como un insecto voraz que le taladraba la carne y la consumía, hasta tumbarla en el piso de tierra, exhausta, febril, sola con su espanto.

Dio de comer a los niños. Después pasó un hombre a caballo, la capa al viento. Ella le gritó su pregunta, pero él espoleó sin detenerse. Desesperada, encendió una vela rota delante de la imagen de Santa Catalina que le había obsequiado una monja del convento. Puso junto a ella una piedra verde, que su padre trajo de Guinea, cuando los negreros le embarcaron. Y oró delante de ambas: Padre nuestro. Padre nuestro que estás en los Cielos...

En mitad del rezo, lanza una exclamación de alegría. Los pequeños han entrado en tropel y le señalan el camino. Sale, anhelosa. La noche ha descendido más de manera que le cuesta distinguir el bulto que por la carretera avanza.

¡Ay! ¡No es Antón! ¡Es el encapuchado del mulo! ¿Qué vendrá a decirle, Dios mío, y por qué no apura al animal? Le llama, braceando, pero el otro continúa al mismo trotecillo parsimonioso.

Ya está aquí. ¿Por qué no desciende? ¿Por qué no le habla? ¿Qué horribles nuevas le trae, para que calle así, rígido, fantasmal, en lo alto de la cabalgadura?

Tímidamente, Dalila le roza la pierna, mientras sus ojos buscan, en los agujeros de la coroza, los del enmascarado. Le toca de nuevo:

—Antón... ¿Dónde le habéis dejado?

Sólo entonces reconoce, bajo el disfraz absurdo, el corpachón de su marido. Le sacude, pero tiene los pies ligados bajo el vientre de la bestia y las manos atadas a la espalda.

117

–¡Antón! ¡Antón!

El negro no se mueve. Loca, Dalila forcejea con las cuerdas. Le arranca el hábito, eludiendo los cabezazos de la mula. Los niños ríen en torno e imitan los brincos y disparates de la mojiganga que pasó en el carro mañanero. Y las estrellas alumbran, sobre el pecho desnudo del negro, un puñalito.

## XXI

## LE ROYAL CACAMBO

### 1761

*Hemos preferido conservar en su idioma original esta carta, enviada a Candide por su servidor Cacambo. Ambos personajes, según refiere Voltaire, estuvieron en Buenos Aires hacia el año 1756.*

À Buenos-Ayres, le 3 Janvier 1761.

Mon mâitre Candide:

Voici une bonne demi-heure que je fatigue ma plume sans trouver la façon de commencer ma lettre. Je suis confus de ne vous avoir pas écrit plus tôt. En vérité la vie es très agitée à Buenos-Ayres; elle s'écoule rapidement dans cette petite ville où il n'y a pourtant rien à faire. Ça vous surprendra sans doute. J'ai été étonné moi même quand les circonstances me l'ont appris. Hélas! que ne suis-je resté à Constantinople avec vous, à cultiver vos légumes! Là vous avez raison, là on s'explique très bien que, d'accord avec Monsieur le philosophe Pangloss, vous disiez que tout est pour le mieux dans le meilleur des mondes; tandis qu'ici...

Depuis un an que je vous ai quitté, un soir de malheur, pour retourner au Rio de la Plata, et depuis huit mois que j'habite Buenos-Ayres, le récit de mon existence peut se résumer ainsi: je me suis uni en mariage; j'ai répudie ma femme; j'ai été transformé de votre valet fidèle en prétendant au trône des Incas. Je vois autour de vous fleurir les sourires sceptiques, quand vous lirez ma lettre à haute voix

119

sous le ciel clair de Constantinople. Que ceux qui doutent ouvrent les yeux et prêtent l'oreille.

Commençons par ma femme. Deux semaines après mon arrivée, j'ai connu une adorable métisse du nom de Lolita: une petite femme fraîche, ravissante, Monsieur Candide, gentille, avec des dents très blanches et des yeux très noirs. Elle gagnait sa vie à faire de la pâtisserie, des tortitas plus délicieuses que celles des donnes capucines, et que les dames de la ville se disputaient. J'en tombais amoureux. Après avoir goûté ses tortitas je voulus goûter à ses lèvres. Je lui fis ma ma cour avec succès et devins son mari.

En sortant de l'église de Santo Domingo, sitôt après la cérémonie, je pouvais me considérer heureux. Rien ne me manquait sinon votre présence, maître Candide. Toutefois, je n'étais pas assez aveugle pour ne pas reconnaître un petit nuage dans un horizon aussi diaphane: la famille de Lolita était nombreuse. Elle trouvait partout des oncles et des cousins. Je vous signale que je ne parle pas exactement de sa famille, mais de sa demi-famille, du côté indien, car le côté espagnol l'a toujours ignorée. Ces Indiens, comme ceux de la famille de ma mère d'ailleurs, sont du Tucuman et d'origine quichua. Tout le mal vint de là.

Il éclata le soir même de notre mariage. Comme nous nous mettions au lit, évidemment très émus, et que je finissais de me déshabiller, voilà que Lolita pousse de grands cris. Je crois que je suis bien fait mais telles marques d'admiration m'ont semblé excessives. Or l'admiration était d'une tout autre sorte. Maître, mon ton doit devenir confidentiel. Vous saurez l'excuser. Je possède autour du nombril un grain de beauté très noir, si noir que bien que ma peau soit assez brune on le voit distinctement. Il a la singulière forme d'un soleil rond avec des rayons. Et il est placé pardonnez-moi si j'insiste, autour du nombril, le contournant. C'est ce grain de beauté que provoquait les cris de Lolita. Elle voulut m'en parler, mais vous pensez que j'étais occupé d'autres choses. Ces occupations finies, je m'endormis d'un sommeil lourd, le dernier authentiquement placide de mon existence.

Le lendemain je fus éveillé par le contact d'une main sur mon ventre. Ce n'étaient pas les doigts subtils de ma pâtissière, mais d'autres, rugueux et durs. Je me levai d'un bond. A côté de notre lit, avec Lolita tout habillée, se tenait une vieille indienne, sa grand-mère. Elle me tâtait le ventre. Je fus immédiatement saisi de frayeur, imaginant qu'elle essayait sur moi quelque sorcellerie, mais la vieille me rassura bientôt. Elle me posa des questions sur ma famille tucumane et finit par me dire:

–Cacambo, tu es le prince, le souverain, le libérateur, que notre race attend depuis que les castillans maudits ont chassé nos rois de leurs capitales d'or. Tu portes sur ton ventre la marque espérée. Vois ce soleil, signe du dieu dont descend la sacrée dynastie de Manco Capac. Remarque qu'il est placé autour de ton nombril et qu'en notre langue nombril se dit Cozco, Cuzco, qui est aussi le nom de notre ville impériale.

Ayant ainsi parlé, toutes deux tombèrent à genoux et se mirent a m'adorer comme si j'étais Notre-Seigneur. J'en ai fort ri, les ai invitées a boire une bouteille de vin espagnol d'Esquivias et, chaque fois qu'elles essayaient de revenir sur le sujet de ma peau royale, je détournais la conversation en faisant l'éloge du nombril de Lolita.

Plusieurs jours se passèrent, et j'aurais oublié l'incident ne fut-ce le respect solennel avec lequel ma femme regardait mon ventre tous les soirs, ce qui m'agaçait un peu, trouvant cet hommage déplacé. Une après-midi, elle était occupée à sucrer des tortitas dans le patio, moi à fumer et à me gratter dans notre chambre. Soudain la porte s'ouvre et Lolita entre avec quatre Indiens. Celui que semblait leur chef me demanda de me déshabiller. Je m'y serais opposé, devinant ce qu'il cherchait, mais Lolita insista, et puis j'avoue que les yeux de matamores des quichuas me faisaient un peu peur. J'obéis donc et, comme la fois antérieure, mes visiteurs se mirent à genoux. Le chef voulut baiser mon soleil, mais je trouvai la courtoisie trop poussée. Il s'avança, je reculai, les autres Tucumans m'entourèrent, je pris une chaise, Lolita s'évanouit, j'empoignai la chaise comme une massue, et un affreux vacarme en résulta. Notre maison se trouve près du Cabildo; en deux minutes Monseigneur l'Alguacil Mayor était là avec sa garde. On nous emmena tous, et j'en fus quitte avec dix coups de bâton.

Je rentrai chez nous avec Lolita qui ne cessait de pleurer. Après quelques minauderies, le calme renaquit et avec lui notre idylle. Cependant, ma femme travaillait à mon insu à des plans étranges. Sa grand-mère allumait en elle des ambitions fabuleuses. Elle rêvait probablement d'être impératrice du Pérou, avec son Cacambo pour Inca. Donc, tout en feignant l'insouciance, elle attendait son heure. Un mois s'écoula ainsi. Je fumais, elle préparait ses pâtes cuites au four, nous nous cajolions. Un soir, elle introduisit de nouveau des visiteurs. Ce n'était plus des gens de couleur, mais des blancs, des blancs magnifiquement blancs, et somptueusement vêtus: deux caballeros. L'un d'eux portait un bandeau noir sur l'oeil gauche. Quand ils parlèrent, je compris qu'ils étaient Italiens et déduisis immédiatement leur condition de conspirateurs. Hélas, Monsieur Candide, je ne me trompais point! A ce moment-là j'ai regretté de toute mon ame de n'être pas resté à Constantinople a soigner votre jardin. L' homme au bandeau me débita un discours fort bien construit, dont chaque partie finissait par cette phrase: "Voulez-vous ou ne voulez-vous pas être l'empereur du Rio de la Plata? Ca ne dépend que de votre volonté." Ils me confièrent qu'ils disposaient de beaucoup d'argent et qu'il avaient des amitiés à la Cour portugaise.

Nous en étions la de ce colloque, dans lequel mon intervention se manifestait par des grognements, lorsque Lolita, qui n'avait pas abandonné le patio, apparut avec des yeux de folle. Elle était suivie par Monseigneur l'Alguacil Mayor et ses écorcheurs. Evidemment quelqu'un, quelque postulant d'une autre dynastie, les avait prévenus. Mes Italiens échangèrent un sourire amer. Cette fois on m'interrogea longuement à la cárcel du Cabildo. Je protestai si vivement que l'Aguacil fut convaincu de mon innocence et me rendit la liberté avec vingt coups de bâton sur le dos.

Dès lors je devins méfiant et portai jour et nuit, sur la peau, une bande de tissu de laine, una faja, autour de ma dangereuse ceinture. Le temps, en passant, n'éteignit pas mes craintes. A la maison, Lolita restait auprès du four. Or, un doux matin ensoleillé, comme je traversais la Grand'Place, non loin de la Cathédrale, je m'approchai, sans y penser, du marché que les Indiens installent sous les roues des carretas gigantesques. Et voilà qu'un des monstres qui étaient venus chez moi en ambassade quand on voulut embrasser mon nombril, me reconnaît. Il me signale à ses compagnons avec des cris de joie. La nouvelle court par le marché, entre les vendeurs de poissons et de cuirs, et tout ce monde tombe a genoux, le front dans la boue. J'étais au désespoir et simulais la distraction. Mon angoisse s'accrut lorsque je vis s'avancer au centre de la place, avec son escorte, Monseigneur l'Alguacil Mayor de Buenos-Ayres. Il me fit appliquer vingt coups, là devant mes sujets stupéfaits, sans même se donner la peine de me conduire au Cabildo.

Vous devinerez, mâitre, dans quel état d'esprit je suis revenu chez moi. Au patio, Lolita m'attendait. Elle me fit une révérence profonde. A son côté se tenait une énorme femme, une Indienne, probablement de la tribu des Patagons, enveloppée dans une immense couverture rouge. Dès qu'elle m'aperçut, cette grande diablesse se mit à me haranguer en sa langue barbare, en signalant alternativement le ciel et mon ventre fatidique. Je n'y comprennais rien et d'ailleurs je me moquais de ce qu'elle pouvait me dire. Je devins furieux, ce qui multiplia mes forces, et je les chassai sur-le-champ, elle et ma femme, à grands coups de pied dans le derrière.

Voilà Monsieur Candide, comment j'ai perdu à jamais ma femme, ma patience et mon trône. Qu'en pensera Monsieur de Voltaire? Parfois, pendant les nuits trop chaudes, je me roule sur ma couche déserte, rêvant à la paix merveilleuse de notre petit jardin de Constantinople. J'y retournerai dés que j'aurai réuni assez d'argent pour payer mon voyage. Entre temps, je fais des tortitas et garde mes sous.

Votre très humble, très obéissant et très fidèle serviteur

CACAMBO

123

## XXII

## LA JAULA

### 1776

Paco oprime con tal vigor la espada de su padre, que le duelen los dedos. Una hora hace que la empuñadura se clava en su palma y le tiñe en ella un surco rojo. Escondido detrás de la cortina espesa, clasifica los ruidos de la noche que enlaza el martilleo de su corazón. A sus espaldas, la puerta que abre al patio deja entrar el olor de los tiestos que empapa el rocío. A veces desliza sin un rumor el lienzo pesado y sus ojos se esfuerzan por distinguir las formas, en la oscuridad del aposento. Pero nada se ve allí sino formas confusas, más negras que lo negro de la sombra, y nada se oye, sino ese dulce piar que es como el latir de la habitación dormida. Algún pájaro se estremece en su jaula. Paco lo olvida presto, pues allá fuera, en los conventos, se levantan las campanadas sonoras, retumbantes, espaciadas, como golpes que la ciudad se diera en el pecho, pidiendo perdón, pidiendo perdón. Cuando el rítmico "mea culpa" enmudece, sucede a su voz la de la patrulla del alcalde de barrio, que el Virrey Vértiz acaba de crear y que recorre la calle con tranco cadencioso. El silencio torna a adueñarse del cuarto fantasmal, y el piar del pájaro invisible se vuelve tan intenso que Paco se desespera y crispa la mano en el viejo espadón.

¡Cuánto tarda don Lázaro! ¡Cuánto tarda el hombre a quien debe castigar! El muchacho vacila detrás del género de pliegues apolillados, que lo sofoca, y se dice que ya no podrá resistir mucho tiempo. ¿Y si se fuera? ¿Si regresara a su casa, cerca del padre, cerca de la madre, cerca de su

124

hermana Marta? ¡Ay! ¡Si regresara allí tendría que enfrentarse con el llanto acusador de su hermana, que no calla hace tres días; ese llanto apagado, finísimo! Parece imposible que guardara tantas lágrimas. Son las lágrimas que ha ido juntando durante seis meses, en esa misma habitación de don Lázaro, y que ahora vuelca como un tesoro de amargos cristales.

Lo que más sorprende a Paco es la actitud paterna. ¿Habrá muerto la virilidad de su progenitor? ¿Cómo no se lanzó a la calle sin aguardar un segundo, para vengar a su hija? ¿El dinero de don Lázaro, ese famoso dinero tan mentado el día de las nupcias, medio año atrás, podrá más que el sentimiento de la honra?

Paco aprieta sus manos de muchacho, casi infantiles todavía, en la empuñadura que corona la cazoleta. Y aprieta los dientes. Él hará lo que el padre no supo o no quiso hacer. El martillar del pecho se le antoja otra campana que mide su espera. Piensa que si conociera la exacta causa del dolor de su hermana, ello estimularía su denuedo. Piensa que con esa idea machacándole la frente, más fuerte que el redoble de su corazón, no lo acobardaría la angustia. Pero María se ha negado a hablar; ni siquiera la madre consiguió confesarla. Muy terrible debió ser lo que la obligó a huir del esposo y a refugiarse junto a los suyos.

—Ya se arreglará —murmuraba el padre, evitando mirarla a los ojos.

Él, en cambio, la miró, y vio flotar sobre ellos esa sombra de miedo que desde niño aprendió a adivinar, la misma cuya aparición arrojaba a María en sus brazos, trémula, cuando la nodriza les contaba consejas de espanto, las tardes de lluvia. Y hoy no pudo contenerse; buscó en el arcón la espada que el padre no ha usado nunca, y se echó a andar.

Una carreta cruje y chirría. Canta un borracho:

> *Marizápalos era muchacha*
> *y enamoradita de Pedro Martín;*
> *por sobrina del cura estimada,*
> *la gala del pueblo, la flor del abril...*

Alguien le ha volcado un cubo de agua, porque sus últimas palabras se deshacen en palabrotas.

Y ahora el silencio está ahí una vez más, en el aposento de apiñadas oscuridades, y con él el tierno piar del pajarito.

Bien pudo María tener confianza en su hermano y revelarle el secreto. Pero no... todo es llorar y llorar...

La izquierda de Paco se engarfia en la cortina. Le dio un tirón tan recio que casi la desgarra. Ha oído el choque del cerrojo distante. Más allá del zumbido de sus sienes, que le importunan como abejorros, percibe el paso de su cuñado. Ya atravesó el primer patio; viene por las piezas solitarias, abriendo y cerrando puertas.

El adolescente domina su jadeo y tantea detrás el postigo que atisba al patio. Ahora don Lázaro entra en la habitación, con un candil en la mano. Es muy escasa su luz, pero a su claridad, por una rajadura del cortinaje, Paco conquista el ignorado aposento. Las sombras macizas desmáyanse o se alzan, soberbias, en los rincones. Dijérase que no una sino diez personas han invadido la cuadra matrimonial, y andan dando tumbos alrededor del lecho, de los cofres, de las sillas, del espejo lívido. Y lo que más impresiona al muchacho es la faz de don Lázaro, roja sobre la llama, con esos ojos verdes que siempre le asustaron, que asustan a su hermana, que la impulsaron a rogar a su padre que no la casara con él.

El caballero coloca la luz sobre una mesa y comienza a desvestirse. Lo hace pausadamente, entre largos bostezos. Paco le tiene frente a él, indefenso, y sin embargo no osa mostrarse con la espada. Súbitamente le domina una extraña piedad por ese hombre solo, que ya no es joven, y a quien descubre así, en su intimidad, quitándose el calzón, ajustándose el gorro de dormir, ordenando unos libros en el anaquel, estirando los brazos. ¿Tendrá razón María? ¿Tendrá, en verdad, razón? ¿No estará él a punto de cometer una acción injusta? ¿Qué sabe, qué sabe, en realidad?

Don Lázaro hojea un libro, rascándose la barba crecida. Un anciano, para los catorce años de Paco... un anciano

126

que hojea un libro antes de acostarse a reposar, con la borla del gorro blanco ridículamente volcada sobre el hombro...

Titubea el muchacho. Nuevas campanadas dialogan, cristalinas, pacíficas. Don Lázaro se arrebuja en el lecho y apaga la luz. Y Paco permanece unos minutos desconcertado, sitiado por el silencio, como si el silencio fuera otra cortina, enorme, palpable. Hasta que el tenue piar del pájaro vuelve a conmover la habitación negra, con su latido. Un anciano que se apresta a dormir... un pájaro oculto... y un asesino que aguarda... ¿Matar? ¿Por qué? ¿Por la que allá lejos llora y llora? ¿Y por qué ahora? Un anciano... un pájaro...

El joven siente que una serenidad honda empieza a ablandarle. Sus dedos se aflojan en la empuñadura. Piensa en su padre, tan razonable siempre, tan justo, y en él mismo, en la arbitrariedad de ese acero. Se irá... En cuanto esté seguro de que don Lázaro duerme, saldrá por la puerta del patio.

El ave escondida desgrana su voz débil. Entonces la sangre se le hiela al mozo, porque, imprevistamente, en otro ángulo de la sala, estalla como un latigazo un grito cruel. Las uñas de Paco arañan la cruz filosa. Don Lázaro ha encendido el candil y las sombras bailotean en la habitación, cuando el caballero desciende del lecho de jacarandá.

Paco lo observa todo, entre curioso y asustado. El viejo ha destapado sobre la mesa central el paño que cubría una jaula pequeña. Dentro se hamaca un pajarito incoloro, aquel cuyo trino obsesionó durante una hora al adolescente. Don Lázaro introduce una mano en la prisión y toma a su habitante diminuto. Luego cruza la habitación fantástica, negra y blanca como un grabado, y se llega a un rincón opuesto al que ocupa el hermano de su mujer. La llama lo ilumina por vez primera y Paco advierte la presencia de otra jaula, grande, sólida, de barrotes recios, cuya armazón se eleva sobre una silla. En su interior hay un ave inmóvil. Cuando la luz se derrama en sus plumas blancas y

127

castañas, Paco reconoce al caburé. Los ha visto en la estancia de su padre, en los árboles que se deshojan en el río Paraná. Gira el animal la cabeza y en sus pupilas relampaguea el amarillo del iris, feroz.

Don Lázaro entreabre la portezuela y desliza por ella al pájaro. Después retrocede y se desliza tras un sillón de alto espaldar. Escúchase de nuevo la canción del borracho, remotísima, a varias cuadras, tan profundo es el silencio, y Paco teme que su respiración anhelosa le delate.

El pájaro tímido se aproxima al de rapiña, que finge indiferencia. Comienza a acariciarlo suavemente. Tranquilizado por su impasibilidad, se le trepa en el hombro, lo besa, lo espulga. Hasta que el caburé se yergue, fascinante, dominador, lo derriba de un aletazo y le hunde el pico duro como una espuela, en el pecho. Le arranca las entrañas, le destroza el cráneo.

Tanto tiembla el muchacho detrás de la cortina que su espadón cae, fragoroso. Don Lázaro se vuelve bruscamente y Paco ve el iris amarillo de sus ojos de verdugo al claror del candil, como los de una bruja sobre un brasero. Escapa por los patios, espantando las macetas. Las rejas montan guardia doquier, en las ventanas, en la cancela, más allá del zaguán. Toda la casa es un inmenso jaulón donde el muchacho revolotea, desesperado, hasta que bajo su presión cede la puerta última.

128

## XXIII

## LA VÍBORA

## 1780

El anciano militar escucha la lectura con los ojos entrecerrados. Le fatiga el duro estilo de los documentos, y de tanto en tanto su mirada se distrae hacia el rayo de sol que cae oblicuamente en mitad de la celda. Es como una trémula columna azul que se desgarra y luego vuelve a formarse, como una diminuta Vía Láctea en la que se agitan millones y millones de corpúsculos.

Junto a la mesa que preside el dominico, el hijo del teniente de maestre de campo se apasiona sobre los papeles. Don Juan Josef entorna los párpados hacia los dos lectores. Les ve, como detrás de una gasa fina: el sacerdote, buido, con un rostro astuto, italiano, curiosamente anacrónico, de Papa del Renacimiento –un Pablo III sin la caperuza, el cerquillo de pelo blanco–; y el hijo tosco, sanguíneo, deformado el hombro izquierdo por una giba. Sólo en las cejas y en la frente comba se le parece a él, a él que es tan delgado, tan huesudo, tan enhiesto, a pesar de los setenta y cinco años. No hubo hombre más ágil en los ejércitos del Rey. Algo de ello le ha quedado en la senectud, algo tan suyo como el anillo de sello que le cubre una falange en el meñique; algo que permanece todavía en la elegancia con que dobla la cabeza, estira el busto, arquea el brazo o posa en una palma la sien hundida.

El dominico hojea ahora la ejecutoria familiar. Bastante costó que la enviaran desde Burgos. Es muy hermosa, con los escudos pintados delicadamente y árboles genealógicos prolijos. La ciñe una encuadernación de terciopelo violeta

129

raída por el tiempo. Voltea el fraile las páginas que terminan con el sello y la firma espinosa: Yo el Rey. A su lado, don Sebastián, el giboso, desearía que los folios no pasaran tan velozmente. Detiene la premura del lector y le señala con el índice corto, de uña cuadrada, algún entronque interesante, algún parentesco principal.

Anótalo el dominico en la hoja que ha ido colmando de apuntes, mientras prosigue su investigación. Despliegan los cuadros en los que los nombres se multiplican bajo las miniaturas, las unciales y los emblemas heráldicos; los nombres que se tornan más y más singulares a medida que retroceden en los siglos hacia la raíz del árbol: don Aymerico, doña Urraca, doña Esclaramunda.

Al anciano le importa poco lo que los otros debaten con afán. De muchacho le enseñaron esos manuscritos en la casona burgalesa, y lo que más le atrajo fue el paisaje microscópico que se apiña tras la primera mayúscula. Su padre alzaba exquisitamente el libro violeta para mostrarlo, como si fuera un esmalte raro o un labrado marfil. Él lo tenía olvidado ya. ¡Hace tantos, tantos años que lo vio por última vez, pues vino a Indias mozuelo, para servir al monarca! Sólo la tenacidad de Sebastián, su hijo, pudo conseguir en préstamo la ejecutoria. El tío viejísimo que todavía mora en la casa ancestral se resistía a cederla. Cartas se enviaron a Burgos y mensajeros, para convencer al porfiado. Y aquí están, por fin, en América, los títulos y las pruebas del linaje: en América, como don Juan Josef, en el convento de Santo Domingo de Buenos Aires, donde un fraile los estudia con fervor de escoliasta.

El anciano menea la cabeza silenciosamente y gira los ojos hacia la columna de luz. Piensa en ese hijo único, tan distinto de él, y no sólo distinto en la traza sino también en el carácter. La escena misma lo corrobora. Don Juan Josef nada ha querido para sí; lo ha dado todo. Cuando acudieron a importunarle en la modestia de su casa de la calle de Santo Cristo, para ofrecerle tal cargo o tal otro, los rechazó siempre. Ha sido militar como su padre, como su abuelo, como su bisabuelo, como los hombres cuyos espectros sal-

130

tan, fulgurantes, embanderados, encrestados, armados de pies a cabeza, de las páginas que deletrea el sacerdote. En el hijo se quebró la línea armoniosa, antigua de tres centurias. La corcova que trajo en la espalda al nacer proyectó sombra sobre su espíritu. Para él la vida tuvo por norte el medrar, el medrar sin descanso. Asombra que la ambición le ahogue aún. Ha desempeñado cuanta función de pompa existe en Buenos Aires. Ahora no se aleja del señor Virrey. Le acompaña doquier, sonriendo. ¿Qué esperará obtener de tal pleitesía? ¿Algo más, acaso, aparte del asunto que les reúne en ese instante en la celda del convento de Santo Domingo? Tanta es la trascendencia de ese asunto, que su logro debiera bastarle. Aspira don Sebastián a un favor regio que don Juan Josef, su padre, con ser sus méritos auténticos, jamás soñó en pedir como recompensa de sus propios trabajos. Quiere ser caballero de la Orden de Alcántara. Quiere, con toda el alma, serlo, y cuando él se propone algo no hay quien le detenga. Se imagina ya, hinchado, con la cruz verde de la encomienda cosida sobre la casaca. Nadie se fijará en su joroba el día en que luzca la cruz de la caballería.

Para eso viajó la ejecutoria de Burgos a Buenos Aires. Hay que probar ante todo la limpieza del abolengo, y no se puede prescindir de los pergaminos insustituibles.

Apunta y apunta, con vaga sonrisa, el dominico a quien Sebastián ha confiado la composición del memorial que elevará al Rey: un memorial de un barroquismo ceremonioso, en el que la lisonja se disfraza de retóricas sutiles.

El anciano se lleva las manos a los párpados. Renace en ellos la comezón que le acometió hace una semana. Conoce el síntoma; sabe que dentro de un rato la vista se le oscurecerá y el aire se encenderá de puntos amarillos. ¿Estará en verdad enfermo, muy enfermo? La pasada ocasión creyó enloquecer. Anduvo dando voces por la casa y cuando recobró el sentido se halló estirado en el lecho. ¿Qué hará? ¿Lo dirá a su hijo y al dominico para que le saquen de allí y le conduzcan a su habitación? No se atreve. El orgullo se lo impide. Quizás se pase el malestar...

Se acaricia los ojos, hasta que las designaciones de sitios familiares, citadas por su hijo, le apartan de su inquietud.

Don Sebastián está leyendo los papeles que mencionan los servicios de don Juan Josef. Los guarda en una carpeta. Son los nombramientos: el de teniente militar, el de capitán, el de teniente de maestre de campo... También eso se utilizará para apoyar su solicitud. De todo hay que echar mano, cuando de su vanidad se trata.

Don Juan Josef escucha con atención. Su vida desfila ante él, apretada, como desfiló la de sus mayores. Mentira le parece que quepa en palabras tan breves. La vista empieza a nublársele, de modo que cierra los ojos y aguza el oído. El giboso recorre la certificación de servicios hecha por don José de Andonaegui, brigadier de los ejércitos de Su Majestad. Y el dominico anota. Para divertirse de la monotonía –y obedeciendo a la obsesión que les mantiene alrededor de la mesa– el fraile dibuja con tinta verde la cruz de la Orden de Alcántara, la cruz ancorada que llaman el Noble, como dicen el Lagarto a la de Santiago.

Recita don Sebastián la comisión que le encargaron a su padre en 1746, cuando debió pasar a la frontera de Luján, para defenderla de los indios; recita otra, que le llevó al pago de la Matanza, donde luchó doce días con las tribus y el hambre, sin recibir refuerzos; y otra, durísima, que con cuatrocientos hombres y más de doscientas carretas le condujo en busca de sal a la enorme laguna, del lado de la sierra de Curumalán; y luego detalla su actuación en la campaña contra los portugueses de la Colonia del Sacramento. Los episodios resultan sencillos, casi infantiles, narrados así. Y siguen y siguen los documentos... A uno lo firma don Juan de San Martín; al otro, don Cristóbal Cabral de Melo; al otro, Andonaegui; al otro, don Domingo Ortiz de Rozas, el padre del que fue Conde de Poblaciones...

Pero el anciano no oye ya. En la noche de sus párpados comienzan a hacer guiños los puntos amarillos de la locura. De cuanto leyeron, sólo un hecho se ha presentado ante su memoria, exacto, vívido, como si no hubiera transcurrido una hora desde entonces.

Fue durante el viaje atroz a las Salinas. Dormitaba una madrugada en su tienda, en la soledad de los médanos, y de repente tuvo la sensación de una presencia peligrosa cerca de su cuja. Algún enemigo rondaba. Más todavía: alguno había logrado deslizarse hasta él, en lo oscuro. Cuando lo descubrió ya era tarde. La víbora le había rodeado el brazo izquierdo, con su pulsera fría, y le hincaba los dientes agudos en la mano. Nunca había tenido miedo hasta ese instante; nunca lo tuvo después, pero el segundo de pavor le dejó marcado para siempre; marcado como su mano izquierda, cuya herida fue cauterizada brutalmente por un esclavo con un hierro rojo. Luego se la polvorearon con azufre.

Don Juan Josef se roza esa palma con los dedos de la diestra y palpa la cicatriz profunda. Un terrible temblor le domina. Días atrás, creyó ver al ofidio entre las coles de la huerta. Pero, ¿acaso no murió entonces, entonces, hace treinta y cinco años? ¿Acaso le persigue todavía? Lo recuerda, erguido, asomando entre los dientecillos la lengua bífida; recuerda las escamas de la cabeza tatuada de signos geométricos; los ojos fijos y crueles. Se atiesa en la silla con un gesto de asco y de temor.

Levanta los párpados, angustiado. Las chispas amarillas cubren la celda del dominico. Se ha puesto éste el capucho del hábito. Con la pluma fina adelgaza el diseño de la cruz de Alcántara. En medio del incendio de artificio, que trastorna al teniente de maestre de campo, suena la voz de Sebastián, pausada, como si nada sucediera:

*Por cuanto por haber experimentado los insultos y hostilidades que han ejecutado los indios bárbaros serranos en las estancias de esta provincia con lamentable estrago y para poner remedio a tantas vejaciones y reprimir la insolencia y osadía de estos infieles, se ha considerado por importe y conveniente al mejor servicio de Su Majestad ordenar a don...*

Lo mismo que aquella madrugada inolvidable de los médanos, hace treinta y cinco años, don Juan Josef siente la vecindad del enemigo. En la habitación está. Por algún lado anda, enroscando sus anillos silentes. Quizá serpentea entre los devocionarios, o trepa por una de las patas torneadas del sillón del fraile, o repta entre las tallas del atril, listos los dientes filosos. Sin un rumor, el hidalgo se pone de pie. Los otros, amodorrados por la lectura, no lo advierten. Se aproxima a la mesa. El chisporroteo es cada vez mayor.

¡Ay! ¡Ya lo ha hallado! La víbora verde ondula sobre el folio en el cual el dominico hace sus anotaciones. ¿Cómo no la ve el tonsurado? ¿Cómo puede seguir escribiendo?

El militar toma la ejecutoria de tapas violetas y de un golpe la abate sobre la verde cruz de Alcántara que el fraile dibuja.

Los lectores se incorporan, desconcertados.

—¿Qué pasa, señor don Juan Josef?

Antes de que reaccionen, el anciano arrebata la carpeta de manuscritos de manos de don Sebastián y la arroja también sobre la mesa. Desparrámanse, confundidos, los encabezamientos de caligrafía tortuosa.

—¡La víbora! —jadea el viejo—; ¡que va a saltar!

Avanzan hacia él los dos, pero el militar, más ligero, más elástico a pesar de los años, se escabulle. Ha vuelto a apoderarse de la ejecutoria de Burgos; atraviesa el rayo de sol que divide la celda y que le aclara súbitamente el traje severo; y corre hacia el claustro.

—¡La víbora! ¡Le han crecido alas!

El caballero azota al aire con el libro. Síguenle los otros, resollando; más extraña que nunca, por espantada, la cara antigua del dominico; la joroba encaramada sobre el hombro de don Sebastián.

—¡La víbora verde!

—¡Está endemoniado!

Más allá del claustro, en el centro del jardincito de árboles tristones, hay un aljibe. Don Juan Josef se dirige hacia el brocal, a trancos grotescos. A veces se cubre el rostro

134

con el volumen, como para protegerlo de invisibles mordeduras, y a veces esgrime como un arma la gruesa cubierta.

–¡Por el pozo se fue!

Asómase el alucinado a su boca. Ve su interior, hasta lo hondo, iluminado por las luces amarillas, y en una de las salientes viscosas, entre las manchas de musgo lívido, adivina el retorcimiento del reptil.

Alza la información de nobleza.

–¡Padre! –gime el hijo corcovado a quien la carrera sofoca–, ¡el libro!, ¡el libro no!

Le tiembla en la voz la desesperación impotente.

Don Juan Josef tira la ejecutoria de los abuelos. La oye aletear como un gran pájaro violeta, cuando se desencuaderna y se desprenden los blasones y los testimonios, y las tapas orladas chocan contra las paredes húmedas.

## XXIV

## EL SUCESOR

### 1785

Don Rufo quemó su vida en fuegos de lujuria. Por eso murió tan joven, roído, calcinado. Por eso le enterraron hace diez días, con ceremonia rápida a la que no asistieron los parientes señoriles. Hasta los últimos tiempos, hasta que nada indicaba ya, en la devastación de su físico, lo que habían sido ese cuerpo pujante, y esa máscara dura, marmórea, estatuaria, no cedió su amorosa demencia. Ahora está muerto, bien muerto, y las dos mujeres y el muchacho que habitan su casa andan como perdidos entre los muebles desfondados.

Es una casa del barrio del Alto de San Pedro, situada más allí del zanjón que llaman del Hospital. La gente que mora en esa parte de Buenos Aires no podría codearse con los primos de don Rufo. Son pescadores, marineros y peones que realizan las tareas de acarreo para el abastecimiento de la ciudad. Mézclanse con ellos algunos genoveses a quienes se reconoce por los ademanes estrafalarios: en ocasiones parece que ordenaran al aire o que le dieran bofetadas.

Cuando don Rufo se afincó allí indicó a las claras que había roto para siempre con su familia. El perdulario llevó con él a un hijo, un niño, habido en una mulata; ese mismo Luis que roza los quince años y cuya desmayada delgadez contrasta con el vigor vehemente del padre. Otros hijos tuvo, pero les abandonó en el desparramo de las rancherías, junto a las madres oscuras, lacias, tristes. Trajo también una gallega de caderas fuertes, que suele vagar por las habitaciones arrastrando las chinelas y a quien le gusta levantar la saya al descuido para mostrar las pantorrillas redondas. Luego se agregó otra mujer, una mestiza que apenas dice palabra y a quien todo se le ve en los ojos hambrientos. Al principio la española se encrespó frente a la criolla, pero don Rufo la tranquilizó presto. Fue suficiente un par de azotes de la correa larguísima que pendía de su muñeca. Además la gallega comprendió que el amo necesitaba esa compañía, que ella sola no bastaba a la rabia de enfermo con que, a cualquier hora, la derribaba sobre la cuja.

Así vivió la extraña sociedad durante varios años. Nadie pudo arrancar del pecado a don Rufo, siquiera Sor María Antonia de Paz y Figueroa, la Beata Antula, quien acudió a reconvenirle con el prestigio de su santidad y de su linaje, y le habló durante una hora, de cera el rostro oval, apoyándose en la fina cruz que le servía de báculo. Inútiles fueron sus argumentos, Don Rufo no quería más vida que ésa.

Luis creció, desmañado, larguirucho. Sin motivo el padre hacía burla de él y le golpeaba. Encolerizábale ese hijo débil, temeroso, y no advertía que con su brutalidad aguzaba la timidez del pequeño. Las amantes hacían coro a las bromas. Sentado bajo la higuera maravillosamente negra y verde, don Rufo dejaba correr las tardes de calor, mateando. Alrededor se movían las mujeres como perras dóciles. En los momentos más inesperados las atraía, las manoseaba. Entonces la risa de la gallega se desgranaba en mitad del patio entre el cloqueo de gallinas. Luis la oía siempre. Era su obsesión esa risa metálica, tajante. Le perseguía de cuarto en cuarto, de un extremo al otro de la casa desordenada en la que los restos de la antecesora holgura se confundían con los testimonios de la decadencia actual.

Por esos aposentos van y vienen ahora las mujeres de don Rufo; ahora que don Rufo duerme un sueño al cual ellas no logran imaginar sino estremecido de convulsos tics. Diez días hace que les falta su hombre, el hombre violento

137

que colmaba sus existencias y las mantenía encendidas como lámparas en torno de su capricho. En el revoltijo de las habitaciones, donde las sillas de montar yacen sobre las mesas, entre cacharros y ropas, donde las quebradas escudillas se alían con las armas sucias, sólo se escucha el rumor de felpa de sus pies descalzos. El desasosiego de la primavera inquieta su sangre. Se comunican a media voz, con monosílabos. La trenza áspera de la mestiza prolonga sobre sus hombros una caricia pringosa. La gallega perdió el buen humor. A veces abandona el recato y sus gritos llenan la casa de la cual se cree señora. Zarandea los muebles al pasar, porque sí. Ayer descolgó el retrato del abuelo de don Rufo y lo rasgó con las uñas. Siempre la irritó ese caballero de casaca celeste, de chupa rosa, de peluca, que se hizo pintar con un jazmín en la mano y que la observaba, desdeñoso y distante, desde la altura del lienzo torcido, como un gran señor náufrago a quien rodeara el desconcierto de los bultos esparcidos al azar.

Cuatro días más transcurren. El calor se acentúa. Del lado del sur, las nubes anuncian tormenta. Desesperadamente piden lluvia los brotes que agonizan en los tinajones del patio. La gallega y la mestiza forzaron el arca donde el amo guardaba vino.

A Luis no le han visto casi desde la muerte de don Rufo. Le tuvieron olvidado al comienzo, pero ahora las dos piensan en él. De tarde, el muchacho se tumba en la huerta, a la sombra de un aguaribay. Después se encierra en su habitación. Piensan en él y con la imaginación le hermosean; le peinan el disparate del pelo castaño volcado sobre los ojos; le alisan la piel morena; le abultan el pecho hundido y las piernas frágiles que el estirón de la adolescencia afila de aristas bajo las medias agujereadas.

La existencia de Luis no conoció otro acompañamiento. Por la noche, a través del tabique que le separaba de la alcoba paterna, oía las palabras rotas, las risas obscenas, el jadeo de las respiraciones, y se cubría la cara, temblando. Le asustaba el torrente de amor que hervía allí cerca. Le asustaba y le atraía, como si él fuera un arbolillo em-

138

pinado en la orilla árida, reseca, junto a la cual pasaba con largo bramido el caudal demente. Ahora tiembla también. No quiere aproximarse a las mujeres. Seguramente le odiarán. Algo estarán tramando contra él. Antes, en tiempos de su padre, no le ahorraron vejación, haciéndole sentir su nimiedad, su torpeza, su blandura, frente a la bizarría de don Rufo. Ahora... ¿no querrán torturarle y matarle para deshacerse del único testigo y repartirse los magros bienes del caballero? Las ha entrevisto, echadas de bruces sobre una mesa donde se apila la vajilla de plata. Deberá fugarse de allí, o correrá el riesgo de que le ahoguen, de que le apuñalen...

Pero a veces, en la soledad de su cuarto, Luis cavila en lo estupendo que sería tener a una de esas mujeres junto a él, sumisa, y la sangre del progenitor bulle en sus venas. ¡Ay! Cuando se tapaba los oídos para sofocar el amoroso rumor de la habitación vecina, la tentación era más poderosa que el miedo... A menudo pegaba los labios al tabique, como si al través pudiera sorber un soplo del vaho caliente que allí dentro giraba en rojos remolinos. Si una de esas mujeres quisiera... si viniera a calmarle... Pero no, la idea encabrita y espolea su timidez. Desea y no desea... Desea... ¿de qué le sirve desear? Esas mujeres le odian. Le asesinarán por unas bandejas de plata con el escudo de su bisabuelo, por un candelabro, por un peine con mango de turquesas y corales...

La risa de la gallega se alza en el patio como un surtidor. No ha reído así desde el entierro de don Rufo. Luis se incorpora en la cama donde le amodorraba la siesta. ¿De qué reirá? El corazón le da un vuelco. ¿Será que en verdad han resuelto matarle... matarle ahora? Arrima el lecho a la puerta, para cerrar el paso, y escucha, angustiado, los gritos de la mujer borracha. La mestiza canturrea con su voz gorgoteante. ¿Qué pasa allí?

Y sin embargo, sería tan fácil... ¿Sería fácil, en realidad? ¿Fácil, que una de ellas se apiadara de él, se le acercara, le deslizara los dedos entre el cabello fino? ¿Fácil? ¿Para que después, si él conseguía domar a su encabritado pudor, a su horrible vergüenza de sí mismo, de su flacura de espantajo, de su infantil inhabilidad, rompiera a reír, a mofarse? Oye la risa de la gallega y sus carcajadas se mezclan con las de la otra mujer, la mujer que está imaginando, y también con la risa del padre muerto, el padre brutal, ferozmente viril.

Le matarán. Eso sí. Eso es más sencillo. Es más sencillo pensar que le matarán y no que acudirán a consolarlo con la misteriosa juventud de sus cuerpos.

Los gritos de las dos mujeres resuenan a lo largo de la casa vacía que la siesta oprime. Un gallo lanza en medio su clarinada victoriosa.

Y Luis, de pie sobre la cama apoyada contra la puerta, se da cuenta de que vienen hacia él. Hacia él, a robarle, a matarle. Al padre no le pudieron matar, no le pudieron escarbar la carne con cuchillos. Estaba esculpido en una roca impenetrable. Se fue intacto, tendido en la caja el cadáver gigantesco. En cambio a él... ¿Acaso no sabe lo que la gallega hizo con el antepasado del traje celeste? Juraría que el óleo sangró bajo los crueles rasguños. Tiembla tanto que el lecho se sacude.

Ahora las mujeres forcejean en la puerta sin cerrojo. La gallega exclama:

—¡Ábrenos, monito! ¡Abre, pequeño sol!

El pánico extravía al muchacho. Le arañarán como al retrato del caballero del jazmín. Le arañarán con las uñas negras, hasta enrojecer con su sangre la cobija revuelta, hasta arrancarle la vida.

—¡Ábrenos, Luis!

Los puñetazos de las ebrias retumban en los tablones y levantan nubes de polvo. Aterrorizado, Luis recoge del suelo la correa de su padre que había hallado bajo el aguaribay, y azota con ella los maderos:

—¡Idos! ¡Por favor, dejadme solo!

—¡Déjanos entrar, rey mío!

Pronto habrán vencido su resistencia. La puerta cede y por el intersticio asoma, como un animalito rosado y gordezuelo, un animalito de cinco patas cortas, la mano de la gallega, tanteando, hurgando el aire.

140

Luis da un salto atrás. No le martirizarán. No podrán martirizarle. Agilísimo, encarámase en un escabel, enlaza con la tira de cuero una viga y hace en su extremidad un nudo corredizo.

La furia de las mujeres arrastra por fin el alboroto del lecho. Pero en seguida retroceden por la galería, dando chillidos. Han visto al títere de ojos de sapo que bailaba en mitad del aposento, como él vio, antes de que cesaran el terrible latir de sus sienes y la opresión del puño de hierro que le aprieta la garganta, a las dos hembras que venían a ofrecércele, desnudas.

## XXV

## EL PASTOR DEL RÍO

### 1792

El viento del sudoeste es loco. Viene galopando sobre la polvareda, y sus rebencazos relampaguean en el atardecer. Se ríe hasta las lágrimas; se mete en todas partes, con bufidos y chaparrones; tuerce los árboles y arroja puñados de hojas y de ramas; dispersa el ganado; sacude las casas aisladas en la llanura; golpea las puertas; echa a volar la ropa tendida; cruza la ciudad, donde se encabrita, mareando a las veletas y asustando a las campanas; y sigue adelante, hacia el río. Entonces parece que hubiera entrado en el agua un inmenso rodeo de toros.

Es loco el pampero, pero no se le conoce locura como la de ayer. A las oraciones, su furia arrastró al río hasta las balizas. Durante la noche, no paró de correr y silbar. Las gentes de Buenos Aires durmieron apenas. Hubo que sujetar los postigos, porque a la menor imprudencia se aparecía por las habitaciones donde ardían las velas ante las imágenes, soplaba y sumía todo en la oscuridad. Las señoras tornaban a encender los candiles. Rezaban sus rosarios, implorando a San Martín de Tours, el Patrono, para que intercediera ante el Señor y aplacara al Diablo. Y el viento, sin reposo, se revolcaba en los patios y se llevaba por las cinturas grises a las delgadas columnas de humo que escapaban de los fogones, a que bailaran con él.

Hoy, miércoles 30 de mayo, Buenos Aires se asombró desde el amanecer porque allí donde el río extendía siempre su espejo limoso, el río ya no está. El barro se ensancha hasta perderse de vista. Sólo en los bajíos ha quedado el reflejo del agua prisionera. Lo demás es un enorme lodazal en el que emergen los bancos. A la distancia serpentea el canal del Paraná, donde se halló el antiguo amarradero de las naves de España, y luego la planicie pantanosa se prolonga hasta el canal del Uruguay y de allí hacia Montevideo. Nadie recuerda fenómeno semejante. Los muchachos aprovechan para ir a pie hasta el próximo banco de arena. Unas pocas mujeres llegaron a él, a pesar del viento, y anduvieron paseando con unos grandes velos que las ráfagas les trenzaban sobre las cabezas, de modo que parecían unos títeres suspendidos del aire. Se dice que algunos fueron a caballo a la Colonia, vadeando los canales. En el fango surgieron unas anclas viejísimas, herrumbrosas, como huesos de cetáceos, y el casco de un navío francés que se quemó el otro siglo. Hay doquier lanchas tumbadas y, como es justo, ni un pez, ni un solo pez. Los pescadores, furiosos, discuten con las lavanderas, en las toscas resbaladizas. Hoy no se pescará ni se lavará. Y además ¡hace tanto frío!... tanto frío que todo el mundo tiene la nariz amoratada, hasta el señor Virrey don Nicolás de Arredondo, que contempla el espectáculo desde el Fuerte, con su catalejo.

La mañana transcurre entre aspavientos y zozobras. ¿Qué es esto? ¿Puede el río irse así? Y, ¿cuándo regresará? ¿Y si no regresara? San Martín, San Martín, ¿cuándo volverá el Río de la Plata?

San Martín de Tours está en su salón del Cielo, tendido con tapices de nubes estrelladas. Y no está solo. Le rodean los demás patronos de Buenos Aires, convocados por la gravedad de la noticia. Es una visita muy especial la que cumplen. De vez en vez, entreabren el cortinaje barroco de nubes y miran hacia abajo, hacia la Tierra, y buscan la dilecta ciudad a la que su río le ha sido infiel.

San Martín se quita el anillo de obispo, que lleva en el índice; se descalza los guantes escarlatas, con bellas cruces de topacios bordadas en el dorso; se despoja de la mitra gótica; deja el báculo cuyo extremo se curva como un interrogante de marfil.

143

Las consultas y las excusas aletean en el aposento, sobre las palmas verdes, sobre los bastones de peregrino.

–Si fuera asunto menos serio –dice Santa Lucía– iría yo. Pero yo no soy más que la segunda patrona.

–Si se tratara de combatir las hormigas –arguyen San Sabino y San Bonifacio–, nos tocaría ir a nosotros.

–Si hubiera que espantar los ratones, estaríamos listos para el trabajo –intervienen San Simón y San Judas.

Y San Roque se ofrece para el caso de viruela y tabardillo, y Santa Úrsula –en nombre de las regimentadas Once Mil Vírgenes– para guerrear contra las langostas que se comen las cosechas.

–¡Pero no es cosa nuestra! ¡No es cosa nuestra! –repiten a coro.

Y santas y santos, mezclado el resplandor de las aureolas, se asoman a la vasta terraza que las nubes entoldan con sus cendales irisados, y escudriñan, a sideral distancia, la huella ínfima del río ausente.

San Martín se desciñe la dalmática, delicada como una miniatura de misal. Se alisa las barbas patriarcales, y suspira.

Y las santas –Santa Lucía y Santa Úrsula– revuelven el contenido de uno de esos arcones perfumados que hay en todas las salas del Paraíso, y en los cuales los bienaventurados guardan los atributos de su bienaventuranza.

–¡Aquí está! –exclaman a un tiempo, y ambas colocan sobre los hombros del obispo de Tours la otra mitad de su capa célebre.

El Patrono se arrebuja a medias, pues el reducido manto más parece chalina. Ya aproximaron una nube viajera al divino barandal. Es una nube percherona, con belfo, lomo y crines. San Martín se puso en ella a horcajadas, se aseguró en los transparentes estribos, y desciende, deslizándose entre la música exacta de los astros, hacia la Tierra infeliz. Desde el pretil vaporoso, los santos le saludan con recortados ademanes, como desde las nervaduras de un gran rosetón de vidrio. Allá va él, que para algo es el Patrono, y en 1580, cuando elegían al celeste protector de

144

Buenos Aires, su nombre salió tres veces en el sorteo, para irritación de los españoles antifranceses. Y Buenos Aires se acerca más y más, con sus cúpulas, sus sauces, sus tapias y sus caminos melancólicos, como se la ve en las estampas de Fernando Brambilla y de los pintores que vinieron en la expedición de Alejandro Malaspina, el capitán.

San Martín abandona el caballo milagroso a una legua de la ciudad, para que no le descubran, y se lanza a zancadas rítmicas hacia la silueta de torres y caseríos, acordándose de que fue militar en su juventud. El pampero merodea en torno suyo, como un perrazo rezongón. Se le afirmó a la capa desgarrada y tira, tira, pero el Santo puede más y entra en Buenos Aires, al alba, con el manteo tremolando como un banderín.

No hay tiempo que perder, porque allá arriba le observan, y adivina la atención de los apóstoles y de los mártires y los ladridos del can de San Roque que con cualquier pretexto se pone a jugar y desordena las procesiones seráficas. Deja a un lado las soñolientas pulperías donde los paisanos chupan el primer mate con bostezos de tigres. Va hacia el bajo. Atraviesa la desierta Plaza Mayor, se desbarranca entre los arbustos ribereños, y comprueba que el río dilatado se fue de ahí, recogiendo su caudal líquido como una red.

A poco, la playa cenagosa empieza a llenarse de gente que tirita y sucede lo que ya dijimos: algunos se aventuran barro adentro, a pie o a caballo, y otros encienden fogatas para calentarse y acaso con la esperanza de que el río, que andará extraviado, reconozca el lugar con las luces.

San Martín de Tours, invisible, se interna en el fangal. Las sandalias de oro tórnansele negras y se le motea la túnica inmaculada. Va en pos del río, descoyuntando sus brazos recios, dando grandes voces.

Mucho caminó. Como al mediodía lo encontró, casi en Montevideo. Todavía se replegaba, enfurruñado, bravío. Entonces, de un largo salto que le abrió en abanico las claras vestiduras, el hombre de Dios cayó en él, salpicando a diestra y a siniestra.

145

El Patrono desanuda su capa, la retuerce y la emplea como un flagelo. Azota el oleaje sedicioso, que encrespa las cabecitas de breve espuma.

—¡A la ciudad! ¡A la ciudad!

Y el Río de la Plata brama alrededor de la flaca figura, pero cada vez que el manto bendito lo toca, el agua se somete y vuelve a su cauce natural.

Se dijera un pastor de rebaños fabulosos, cuando San Martín regresa a Buenos Aires, a eso de las cuatro de la tarde, con el río manso. Las olas brincan en torno, como corderos de vellones sucios. El pastor se alza el ropaje con una mano, de manera que muestra las filosas canillas, y con la otra blande el improvisado arreador.

El Virrey don Nicolás de Arredondo apunta el catalejo y ve que el río está de vuelta y que ya cabecean los lanchones varados. Pero al Santo no le ve, ni ve cómo escurre el agua y los pececillos de su capa mojada, ni cómo se aleja, risueño, y se pierde en los pajonales de la llanura.

## XXVI

## EL ILUSTRE AMOR

### 1797

En el aire fino, mañanero, de abril, avanza oscilando por la Plaza Mayor la pompa fúnebre del quinto Virrey del Río de la Plata. Magdalena la espía hace rato por el entreabierto postigo, aferrándose a la reja de su ventana. Traen al muerto desde la que fue su residencia del Fuerte, para exponerle durante los oficios de la Catedral y del convento de las monjas capuchinas. Dicen que viene muy bien embalsamado, con el hábito de Santiago por mortaja, al cinto el espadín. También dicen que se le ha puesto la cara negra.

A Magdalena le late el corazón locamente. De vez en vez se lleva el pañuelo a los labios. Otras, no pudiendo dominarse, abandona su acecho y camina sin razón por el aposento enorme, oscuro. El vestido enlutado y la mantilla de duelo disimulan su figura otoñal de mujer que nunca ha sido hermosa. Pero pronto regresa a la ventana y empuja suavemente el tablero. Poco falta ya. Dentro de unos minutos el séquito pasará frente a su casa.

Magdalena se retuerce las manos. ¿Se animará, se animará a salir?

Ya se oyen los latines con claridad. Encabeza la marcha el deán, entre los curas catedralicios y los diáconos cuyo andar se acompasa con el lujo de las dalmáticas. Sigue el Cabildo eclesiástico, en alto las cruces y los pendones de las cofradías. Algunos esclavos se han puesto de hinojos junto a la ventana de Magdalena. Por encima de sus cráneos motudos, desfilan las mazas del Cabildo. Tendrá que ser ahora. Magdalena ahoga un grito, abre la puerta y sale.

147

Afuera, la Plaza inmensa, trémula bajo el tibio sol, está inundada de gente. Nadie quiso perder las ceremonias. El ataúd se balancea como una barca sobre el séquito despacioso. Pasan ahora los miembros del Consulado y los de la Real Audiencia, con el regente de golilla. Pasan el Marqués de Casa Hermosa y el secretario de Su Excelencia y el comandante de Forasteros. Los oficiales se turnan para tomar, como si fueran reliquias, las telas de bayeta que penden de la caja. Los soldados arrastran cuatro cañones viejos. El Virrey va hacia su morada última en la Iglesia de San Juan.

Magdalena se suma al cortejo llorando desesperadamente. El sobrino de Su Excelencia se hace a un lado, a pesar del rigor de la etiqueta, y le roza un hombro con la mano perdida entre encajes, para sosegar tanto dolor.

Pero Magdalena no calla. Su llanto se mezcla a los latines litúrgicos, cuya música decora el nombre ilustre: "Excmo. Domino Pedro Melo de Portugal et Villena, militaris ordinis Sancti Jacobi..."

El Marqués de Casa Hermosa vuelve un poco la cabeza altiva en pos de quién gime así. Y el secretario virreinal también, sorprendido. Y los cónsules del Real Consulado. Quienes más se asombran son las cuatro hermanas de Magdalena, las cuatro hermanas jóvenes cuyos maridos desempeñan cargos en el gobierno de la ciudad.

—¿Qué tendrá Magdalena?

—¿Qué tendrá Magdalena?

—¿Cómo habrá venido aquí, ella que nunca deja la casa?

Las otras vecinas lo comentan con bisbiseos hipócritas, en el rumor de los largos rosarios.

—¿Por qué llorará así Magdalena?

A las cuatro hermanas ese llanto y ese duelo las perturban. ¿Qué puede importarle a la mayor, a la enclaustrada, la muerte de don Pedro? ¿Qué pudo acercarla a señorón tan distante, al señor cuyas órdenes recibían sus maridos temblando, como si emanaran del propio Rey?

El Marqués de Casa Hermosa suspira y menea la cabeza. Se alisa la blanca peluca y tercia la capa porque la brisa se empieza a enfriar.

Ya suenan sus pasos en la Catedral, atisbados por los santos y las vírgenes. Disparan los cañones reumáticos, mientras depositan a don Pedro en el túmulo que diez soldados custodian entre hachones encendidos. Ocupa cada uno su lugar receloso de precedencias. En el altar frontero, levántase la gloria de los salmos. El deán comienza a rezar el oficio.

Magdalena se desliza quedamente entre los oidores y los cónsules. Se aproxima al asiento de dosel donde el decano de la Audiencia finge meditaciones profundas. Nadie se atreve a protestar por el atentado contra las jerarquías. ¡Es tan terrible el dolor de esta mujer!

El deán, al tornarse con los brazos abiertos como alas, para la primera bendición, la ve y alza una ceja. Tose el Marqués de Casa Hermosa, incómodo. Pero el sobrino del Virrey permanece al lado de la dama cuitada, palmeándola, calmándola.

Sólo unos metros escasos la separan del túmulo. Allá arriba, cruzadas las manos sobre el pecho, descansa don Pedro, con sus trofeos, con sus insignias.

–¿Qué le acontece a Magdalena?

Las cuatro hermanas arden como cuatro hachones. Chisporrotean, celosas.

–¿Qué diantre le pasa? ¿Ha extraviado el juicio? ¿O habrá habido algo, algo muy íntimo, entre ella y el Virrey? Pero no, no, es imposible... ¿cuándo?

Don Pedro Melo de Portugal y Villena, de la casa de los duques de Braganza, caballero de la Orden de Santiago, gentilhombre de cámara en ejercicio, primer caballerizo de la Reina, virrey, gobernador y capitán general de las Provincias del Río de la Plata, presidente de la Real Audiencia Pretorial de Buenos Aires, duerme su sueño infinito, bajo el escudo que cubre el manto ducal, el blasón con las torres y las quinas de la familia real portuguesa. Indiferente, su negra cara brilla como el ébano, en el oscilar de las antorchas.

Magdalena, de rodillas, convulsa, responde a los "Dominus vobis cum".

Las vecinas se codean:

–¡Qué escándalo! Ya ni pudor queda en esta tierra... ¡Y qué calladito lo tuvo!

Pero, simultáneamente, infíltrase en el ánimo de todos esos hombres y de todas esas mujeres, como algo más recio, más sutil que su irritado desdén, un indefinible respeto hacia quien tan cerca estuvo del amo.

La procesión ondula hacia el convento de las capuchinas de Santa Clara, del cual fue protector Su Excelencia. Magdalena no logra casi tenerse en pie. La sostiene el sobrino de don Pedro, y el Marqués de Casa Hermosa, malhumorado, le murmura desflecadas frases de consuelo.

Las cuatro hermanas jóvenes no osan mirarse.

¡Mosca muerta! ¡Mosca muerta! ¡Cómo se habrá reído de ellas, para sus adentros, cuando le hicieron sentir, con mil ilusiones agrias, su superioridad de mujeres casadas, fecundas, ante la hembra seca, reseca, vieja a los cuarenta años, sin vida, sin nada, que jamás salía del caserón paterno de la Plaza Mayor! ¿Iría el Virrey allí? ¿Iría ella al Fuerte? ¿Dónde se encontrarían?

–¿Qué hacemos? –susurra la segunda.

Han descendido el cadáver a su sepulcro, abierto junto a la reja del coro de las monjas. Se fue don Pedro, como un muñeco suntuoso. Era demasiado soberbio para escuchar el zumbido de avispas que revolotea en torno de su magnificencia displicente.

Despídese el concurso. El regente de la Audiencia, al pasar ante Magdalena, a quien no conoce, le hace una reverencia grave, sin saber por qué. Las cuatro hermanas la rodean, sofocadas, quebrado el orgullo. También los maridos, que se doblan en la rigidez de las casacas y ojean furtivamente alrededor.

Regresan a la gran casa vacía. Nadie dice palabra. Entre la belleza insulsa de las otras, destácase la madurez de Magdalena con quemante fulgor. Les parece que no la han observado bien hasta hoy, que sólo hoy la conocen. Y en el fondo, en el secretísimo fondo de su alma, hermanas y cuñados la temen y la admiran. Es como si un pincel de artista hubiera barnizado esa tela deslucida, agrietada, remozándola para siempre.

Claro que de estas cosas no se hablará. No hay que hablar de estas cosas. Magdalena atraviesa el zaguán de su casa, erguida, triunfante. Ya no la dejará. Hasta el fin de sus días vivirá encerrada, como un ídolo fascinador, como un objeto raro, precioso, casi legendario, en las salas sombrías, esas salas que abandonó por última vez para seguir el cortejo mortuorio de un Virrey a quien no había visto nunca.

## XXVII

## LA PRINCESA DE HUNGRÍA

### 1802

Isabel deja pasar las tardes largas, acurrucada en un soportal vecino de la calle del Pecado. En ocho meses se agostó su hermosura. Su pelo negro, renegro, idéntico al del mellizo, perdió lustre. Se apagó la luz de sus ojos celestes, almendrados, iguales a los de su hermano Lorenzo Salay. Aquella piel suya, tan morena, tan fina, se ha agrietado. Dijérase que cuando murió Lorenzo, ocho meses atrás, ella murió también; que le cortaron la cabeza como al cadáver de su hermano, para encerrarla en una jaula de hierro y colocarla a la entrada del pueblecito de Las Víboras, en la Banda Oriental, donde escarmentará a los bandoleros.

Es imposible reconocerla en esta mendiga. Quienes antes la deseaban y perseguían, se apartan de ella temerosos de la enfermedad que la devora. Isabel, indiferente, olvidada de todo lo que no sea su hermano, se está de sol a sol, frente a la plazuela del barrio de Monserrat. Algunas beatas, compadecidas de su estado, la socorren con leche y frutas. Pero ella apenas prueba la vianda. Quiere morir, quiere morir cuanto antes; quiere reunirse hoy, hoy mismo, con quien fue para ella la vida, con quien la mantuvo exaltada, iluminada, por la sola virtud de su presencia. Y la vida es tenaz y forcejea y la retiene de este lado.

Simón el Bizco, que ha sido banderillero y no cesa de protestar desde que los vecinos hicieron demoler, en 1800, la plaza de toros que se alzaba en ese lugar, a veces se apiada de ella y le ofrece un mate. Para distraerla y también para distraerse de su propia vejez y desventura, le describe las fiestas que allí se realizaron, el escándalo alegre de las bestias cornudas, el lujo de los trajes dorados. Hincha el pecho y se aprieta la faja amarilla, modelando la elegancia de su cintura. Pero Isabel no le atiende. Tampoco escucha a los otros pordioseros y truhanes que al atardecer se refugian bajo los arcos de la casona de Azcuénaga. ¿Qué le importa a ella que el virrey y su séquito se ubicaran en esos mismos balcones, apoyados en tapices con orlas y escudos? ¿Qué le importa el recuerdo del bullicio, de las carreras de los enlazadores, de la entrada de los toros de Chascomús en el ruedo, por la puerta de la calle de Santo Domingo? Nada le importa, nada, nada... Si algunos paisanos cetrinos –camiluchos, gauderios o gauchos– caen por la recova con sus gallos de riña, e improvisan con los ponchos un cerco para que los combatientes se arranquen las crestas y se destrocen a espolonazos, tampoco le importa. Vuelan por el aire plumas sangrientas y los hombres hacen buches con vino recio. Nada le importa...

Sus compañeros se duermen uno a uno, tumbados en la mugre de los ladrillos. El Bizco se espulga. Otro –ese negro de cara estúpida que lleva dos rosarios al cuello y muestra los muñones cuando implora la caridad– canturrea una canción monótona, hasta que termina por derrumbarse también, rendido de sueño. Sólo ella vela, abiertos los ojos celestes, como si no tuviera párpados.

De noche, las escenas vuelven a visitarla. Se estremece, como si el aire frío de agosto le acariciara el espinazo. Pero no es el aire el que la sacude así y la sostiene erecta, en medio de los locos y de los mendigos. Es el no poder olvidar, el no poder olvidar nunca, nunca...

Eran idénticos e inseparables. Se confundía la risa que les alumbraba los dientes con llama veloz: se confundían sus ojos, su pelo, sus manos, sus bocas bellas y crueles, su delgada esbeltez. Lorenzo Salay, desde niño, la trastornó con sus cuentos. Un día –tenían a la sazón once años– la envolvió en su capa y le dijo: –Ahora te robo para siempre.

Juntos echaron a correr hacia el río, a bañarse desnudos, a saltar en el agua limosa que bruñía sus cuerpos morenos casi iguales, casi...

153

Desde esa mañana, Isabel ha tenido la impresión de vivir bajo la capa de su hermano, oyendo latir su corazón. Para la huérfana, lo fue todo. Le dio un mundo extraño, alucinante, que noche a noche imaginaba y construía, un mundo de príncipes y brujos, de ermitaños y piratas.

Vino después lo que ya se sabe. El vagabundeo, el primer robo –la bolsa de un fraile, en la Plaza Mayor–, el otro robo y el otro, la huida en barca a través del río, persiguiéndoles la justicia...

En la banda opuesta, los días se deslizaron como si jugaran. Lorenzo Salay regresaba a la choza con el producto de las rapiñas, y reían, infantiles, desplegando sobre el suelo de tierra apisonada los lienzos, desparramando las mercaderías de las alforjas. Isabel se desnudaba y se ceñía con una de esas telas ricas, bordadas, que las monjas tejieran para las iglesucas remotas. Lorenzo tomaba la vihuela y entonaba una romanza de su invención, un raro cuento. O si no se arropaba él también con los géneros de oriental policromía y se lanzaba a bailar, un cuchillo en la diestra. Isabel le acompañaba con un pandero. Cuando se tendía a dormir, le besaba en los labios.

Hasta que Salay se incorporó a la cuadrilla de salteadores del temible Palominos. Con ello comenzó la desgracia. Súbitamente, sin tiempo para avisar a su hermana, montaba a caballo y desaparecía. Un día le trajo un collar de turquesas; otro le trajo un bolso lleno de monedas de oro. Las volcó sobre el jergón y, a la luz de las velas, ardieron las sábanas suntuosas, como si hubieran encendido una fogata.

También se sabe el resto: el saqueo del pueblecito de Las Víboras; el ataque contra la estancia de don Francisco Albín, segundo comandante de Voluntarios de Colonia; la muerte del bandido Palominos a manos de una partida de blandengues; la prisión de nueve más... Aquella vez Isabel aguardó en vano, hasta que se enteró de lo acontecido por uno de los dispersos: Lorenzo Salay se hallaba entre los arrestados; con cadenas, le conducían a Buenos Aires. Embarcó de vuelta para la capital del virreinato del Río de la Plata, en pos de su hermano. Estaba segura de que Lorenzo Salay, tan diestro, tan sutil, burlaría a sus jueces.

154

Y casi les engañó. El Consejo de Guerra había dictado ya su terrible sentencia, cuando Lorenzo, al confesarse con el sacerdote de la Hermandad de la Caridad encargado de auxiliar a los reos en capilla, le afirmó con voz ronca y triste mirada que él no era tal bandolero sino un príncipe potentado, Conde de Buda, señor de vasallos en Hungría. Todavía añadió:

–Encontrándome en Roma al servicio del Emperador mi amo, fui hecho prisionero por los franceses y, transferido a bordo de sus bajeles, continué con ellos hasta Montevideo, donde deserté y escapé a la campaña.

Turbóse el cándido clérigo, y Salay, golpeándose el pecho y clavando en él sus ojos celestes, inverosímilmente claros bajo la negrura de las crenchas, murmuró:

–Pues he de morir en breve sin remedio, suplico se me dé licencia para testar de mis estados en favor de una hermana que tengo en ellos.

Sí. Casi les engañó. El sacerdote previno al hermano mayor y éste al Virrey. Se conmovió Buenos Aires con la noticia insólita. Ya agitaba argumentos el oficial defensor del reo. El flamante Virrey don Joaquín del Pino tosió, hundió las uñas en los encajes de la chorrera y ordenó al auditor de guerra que, asesorado por el escribano mayor de la gobernación, tomara a Lorenzo una declaración escrupulosa. Allí fue el enredarse del muchacho. Por momentos su versión parecía lógica, tal era la multitud de datos que acumulaba y tanta la nobleza de su apostura, pero al fin, cercándole, hostigándole, los funcionarios le hicieron caer en contradicciones. Y el Príncipe de Hungría subió al cadalso con los demás convictos. El verdugo Antonio Aguarí, después de muerto, le degolló, y su cabeza y manos partieron para Las Víboras y la estancia de Albín, a exhibirse clavadas en jaulas de hierro. La cabeza seguía siendo hermosa, con los párpados muy azules, la boca pálida.

Ocho meses han corrido desde entonces e Isabel no consigue morir. "Princesa de Hungría", la llaman los pícaros y los harapientos que la rodean en la calle del Pecado. Y ella no rehúsa el título. Si su hermano lo dijo, así será.

¡Melancólica princesa de la Corte de los Milagros! Simón el Bizco se ha dormido a su vera y más allá el negro Pesares y Francisca la Loca y Garrafón, el de las llagas. El viento ulula en la recova.

Para ella todo se reduce a aguardar el retorno del Príncipe de Hungría. Lorenzo Salay la cobija aún bajo su capa negra. Siente aletear alrededor el manto invisible, cuando el viento tironea los andrajos de los mendigos.

El alba enrojece la plaza. Salen de la sombra las casas familiares: Isabel las reconoce una a una: en frente, sobre la calle de San Cosme y San Damián, la del presbítero José de la Palma Lobatón; junto a ella, las tapias de la casa de Muñoz, con los árboles de la huerta balanceándose en la brisa; luego las habitaciones de don Manuel de Lezica; a un costado, los baldíos de la calle de San Francisco, y más allá la finca de Altolaguirre. Es su paisaje cotidiano. Lo posee vara a vara. Pero esta madrugada algo ha cambiado en él. Sobre las tapias de Muñoz, sobre las higueras y los ceibos, una gran cúpula gris, redonda, levanta su estructura. Isabel se frota los ojos y el domo permanece allí, ornado de estatuas que refulgen.

Alrededor se desperezan los piojosos. La muchacha se arrastra hasta Simón el Bizco y le señala la arquitectura en forma de media naranja. Hace tanto tiempo que calla, que su voz suena bajísima, gutural:

—Esa iglesia... esa iglesia...

El Bizco mira en la dirección indicada y nada ve que le asombre. El cielo rosa tiembla encima de las copas de los árboles y de las paredes blanqueadas con cal. Lo que sí le sorprende es la actitud de la mujer apática, su nerviosidad, su balbuceo:

—¿Qué acontece, Princesa? ¿Qué me estás mostrando?

Los otros se incorporan también y giran las cabezas por la plaza tranquila:

—¿Qué iglesia?, ¿cuál iglesia?

—Esa iglesia... esa iglesia...

—Toma un mate, mujer, y aquí hay un mendrugo para ti. Si te empeñas en no comer, verás visiones.

156

Isabel vuelve a encerrarse en su mutismo. Lentamente la abandonan los pordioseros. Van a los conventos, a buscar la sopa, o a mendigar por las calles. Algunos lo harán a caballo, con displicencia señorial. Isabel queda en su rincón, encogida. Sus ojos no se apartan del cimborio que, con el andar del día, se destaca más y más nítido, hasta que logra una intensidad tan recortada que parecería que el resto está hecho de bruma y sólo él existe. Por fin, la mujer se duerme. Despierta horas más tarde y advierte que una nueva metamorfosis se ha operado en el lugar. En vez de la sencilla casa del presbítero Lobatón, un palacio de dos pisos alinea frente a la plaza sus ventanas y sus cariátides. Hay escudos de armas en los balcones que flanquean gráciles columnas. Al lado, sobre las tapias de la huerta de Muñoz, la cúpula redonda, catedralicia, curva su giba de piedra. Lo demás sigue igual: el descampado pobre, que otrora albergó al circo de toros, y cuyo lodo seco se encrespa con la huella de los carretones; la casa de Lezica, la de Altolaguirre, los baldíos, el arco de la calleja del Pecado con sus cornisas y sus perillas vidriadas...

Isabel se pasa la mano por la frente tibia de sudor.

Simón el Bizco desemboca por la calle de San Cosme y San Damián. La llama de lejos, moviendo los brazos gordos, pero Isabel, en su angustia, nota que no comprende su idioma, que le está hablando en una lengua extravagante. Trémula, tiritando, se arrebuja.

Ahora acuden los otros. La noche estrellada flota sobre las tejas. Garrafón, el de las llagas, trae un trozo de carne y se ponen a asarlo. Chacotean; Francisca la Loca regaña al negro Pesares, e Isabel se aísla temblando de miedo, porque no entiende esa fabla dura, la misma que emplea Simón.

El Bizco, riendo, le indica el sitio donde se yergue la cúpula, entre ángeles músicos esculpidos. Probablemente le pregunta si la ve todavía, así que Isabel se limita a afirmar con la cabeza y a hundir la frente en las palmas.

Y la noche desciende. ¡Ay, si su hermano Lorenzo Salay estuviera aquí, él lo explicaría todo! Pero no está: su hermano, el Príncipe de Hungría, ha muerto.

Bostezan los menesterosos. Ella sabe que no puede, que

157

no debe dormir. Tiene que permanecer alerta. Algo se descompone en esa plaza hechizada. Siente, confusamente, como si una fuerza secreta royera y socavara las paredes, para hundirlas y alzar en sus cimientos mágicas construcciones. No debe dormir, porque es necesario que asista a la transformación. Si entorna los párpados un segundo, se producirá el cambio sin que lo vea. En medio de los que reposan, la Princesa vigila.

La noche avanza, entintándose. Isabel se desespera porque la oscuridad disimula las formas. Quisiera atravesar la Plaza de Monserrat e ir hasta la calle frontera, a palpar los muros, pero su debilidad no se lo permite. Tendrá que aguardar hasta el amanecer. Y el amanecer, cuando se anuncia después de varias horas, agrega mudanzas a la escena.

En mitad de la plaza surgió una fuente coronada por la figura de un guerrero. Cuatro chorros de agua manan de las fauces de cuatro leones de bronce en la tersura del tazón. No hace ningún ruido, ningún rumor, esa agua espumosa. Y el boato de la estatua resalta en la aldeana modestia que la circunda. Sobre la finca de Altolaguirre, otro palacio ha comenzado a extender sus talladas grandezas. Como los anteriores, es vetusto, mordido por el verdín y la herrumbre, lamido y afinado por siglos de pátina. Pero no está completo aún. Todavía se observa, a un lado, un fragmento de las tejas y las tapias morunas del casón porteño. Sobre ellas, poco a poco, el palacio va derramando sus airosos vidrios, sus dragones de piedra, sus cresterías irregulares. Ésa es, exactamente, la impresión de la maravilla da Isabel: la impresión de estar mirando una lámina encima de la cual corre un líquido espeso, grumoso, multicolor, que se coagula y deja superpuesta otra imagen.

Sus compañeros se han levantado, pero la moza no comenta la continuación del sortilegio. Sabe que no lo ven. Además, ¿acaso hablan el mismo idioma?

Ellos también aportan novedades a tanta extrañeza. Diríase que aprovecharon la noche para disfrazarse: pero no para disfrazarse totalmente, sino para introducir en su habitual atuendo algún toque curioso, que contrasta tanto con

158

el resto de su vestido como la fuente del guerrero con el resto de la Plaza de Monserrat. Así, el Bizco ha arrojado sobre sus hombros una casaca militar de lucientes alamares, y el de las llagas lleva un bonete de piel. Repiten los gestos cotidianos, sin percatarse aparentemente de la mascarada, y se van a sus ocupaciones paupérrimas, refunfuñando en su jerigonza. E Isabel, atónita, repara en que empieza a entenderles, en que, vagamente, alcanza el sentido de su cháchara.

Durante la tarde entera, la modificación del lugar no ha cesado. Por instantes se realiza con lentitud y por instantes el vértigo acomete a la hechicería, y entonces las torres, las flechas, los campanarios, se empinan detrás de los palacios ya fijos, tapando el cielo. El barro seco de la plaza cedió su espacio a anchas losas de granito. Del antiguo paraje únicamente sigue en pie un paño de muro, por la parte de la calle de San Francisco.

Isabel no probó bocado. Desfallece. Adivina que cuando ese trozo de pared, absurdamente pegoteado sobre el resto, haya desaparecido también, algo sucederá, definitivo, y espía la mutación que en él se opera, que lo devora, que lo sustituye por una fachada barroca, trabajada como una gruta.

Nada queda ahora de lo que fue la Plaza de Monserrat. Isabel se halla en el centro de una ciudad desconocida. Y esa ciudad, silenciosa hasta ese segundo, recobra la voz, como si hubiera esperado para ello a que su traza se completara. El agua canta y burbujea en el tazón; doblan las campanas; chirrían las veletas; suenan los acordes de un clavicémbalo. Por el extremo opuesto, irrumpe una alegre compañía. La muchacha cree al principio que la integran el Bizco y la Loca y Pesares y Garrafón, pero a medida que se aproximan nota que es un grupo de jóvenes, vestidos con trajes bordados, con los puños y cuellos de piel negra y gris. Las espadas corvas les golpean los muslos. Viene a su frente Lorenzo Salay, brillándole los ojos almendrados, más bello que nunca. Entreabre su capa y, sonriendo, tiende su mano morena hasta rozar la mano helada de la Princesa de Hungría.

## XXVIII

## LA GALERA

### 1803

¿Cuántos días, cuántos crueles, torturadores días hace que viajan así, sacudidos, zangoloteados, golpeados sin piedad contra la caja de la galera, aprisionados en los asientos duros? Catalina ha perdido la cuenta. Lo mismo pueden ser cinco que diez, que quince; lo mismo puede haber transcurrido un mes desde que partieron de Córdoba, arrastrados por ocho mulas dementes. Ciento cuarenta y dos leguas median entre Córdoba y Buenos Aires, y aunque Catalina calcula que ya llevan recorridas más de trescientas, sólo ochenta separan en verdad a su punto de origen y la Guardia de la Esquina, próxima parada de las postas.

Los otros viajeros vienen amodorrados, agitando las cabezas como títeres, pero Catalina no logra dormir. Apenas si ha cerrado los ojos desde que abandonaron la sabia ciudad. El coche chirría y cruje columpiándose en las sopandas de cuero estiradas a torniquete, sobre las ruedas altísimas de madera de urunday. De nada sirve que ejes y mazas y balancines estén envueltos en largas lonjas de cuero fresco para amortiguar los encontrones. La galera infernal parece haber sido construida a propósito para martirizar a quienes la ocupan. ¡Ah, pero esto no quedará así! En cuanto lleguen a Buenos Aires la vieja señorita se quejará a don Antonio Romero de Tejada, administrador principal de Correos, y si es menester irá hasta la propia Virreina del Pino, la señora Rafaela de Vera y Pintado. ¡Ya verán quién es Catalina Vargas!

160

La señorita se arrebuja en su amplio manto gris y palpa
una vez más, bajo la falda, las bolsitas que cosió en el
interior de su ropa y que contienen su tesoro. Mira hacia
sus acompañantes, temerosa de que sospechen de su actitud, mas su desconfianza se deshace presto. Nadie se fija
en ella. El conductor de la correspondencia ronca atroz-
mente en su rincón, al pecho el escudo de bronce con las
armas reales, apoyados los pies en la bolsa del correo. Los
otros se acomodaron en posturas disparatadas, sobre las
mantas con las cuales improvisan lechos hostiles cuando
el coche se detiene para el descanso. Debajo de los asientos, en cajones, canta el abollado metal de las vajillas al
chocar contra las provisiones y las garrafas de vino.

Afuera el sol enloquece al paisaje. Una nube de polvo
envuelve a la galera y a los cuatro soldados que la escoltan
al galope, listas las armas, porque en cualquier instante
puede surgir un malón de indios y habrá que defender las
vidas. La sangre de las mulas hostigadas por los postillones mancha los vidrios. Si abrieran las ventanas, la tierra
sofocaría a los viajeros, de modo que es fuerza andar en el
agobio de la clausura que apesta el olor a comida guarda-
da y a gente y ropa sin lavar.

¡Dios mío! ¡Así ha sido todo el tiempo, todo el tiempo,
cada minuto, lo mismo cuando cruzaron los bosques de
algarrobos, de chañares, de talas y de piquillines, que cuando vadearon el Río Segundo y el Saladillo! Ampía, los Puestos de Ferreira, Tío Pugio, Colmán, Fraile Muerto, la Esquina
de Castillo, la Posta del Zanjón, Cabeza de Tigre... Con-
fúndense los nombres en la mente de Catalina Vargas, como
se confunden los perfiles de las estancias que velan en el
desierto, coronadas por miradores iguales, y de las fugaces
pulperías donde los paisanos suspendían las partidas de
naipes y de taba para acudir al encuentro de la diligencia
enorme, único lazo de noticias con la ciudad remota.

¡Dios mío! ¡Dios mío! ¡Y las tardes que pasan sin dormir, pues casi todo el viaje se cumple de noche! ¡Las tardes
durante las cuales se revolvió desesperada sobre el catre
rebelde del parador, atormentados los oídos por la risa cer-

cana de los peones y los esclavos que desafinaban la vihuela o asaban el costillar! Y luego, a galopar nuevamente... Los negros se afirmaban en el estribo, prendidos como sanguijuelas, y era milagro que la zarabanda no les despidiera por los aires; las petacas, baúles y colchones se amontonaban sobre la cubierta. Sonaba el cuerno de los postillones enancados en las mulas, y a galopar, a galopar...

Catalina tantea, bajo la saya que muestra tantos tonos de mugre como lamparones, las bestias uncidas al vehículo, los bolsos cosidos, los bolsos grávidos de monedas de oro. Vale la pena el despiadado ajetreo, por lo que aguarda después, cuando las piezas redondas que ostentan la soberana efigie enseñen a Buenos Aires su poderío. ¡Cómo la adularán! Hasta el señor Virrey del Pino visitará su estrado al enterarse de su fortuna.

¡Su fortuna! Y no son sólo esas monedas que se esconden bajo su falda con delicioso balanceo: es la estancia de Córdoba y la de Santiago y la casa de la calle de las Torres... Su hermana viuda ha muerto y ahora a ella le toca la fortuna esperada. Nunca hallarán el testamento que destruyó cuidadosamente; nunca sabrán lo otro... lo otro... aquellas medicinas que ocultó... y aquello que mezcló con las medicinas... Y ¿qué? ¿No estaba en su derecho al hacerlo? ¿Era justo que la locura de su hermana la privara de lo que se le debía? ¿No procedió bien al protegerse, al proteger sus últimos años? El mal que devoraba a Lucrecia era de los que no admiten cura...

El galope... el galope... el galope... Junto a la portezuela traqueteante baila la figura de uno de los soldados de la escolta. El largo gemido del cuerno anuncia que se acercan a la Guardia de la Esquina. Es una etapa más.

Y las siguientes se suceden: costean el Carcarañá, avizorando lejanas rancherías diseminadas entre pobres lagunas donde bañan sus trenzas los sauces solitarios; alcanzan a India Muerta; pasan el Arroyo del Medio... Días y noches, días y noches. He aquí a Pergamino, con su fuerte rodeado de ancho foso, con su puente levadizo de madera y cuatro cañoncitos que apuntan a la llanura sin límites. Un teniente de dragones se aproxima, esponjándose, hinchando el buche como un pájaro multicolor, a buscar los pliegos sellados con lacre rojo. Cambian las mulas que manan sudor y sangre y fango. Y por la noche reanudan la marcha.

El galope... el galope... el tamborileo de los cascos y el silbido veloz de las fustas... No cesa la matraca de los vidrios. Aun bajo el cielo fulgente de astros, maravilloso como el manto de una reina, el calor guerrea con los prisioneros de la caja estremecida. Las ruedas se hunden en las huellas costrosas dejadas por los carretones tirados por bueyes. Pero ya falta poco. Arrecifes... Areco... Luján... Ya falta poco.

Catalina Vargas va semidesvanecida. Sus dedos estrujan las escarcelas donde oscila el oro de su hermana. ¡Su hermana! No hay que recordarla. Aquello fue una pesadilla soñada hace mucho.

El correo real fuma una pipa. La señorita se incorpora, furiosa. ¡Es el colmo! ¡Como si no bastaran los sufrimientos que padecen! Pero cuando se apresta a increpar al funcionario, Catalina advierte dentro del coche la presencia de una nueva pasajera. La ve detrás del cendal de humo, brumosa, espectral. Lleva una capa gris semejante a la suya, y como ella se cubre con un capuchón. ¿Cuándo subió al carruaje? No fue en Pergamino. Podría jurar que no fue en Pergamino, la parada postrera. Entonces, ¿cómo es posible...?

La viajera gira el rostro hacia Catalina Vargas, y Catalina reconoce, en la penumbra del atavío, en la neblina que todo lo invade, la fisonomía angulosa de su hermana, de su hermana muerta. Los demás parecen no haberse percatado de su aparición. El correo sigue fumando. Más acá el fraile reza con las palmas juntas y el matrimonio que viene del Alto Perú dormita y cabecea. La negrita habla por lo bajo con el oficial.

Catalina se encoge, transpirando de miedo. Su hermana la observa con los ojos desencajados. Y el humo, el humo crece en bocanadas nauseabundas. La vieja señorita quisiera gritar, pero ha perdido la voz. Manotea en el aire espeso, mas sus compañeros no tienen tiempo de ocuparse de ella, porque en ese instante, con gran estrépito, algo cede en la base del vehículo y la galera se tuerce y se tumba entre los gruñidos y corcovos de las mulas sofrenadas bruscamente. Uno de los ejes se ha roto.

Postillones y soldados ayudan a los maltrechos viajeros a salir de la casilla. Multiplican las explicaciones para calmarles. No es nada. Dentro de media hora estará arreglado el desperfecto y podrán continuar su andanza hacia Arrecifes, de donde les separan cuatro leguas.

Catalina vuelve en sí de su desmayo y se halla tendida sobre las raíces de un ombú. El resto rodea al coche cuya caja ha recobrado la posición normal sobre las sopandas. Suena el cuerno y los soldados montan en sus cabalgaduras. Uno permanece junto a la abierta portezuela del carruaje, para cerciorarse de que no falta ninguno de los pasajeros a medida que trepan al interior.

La señorita se alza, mas un peso terrible le impide levantarse. ¿Tendrá quebrados los huesos, o serán las monedas de oro las que tironean de su falda como si fueran de mármol, como si todo su vestido se hubiera transformado en un bloque de mármol que la clava en tierra? La voz se le anuda en la garganta.

A pocos pasos, la galera vibra, lista para salir. Ya se acomodaron el correo y el fraile franciscano y el matrimonio y la negra y el oficial. Ahora, idéntico a ella, con la capa color de ceniza y el capuchón bajo, el fantasma de su hermana Lucrecia se suma al grupo de pasajeros. Y ahora lo ven. Rehúsa la diestra galante que le ofrece el postillón. Están todos. Ya recogen el estribo. Ya chasquean los látigos. La galera galopa, galopa hacia Arrecifes, trepidante, bamboleante, zigzagueante, como un ciego animal desbocado, en medio de una nube de polvo.

Y Catalina Vargas queda sola, inmóvil, muda, en la soledad de la pampa y de la noche, donde en breve no se oirá más que el grito de los caranchos.

164

## XXIX

## LA CASA CERRADA

### 1807

*El texto de esta confesión ha sido bastante modernizado por nosotros, suprimiendo párrafos inútiles, condensando algunos y añadiendo aquí y allá un retoque. Ignoramos el nombre de su autor.*

"... Quizá lo más lógico, para la comprensión plena de lo que escribo, fuera que yo le hablara ante todo, Reverendo Padre, acerca de la casa que de niños llamábamos 'la casa cerrada' y que se levanta todavía junto a la que fue del doctor Miguel Salcedo, entre el convento de Santo Domingo y el hospital de los Betlemitas. Frente a ella viví desde mi infancia, en esa misma calle, entonces denominada de Santo Domingo y que luego mudó el nombre para ostentar uno glorioso: Defensa.

¡Cuánto nos intrigó a mis hermanos y a mí la casa cerrada! Y no sólo a nosotros. Recuerdo haber oído una conversación, siendo muy muchacho, que mi madre mantuvo en el estrado con algunas señoras y en la cual aludieron misteriosamente a ella. También las inquietaba, también las asustaba y atraía, con sus postigos siempre clausurados detrás de las rejas hostiles, con su puerta que apenas se entreabría de madrugada para dejar salir a sus moradores, cuando acudían a la misa del alba en los franciscanos y, poco más tarde, a la mulata que iba de compras. No necesito decirle quiénes habitaban allí. Con seguridad, si hace memoria, lo recordará usted. Harto lo sabíamos no-

sotros: eran una viuda todavía joven, de familia acomoda-
da, y sus dos hijas. Nada justificaba su reclusión. Las mozas crecieron al mismo tiempo que nosotros, pero jamás
cambiaron ni con mis hermanos ni conmigo ni con nadie
que yo sepa, una palabra. Se rebozaban como monjas para
concurrir al oficio temprano. Luego conocí el motivo de su
enclaustramiento. Por él he sufrido mi vida entera; a causa
de él le escribo hoy con mano temblorosa, cuando la muerte
se aproxima. Debí hacerlo antes y lo intenté en varias oportunidades, pero me faltó audacia.

En una ocasión –ellas tendrían alrededor de quince años–
pude ver el rostro de mis jóvenes vecinas. La curiosidad nos
inflamaba tanto, que mi hermano mayor y yo resolvimos
correr la aventura de deslizarnos hasta la casa frontera por
las azoteas que la cercaban. ¡Todavía me palpita el corazón
al recordarlo! Aprovechamos la complicidad de un amigo
que junto a ellas vivía y, silenciosos como gatos, consegui-
mos asomarnos con terrible riesgo a su patio interior. Allí
estaban las dos muchachas, sentadas en el brocal del aljibe,
peinándose. Eran muy hermosas, Reverendo Padre, con una
hermosura blanquísima, de ademanes lentos; casi irreal. Las
mirábamos desde la altura, escondidos por un enorme jaz-
minero, y se dijera que el perfume penetrante ascendía de
sus cabelleras negras, lustrosas, tendidas al sol. Desde entonces no puedo oler un jazmín sin que en mi memoria re-
nazca su forma blanca y negra. Fue la única vez que las vi,
hasta lo otro, lo que le narraré más adelante, aquello que
sucedió en 1807, exactamente el 5 de julio de 1807.

La circunstancia de haber nacido en Orense, aunque
mis padres me trajeron a Buenos Aires cuando empezaba
a caminar, hizo que después de la primera invasión inglesa
me incorporara al Tercio de Galicia. Intervine con esas fuerzas en acontecimientos que ahora, tantos años después, su
osadía torna mitológicos.

El 5 de julio de 1807 –habría transcurrido un lustro desde que entreví fugazmente a mis vecinas en su patio– fue
para mi vida, como lo fue para Buenos Aires, un día decisivo.

166

A las órdenes del capitán Jacobo Adrián Varela tocóme defender la Plaza de Toros, en el Retiro. Me hallé entre los cincuenta o sesenta granaderos que a bayonetazos abrieron un camino entre las balas, para organizar la retirada desde esa posición que cayó luego en poder del brigadier Auchmuty. Nuestra marcha a través de la ciudad alcanzó un heroísmo que señalaron los documentos oficiales. Jamás la olvidaré. Jamás olvidaré el fango que cubría las calles, pues había llovido la noche anterior, y nuestro avance ciego entre las quintas abandonadas donde ladraban los perros, mientras retumbaban doquier los cañones y la fusilería. Mi jefe perdió las botas en el lodo; yo dejé un cuchillo, la faja... Nadie hubiera reconocido nuestro uniforme blanco y azul. Nadie hubiera reconocido a nadie, cuando corríamos por las calles entre las lucecitas moribundas, guiados por el clamor de los heridos y por la voz entrecortada de Varela que nos alentaba a seguir.

Llegamos así, negros de cieno y de sangre, hasta mi barrio. Allí nos enteramos de que Sir Denis Pack, herido por los patricios, se había refugiado en Santo Domingo con sus hombres. Otros refuerzos se le sumaron, encabezados por el general Craufurd. La confusión era atroz. Los carros de municiones, volcados, interceptaban la marcha. Los brazos de los heridos aparecían entre los sables y los fusiles tirados al azar. Aquí y allá, los trajes de los britanos coagulaban sus manchas rojas. Desde la torre del convento, transformada en fortaleza, los ingleses sembraban el estrago. Había soldados en todos los techos y también vecinos y muchas mujeres que arrojaban piedras y agua hirviendo sobre los invasores.

Varela entró a escape con la mitad de su tropa en la casa del doctor Salcedo. A poco le vimos surgir entre los balaústres de la azotea, encendido, vociferante, y abrir el fuego contra el campanario de los dominicos. Nos ordenó a gritos, a quienes todavía quedábamos en la calle, que hiciéramos lo mismo desde la casa lindera. Esa casa, Reverendo Padre, era la casa cerrada.

Estaba cerrada como siempre. En la azotea distinguí a la dueña y sus dos hijas. Iban y venían, enloquecidas, con tachos humeantes. Uno de los oficiales se acercó a la puerta y trató de abrirla pero no pudo. Entonces nos comandó a otros dos granaderos y a mí –a mí, precisamente a mí– que destrozáramos la cerradura. Fue una impresión extraña, independiente de cuanto sucedía alrededor, algo que no tenía nada que ver con la guerra espantosa y que me incomunicaba con ella. ¿Cómo explicárselo? Fue como si en ese instante comenzara mi guerra, mi propia guerra personal, en el huracán de la otra, la grande, que por doquier me envolvía pero de la cual me separaba una zona indefinible.

Nos precipitamos hacia el interior, cruzamos como un torbellino los dos patios y ascendimos al techo por una frágil escalerilla. Las mujeres nos recibieron sin decir palabra. En verdad, no teníamos tiempo para ocuparnos de su actitud. Lo único que nos movía era matar, matar rabiosamente. Y lo hicimos.

El capitán Varela apareció entre nosotros. Se dirigió a mí y a quienes me rodeaban.

–Vayan abajo –nos dijo brevemente– y secunden el tiroteo desde las ventanas.

De inmediato le obedecimos, mas cuando nos aprestábamos a lanzarnos por los peldaños, se nos cruzó la señora. Advertí entonces, en un relámpago, que ella también debía haber sido muy hermosa, acaso tan hermosa como sus hijas.

Nos suplicó:

–No, abajo no...

De un empellón la hicieron a un lado. Y ya estábamos en las salas y en las alcobas, ya arrastrábamos los muebles, ya entreabríamos los postigos con los caños de los fusiles.

–¡La otra habitación! –me ordenó un oficial–. ¡La última! ¡Encárguese usted!

Penetré allí automáticamente. Todo se hacía automáticamente ese día en que nos ensordecían las descargas y nos sofocaba la pólvora.

Era un aposento pequeño. Estaba a oscuras. Calculé la posición de la ventana por la fina hendidura que en torno del postigo dibujaba un hilo de luz. Me adelanté a tientas y de un culatazo separé las hojas. No pensé más que en continuar matando, pero entre tanto la atmósfera de la casa pesaba sobre mi nuca como algo viviente, sólido. Cuando me detuve para cargar el arma, observé que a mi lado estaba la señora. La acompañaban sus dos hijas. Me miraban con ojos dementes. Hice un movimiento para aproximarme y sosegarlas, y las tres retrocedieron hacia el fondo del cuarto que yacía en penumbra. Detrás de ellas se levantó algo que no puedo definir sino como un gruñido, un angustiado gruñido de animal.

Por segunda vez desde que había violado la clausura, me sobrecogió la sensación rarísima de que estaba viviendo un episodio aparte de los que sacudían a la ciudad. Fue –claro que por un momento– como si la lucha de las calles y de las azoteas no tuviera significado en sí misma, como si sólo sirviera de encuadramiento remoto a otro drama, íntimo, agudo, sutil, del cual éramos los únicos protagonistas.

Recordé entonces que antes, a lo largo de los años, había escuchado ese mismo grito ronco. Se alzaba en mitad de la noche y me estremecía, en mi cuarto cercano, con su inflexión inhumana, agorera.

Di un paso hacia las mujeres.

–No –pronunció la señora–, por favor, por favor, no...

Detrás, en la sombra, vi al ser horrible. ¿Necesito describírselo, Reverendo Padre? Se trataba, indudablemente, de un hombre. De hombre tenía la cabeza barbuda, pero su cuerpecito diminuto era el de un niño, con excepción de las manos grandes, cubiertas de vello, obscenas. Clavó en mí los ojos malignos, y por ellos reconocí su parentesco con las muchachas. Era su hermano. Ese monstruo era su hermano.

El tableteo de las balas ahogó mi exclamación. De un salto me acurruqué en mi puesto de combate. Mientras apuntaba, el corazón me latía loco. A veinte pasos cayó un inglés con los brazos extendidos, un inglés muy rubio, casi tan dorado el pelo como las charreteras.

En la habitación, la madre se echó a llorar. Gruñó el monstruo. Yo seguía tirando. Ya lo comprendía todo. Ya poseía el secreto de la casa cerrada, de la prisión de esas mujeres jóvenes y bellas, a quienes el feroz orgullo materno obligaba a encarcelarse para que nadie supiera lo que yo sabía.

El oficial bramó a través de la puerta:

—¡A la calle, a la calle, a Santo Domingo!

Me ajusté el cinturón. Mis compañeros me llamaban. Me volví para seguirles. Nada había cambiado en el fondo del aposento. La madre, sentada en el lecho, gemía tapándose los oídos. Detrás asomaba la cabeza diabólica, oscilante, babeante. Las dos hijas se abrazaban con miedo. Me miraron y adiviné en su crispación anhelosa un ruego desesperado. Fue como si súbitamente una oleada del fresco perfume de los jazmines me envolviera en pleno mes de julio. Todavía me quedaba una bala en el fusil. Reverendo Padre, cualquier hombre hubiera hecho lo que hice. Un tiro seco, un solo tiro seco... ¡A tantos otros había muerto ese mismo día desde la retirada de la Plaza de Toros: oficiales fuertes y esbeltos, soldados que apenas salían de la adolescencia, a tantos, a tantos! Cayó la cabeza espantosa, como en un juego, como si fuera una cabeza de cartón y de lana...

Hasta hoy me persigue el alarido de la madre, hasta hoy, como me persiguió el 5 de julio de 1807 en mi fuga por la calle de Santo Domingo negra y roja de cadáveres, lejos de la casa cuyas puertas había arrancado..."

## XXX

## EL AMIGO

## 1808

Gerardo baja trabajosamente la empinada escalera. Cuando mira hacia el patio, le acomete un vértigo terrible y la tentación de arrojarse de cabeza, de rebotar, de terminar de una vez. Pero un instinto más recio le manda cerrar los ojos. Cesa entonces la danza de los peldaños y de las paredes; se aquieta la locura del candil que tiembla en el primer tramo y, paso a paso, ciego, rozando el muro, el estudiante prosigue el descenso infinito. En la noche de sus párpados, los ruidos de la plaza cobran multiplicado vigor. A los monstruos que conjurara al suprimir la visión y que se agazapaban al pie de la escalera o le acechaban entre los tiestos, suceden otros, más sutiles, que le soplan al oído frases incoherentes y que están a su lado y bajan con él, tanteando los peldaños roídos. El hambre le ahueca el cuerpo. Pero hoy no podría permanecer en el cuartujo de los Altos de Escalada, aguardando que algún vecino se apiade y le haga la caridad de un mendrugo. La habitación de Gerardo, tan cercana de la plaza, retumba como un tambor.

Una ráfaga de viento sube los escalones a galope, y el muchacho se dobla. Las pinceladas del candil bajo el cual se ha detenido muestran la lividez de sus pómulos y de sus ojeras. Despliégase su gabán de paño musgo, muy desgarrado, muy remendado, y sobre él revolotea la beca encarnada, esa faja que es lo único que le queda de su ropa estudiantil, pues el resto –la hopa negra, el escudo de plata con las armas reales y el bonete de tres picos– ha sido vendido ya, hace tiempo.

171

Cuatro borrachos trepan entre los gemidos del ventarrón. Uno canta con grotescos ademanes:

*Estando la hija Silvana*
*sentadita en una silla,*
*oyen tocar la guitarra:*
*"Silvanita, hija mía".*

Y los otros corean el viejo romance incestuoso:

*La mandó emparedar*
*siete años y un día...*

Ríen hasta las convulsiones, mientras ascienden. En el rellano, Gerardo les espera, apretándose contra la pared.

—¡Es el estudiante! —gritan los cuatro, y el pobrecito titubea, sacudido por las palmadas, y se cubre el rostro con las manos para eludir el tufo de vino que le echan encima y le da náuseas.

—¡El estudiante espantapájaros! —silabea pastosamente uno, un gallego—. ¡El dominus del Real Colegio Convictorio Carolino! ¡Dominus vobiscum, y qué cara de pascuas trae y qué bien se apronta a jurar al Rey!

—¡Hoy hay que beber! —exclama hipando el más ebrio—. ¡Y aquí va una moneda para que la bebas a la salud de Su Majestad!

La pieza de plata brinca en el aire y recoge, fugaz, la claridad de la lamparilla. Se escucha su choque metálico, alegre, contra las baldosas que la hierba perfila allá abajo, abajo, en el patio remoto.

Gerardo queda solo. Tarda un buen espacio en recobrarse. Entre tanto, de la Plaza Mayor viene el estampido de los cohetes. Mañana, domingo 21 de agosto de 1808, los desconcertados súbditos de Buenos Aires jurarán lealtad a un monarca que les traiciona. Esta noche, adelantándose, el Virrey Liniers ha dispuesto que los festejos comiencen con luminarias y músicas.

172

Lentamente, el mozo consigue llegar al patio. Hay en él inusitado trajín. La humilde población del edificio de los Altos de Escalada –que llaman "la cuartería"– es muy numerosa. Pero hoy parece haber aumentado, y que por cada vieja astrosa, por cada bolichero, por cada negro, de los que antes habitaban allí, seis o siete asoman las cabezas doquier. La presencia de Gerardo, con su ropaje absurdo, es saludada con nuevas bromas. Él tiene una sola preocupación: hallar la moneda que en alguna parte se disimula, entre las macetas de secos geranios, entre los fardos de pienso, entre las sillas tumbadas al azar, entre los desperdicios. Los demás le atropellan, le acosan, cuando prolonga su búsqueda andando con pies y manos, como un perro. La ronda cruel contribuye a su confusión, hasta que encuentra el disco de plata y sale tambaleándose a la demencia de la Plaza Mayor.

Allí, los ruidos crecientes y los olores golpean su cabeza vacía.

Hay luces en todas partes: en el arco central y en las azoteas de la flamante Recova, coronadas de pilares y rejas; en las galerías del Cabildo, donde su chisporroteo alterna con el llamear de las grímpolas y las banderas; en las casas particulares, cuyas ventanas dejan ver las arañas resplandecientes. Globos amarillos y rojos penden de las cornisas. Algún tapiz cuelga de un balcón. Y en los corredores enladrillados negrea el pueblo sobre la escoria, entre los vendedores de pescado, de gallinas, de carne, de mulita, de legumbres; entre las esclavas que van y vienen, gruesas, ondulantes, el cachimbo en la boca, la cesta de pasteles haciendo equilibrio sobre la mota áspera; entre los pilletes pringados que pregonan la maravilla de sus bandolas, pequeñas cajas colocadas sobre pies en tijera, donde se acumula toda suerte de baratijas y donde los rosarios se mezclan con los naipes, con los espejos, con las estampas del santoral, con los peines y peinetas, con las naranjas; entre las docenas de canes sin amo que husmean con delicia la podre. La muchedumbre bulle y se afana bajo los arcos y en el descampado que corta una inmóvil carreta. Dijérase que

173

un hormiguero gigantesco ha reventado en mitad de la plaza y que de él escapó la infinidad de seres oscuros que andan a los tropezones, sin cuidarse de ser dignos de un marco de tanto señorío, de tanta nobleza como el que ofrecen las gráciles pilastras dóricas. A veces un empelucado caballero cruza el círculo de las mazamorreras y de las vendedoras de cigarros, aventando moscas, o si no, es una dama con el pañolito a la altura de la nariz. Y el bullicio se detiene un segundo cuando las bombas estallan del lado de Santo Domingo y de San Francisco, y cuando los fuegos artificiales dibujan el arco iris de sus ruedas y sus estrellas, para luego transformarse en un ¡ah! de admiración infantil que resuena como otra bomba colosal.

Gerardo es arrastrado por la corriente humana. Aprieta la moneda con tal rabia que la siente como una mordedura clavada entre sus falanges.

¿Adónde irá? ¿Al café de Mr. Ramón, en el barrio de la Merced? ¿A los de la Vereda Ancha, que hace poco conocieron los bermejos uniformes de los oficiales ingleses? Le empujan, le empujan... Y de repente advierte que, como en otras ocasiones, está hablando solo.

Es una costumbre que no logra dominar. Ya le sucedía cuando vivía en el colegio. Ahora, desde que clausuraron el instituto, ocho meses atrás, Gerardo sucumbe cada vez más a esa tentación. No podría estar sin hablar con alguien, y súbitamente se sorprende monologando, como un loco. Quizás sea el hambre la que así le vence. El hambre y la soledad. Su madre murió cuando el muchacho cumplía el horario severo que de cinco de la mañana a nueve de la noche se distribuía en el machaqueo de Santo Tomás y San Agustín. Al quedar huérfano se enteró también de que debería enfrentarse con la miseria. En el Convictorio le conservaron de lástima, hasta que las cátedras fueron suprimidas definitivamente en 1807. Y Gerardo se encastilló más y más dentro de sí mismo. Sin embargo, su carácter complejo es de los que exigen la dulzura de los demás. Para haberse endurecido así, ¡cuánto sufrió! Acumuláronse los desengaños: primero fueron los compañeros de San Carlos quienes, al descubrir su pobreza y que allí le tenían como a un mendigo a quien se socorre, le hicieron a un lado. Nunca había sabido conquistarles: su timidez pudo más que su necesidad de cariño, y también su miedo de ser defraudado, su enfermiza sensibilidad que se adelantaba a los imaginarios rozamientos, a la grosera incomprensión que probablemente suscitaría su sed de ternura, tan íntima, tan verdadera, tan difícil de valorar en su medida exacta. Luego, abandonado, incapaz de defenderse, incapaz de soportar un rechazo o una disfrazada compasión, cercado por el hambre y por el aislamiento, se hundió paso a paso en la miseria. En los Altos de Escalada adeuda la renta hace tres meses. Y cuando su tortura más requiere un amigo, se ve forzado a ocultarse, a huir de todos, a ambular exclusivamente de noche por una ciudad hostil y desierta, con la esperanza de que un pulpero se conduela de él y, sin que se las pida, le arroje unas sobras, y con el terror de que algún conocido tope con él en ese instante.

Se muerde los labios para ahogar las palabras. Está frente a la fonda de Los Tres Reyes, en la antigua calle del Santo Cristo, la que separa la plaza del Fuerte. Haciendo un esfuerzo, logra desenredarse del grupo que, cantando y bailando, alterna los ¡vivas! a Fernando VII con los estribillos que aluden al amor del Virrey por una francesa venida de las islas inflamadas:

> *¿Qué es aquello que reluce*
> *por la calle e la Mercé?*

Y entra, con la moneda en la abierta mano.

El público colma el local, alrededor del mostrador de reja. Una criolla apicarada se esquiva entre los parroquianos, con jarros y fuentes, repartiendo guiñadas, provocando pellizcos. Después de un rato, Gerardo descubre una mesilla y se deja caer, agotado. Antes que lo ordene, le sirven una empanada y un vaso de vino carlón. Ahora para él todo se reduce a beber y a devorar. Lo demás apenas representa una neblina en la que emergen rostros y brazos y en la que el murmullo de las conversaciones crece como un ronroneo que va subiendo de tono hasta rivalizar con la vocinglería de la plaza.

175

Poco a poco la angustia se trueca en una serenidad que no experimenta hace mucho tiempo. Alza los ojos del plato y nota que, como siempre, está solo, que como siempre es el único que está solo, en medio de seres impasibles o enemigos, en cuyo mundo no podrá penetrar. A ese mundo, tan lejano, tan inalcanzable, lo caldea una cordialidad de la cual nadie más que él no participa. Y se siente como un menesteroso a las puertas de un palacio, atisbando a través de los cristales fríos los grandes fuegos.

La bruma empieza a despejarse. En ella, los uniformes de patricios, montañeses, arribeños, vizcaínos y artilleros de la Unión, ponen sus toques multicolores. Los hombres ríen y discuten. A cada vuelta, el nombre execrado de Napoleón aparece en las disputas. Los soldados suavizan la voz al referirse a su enviado reciente, el Marqués de Sassenay, y a la acogida que Liniers le tributara. ¿Será el Virrey más francés que español?

Los ojos de Gerardo vagan, indiferentes, sobre los grupos, y se detienen en el mostrador. Hay junto a él un mozuelo más o menos de su misma edad. Está solo. Sus miradas se cruzan, y Gerardo ve tal claridad en las pupilas del otro que entrecierra los párpados, encandilado. Es un muchacho rubio, dorado, tan dorado como él moreno. No lleva sombrero y la luz cabrillea en su pelo amarillo. Desde aquella distancia, el desconocido alza el vaso en su dirección. Receloso, Gerardo espía a su espalda. Pero no: el brindis le está dedicado. Y también la sonrisa de esa boca ancha. Levanta su vaso, respondiendo. Y, asombrado, observa que el otro viene hacia él. Camina con fácil desenvoltura, deslizándose entre las mesas erizadas de codos y de mandíbulas. Pronto está a su lado y se sienta en la silla frontera.

Entonces empieza para el estudiante la noche increíble, la noche que no olvidará nunca. Ante la simpatía del recién llegado, siente como si en su interior se resquebrajara una costra de hielo duro. Y se echa a hablar y a escuchar, a hablar y a escuchar, vorazmente. Pide otra botella de vino y otra. Y hablan y hablan. Hablan como únicamente pueden hablar dos solitarios hambrientos de comunicación.

El atroz agarrotamiento que siempre trabó su entrega, no existe hoy para Gerardo. Al contrario. Todo es simple, lógico, armonioso, como si dos instrumentos se pusieran a tocar de acuerdo, según un ritmo justo, desentendidos del resto de la orquesta desafinada. Ellos sólo escuchan esas dos violas ceñidas, que se confunden y responden como si fueran una. Lo demás no importa.

Más tarde, cuando quiera recordar lo que Antonio le dijo esa noche, en la fonda de Los Tres Reyes, no conseguirá repetirlo. En cambio no se le escapará de la memoria ni un gesto suyo: ni la manera como gira el rostro; ni el perfil de su nariz arqueada; ni el relampagueo deslumbrante del mechón que le cae sobre la frente; ni el modo despacioso con que recoge los brazos y los cruza y enarca las manos finas en los codos; ni los ojos en que su doble imagen se refleja, diminuta; ni la voz baja y rica, tan semejante a su propia voz, a su propia voz de antes...

Se lanzan a andar por las calles. Van hasta el Real Consulado, en cuyo balcón central, bajo dosel, la estampa imperturbable del Borbón preside las fiestas. Van al barrio del sur y merodean entre las casas aristocráticas. El aire de agosto guerrea con los postigos, pero más allá de las cortinas de damasco arde la púrpura de los braseros. Y Gerardo ya no es el pordiosero transido ante los portales. Su amigo le pone una mano en el hombro y esa leve presión le hace vacilar y le obliga a entornar los ojos para gozar la emocionada plenitud del momento.

De madrugada, sepáranse frente a la cuartería donde mora Gerardo.

—Mañana nos veremos —se despide el otro—. Nos veremos todos los días. Te aguardaré en Santo Domingo, durante la misa cantada. Yo vivo detrás de los betlemitas.

Gerardo sube los peldaños saltándolos de dos en dos. La cabeza le zumba, como si la tuviera llena de abejorros. Es feliz, feliz. Tarda una hora en dormirse, tanto le martillea el corazón.

Al día siguiente, el canto de los pájaros le parece más nítido. Se esmera, frente al roto espejo, alisando las cren-

177

chas rebeldes, y dispara de su habitación. Una guirnalda de palomas entra y sale en la blanca torre del Cabildo, como una alegoría de vieja pintura. Más allá, el pueblo se apeñusca en el atrio del templo dominico. Aquí viene el obispo, bendiciendo, y el estudiante hinca la rodilla a su paso. Es menester agradecer a Dios tanta dicha. No hay que olvidarse de Dios. Aquí viene Liniers, el reconquistador, el héroe, de azul y rojo, hermoso como una miniatura cortesana, al cinto el espadín y la cruz sobre el pecho.

Gerardo se empina buscando a Antonio. En alguna parte se erguirá la chispa amarilla de su pelo. Pero no está en el atrio, y dentro de la iglesia es difícil encontrarle, entre tanta gente que cabecea bajo los altares encendidos como fogatas.

Ahora desfila el séquito oficial. ¡Ay!, ¿dónde se oculta Antonio?, ¿detrás de cuál de esas mantillas delicadas?, ¿detrás de cuál de esas casacas ceremoniosas?

El muchacho corre hacia la Plaza Mayor, donde se realizará el acto de la jura. ¿Dónde está?, ¿dónde está? No le importan las punzadas del hambre nueva. Por eso no hay que inquietarse. Ya la aplacarán luego juntos. Juntos, siempre juntos... Y no habrá más hambre ni más tristeza.

Pero no está a la sombra del tablado inmenso que decora el blasón real ni está en la vasta zona que ocupan las tropas urbanas distribuidas en rigurosa formación. Si estuviera le reconocería de inmediato, porque su pelo brilla como un casco de metal.

Ya se desarrolla el ritual solemne. El alférez avanza a caballo, seguido por el estandarte, los reyes de armas, los maceros, los lacayos de librea. En la tribuna, Santiago de Liniers extiende el brazo en el ademán del juramento. Debería tener por fondo las fuentes de mármol de Versalles, los chorros de agua transparente volcados sobre el bronce de los tritones y las ninfas, en vez de este enano caserío. Su elegancia, su aliño de antiguo paje del gran maestre de la Orden de Malta, lo exige. Todo resulta pequeño junto a la holgura de su jerarquía.

Ondea el pendón, vibran los clarines, repican las campanas, llueven las monedas sonoras. Aplaude entusiasmado el público de paisanos y tenderos.

¿Dónde está, dónde está Antonio? ¿Habrá enfermado? Ante la idea, Gerardo palidece. Y sigue andando, hundidos en el barro los zapatos deformes, aleteante su beca encarnada, aleteante el gabán en torno de su flacura. El Virrey regresó al Fuerte; los cabildantes se reunieron en la casa capitular; Olaguer Reynals, el alférez, ofrece un convite con música y refrescos, en su residencia... Y Gerardo vaga de una calle a la otra, de uno al otro zaguán...

Cerca del hospital de los religiosos betlemitas, inquiere por Antonio a los vecinos.

–¿Antonio? ¿Un Antonio rubio?

Pero nadie sabe nada de ningún Antonio y nadie está dispuesto a hurgarse la cabeza para contentar a un zaparrastroso, porque hay mucho que ver y mucho que hacer... Hay que ir al Cabildo, donde el estandarte flamea, y al tablado de la plaza, donde el soberano, desde su retrato pintado por Camponesqui, comprueba con desdeñoso rictus que todavía es omnipotente allende el mar; y hay que alistarse para mañana, para el tedéum catedralicio y la corrida de toros.

–¿Antonio? ¿Un Antonio rubio?

Gerardo llama a las cancelas; se asoma a las rejas voladizas que protegen los estrados desiertos; se arriesga en los patios y en las huertas abandonadas.

Y el hambre torna a enseñorearse de él y a retorcerle, cuando la oscuridad arropa los fuegos encendidos y la Plaza Mayor crepita como una ascua.

–¡Antonio! ¡Antonio! ¡Antonio! ¡Antonio!

Hoy y mañana, hoy y mañana, hoy y mañana, en la desesperación de la soledad, buscando, buscando. Porque si alguno se acercara y le dijera que la noche del sábado, la noche que precedió a la jura de Fernando VII, la pasó hablando solo y riendo solo, le mataría con esas manos huesudas, crispadas, que arañan la cal de las paredes de Buenos Aires.

Hoy y mañana, por quintas y conventos, por campos y calles, por los fondines, por el río, buscando a su amigo, buscando...

179

# XXXI

## MEMORIAS DE PABLO Y VIRGINIA

### 1816-1852

Nunca entenderé la actitud de los hombres frente a nosotros, los objetos. Proceden como si creyeran que la circunstancia de habernos dado vida les autoriza a tratarnos como a esclavos mudos. Jamás nos escuchan. Supongo que lo hacen por vanidad, por estúpido prejuicio de clase, pues consideran que un hombre es demasiada cosa para detenerse a departir con una alacena, o con una jofaina, o con un tintero. Eso menoscabaría su dignidad. ¡Qué tontos! No se dan cuenta de que quienes más aprovecharían del diálogo serían ellos, pues la condición de testigos inmóviles, sin cesar vigilantes, enriquece nuestra experiencia con garantías valiosas. Desde esa posición prescindente, que es un signo de flaqueza, los hombres se aíslan del mundo inmediato y se privan de las mejores amistades. Han decidido quedarse solos y que nosotros quedemos solos entre ellos. Es incomprensible. Y no hay manera de hacerles entrar en razón. Fingen continuamente no captar nuestros mensajes. O quizás la costra de orgullo empecinado haya endurecido su sensibilidad en tal forma, que ya no los captan.

Lo compruebo día a día. Una puerta se esfuerza por transmitir a su amo cualquier idea: la idea de que no debe entrar en una sala, por ejemplo. Llama para ello su atención girando con leve chirrido, y el muy testarudo prefiere atribuir ese movimiento a una corriente de aire, y se mete en el cuarto con las desagradables consecuencias que ello implicaba. Parece imposible que el hombre sostenga con sinceridad que la tierra está poblada de corrientes de aire y que ellas son las únicas responsables de cuanto acontece en torno suyo.

Y ¡qué decir de los nocturnos crujidos de los muebles!, ¡qué decir del tableteo fugaz de las persianas; del rezongo de las chimeneas; del gemido de los viejos escalones; de la vocecita de la pluma sobre el papel, que va murmurando: "no escribas eso, no escribas eso"! ¡Qué decir de esa cortina trémula que de repente se echa a volar aleteando como un fantasma! Nada: todo son corrientes de aire, o ratas, o que si el calor produce esto y el frío produce aquello. Los hombres viven inventando leyes y coartadas para explicar lo más sencillo, lo que no ha menester de números ni de axiomas: que estamos aquí, a su lado, que somos sus amigos, que ansiamos comunicarnos con ellos. Me acuerdo que una mañana, en Buenos Aires, en la fonda de doña Estefanía, era tan fuerte mi parloteo que la tabernera empezó a correr por el cuarto, azotando las sillas con un plumero y gritando que una avispa zumbona andaba por ahí. Lo curioso es que cuando un hombre, más cuerdo que los demás, se rinde por fin a la evidencia de nuestra cordialidad y acude a nosotros fraternalmente, le enclaustran por loco.

Yo he sido siempre un gran conversador. Se comprenderá, pues, cuánto me ha dolido la indiferencia humana. Condenado a la exclusiva sociedad de los objetos, a menudo me he distraído monologando. Cuando se me olvida sobre una mesa o en un estante, mi alivio consiste en hablar y hablar. Ahora, mientras siento en el costado una puntada terrible, me propongo contar la historia de mi existencia. Que la escuche quien tenga ganas. Probablemente no la escuchará nadie.

Sé que voy a morir e ignoro el nombre del enemigo que me devora las entrañas con paciencia atroz. Según mi vecino de la derecha, un diccionario a quien mi peligroso contacto asusta bastante, deberé la destrucción a un animalito denominado Blatta Americana o, más simplemente, "polilla de los libros"; aunque otra vez me aseguró que se trata de una larva del Anobium Molle de Fabricius. El nombre de mi asesino no me importa. Me importa tenerle ahí, alojado en el corazón. En este mismo instante horada la página célebre en que Monsieur Bernardin de Saint-Pierre, mi padre, pintó la casta zozobra de Virginia al descubrir los reflejos sensuales de su amor por Pablo.

Me llamo Pablo y Virginia. Eso otorga a mi personalidad yo no sé qué de ambiguo. Acaso le deba lo bien que me llevé, en el coche de Lord Dunstanville, con la estatua del Hermafrodito de Salamina. Pero no nos adelantemos a los acontecimientos.

He nacido en el año 1816 en Perpiñán, allí donde Francia es casi española, en casa de Monsieur Alzine, impresor. No soy ni muy grande ni muy pequeño: in 12° por expresarme con técnica exactitud. Pude haber sido in 18°, lo que me hubiera disminuido seriamente, o in 8°, lo que me hubiera convenido más del punto de vista de la representación.

Mi padre fue un hombre famoso: Bernardin de Saint-Pierre, ingeniero de Puentes y Caminos, intendente del Jardín de Plantas y del Gabinete de Historia Natural de París, profesor de la Escuela Normal, miembro del Instituto de Francia y condecorado con la Legión de Honor. Durante buena parte de mi vida veneré su memoria, a pesar de que le juzgaba un escritor mediocre y aburrido; pero el naturalista Bonpland me desengañó de sus imaginarias virtudes. Esto lo contaré después. Tengo tanto que aclarar y el bicho adverso trabaja con tal velocidad y eficacia, que los recuerdos me brotan a borbotones. Todo se irá ordenando en el curso de la narración.

No ocultaré que hubiera preferido ser otro libro: ser un cuento de Voltaire, por ejemplo, o el *Lazarillo de Tormes*. Diverso hubiera resultado mi destino en tal caso y seguramente no me hallaría reducido a la condición de agonizante en este agitado puerto de la América del Sur. Pero la suerte lo quiso así, y desde 1816 hasta el año actual de 1852 he debido cargar con las 244 páginas que integran mi cuerpo maltratado y cuyo texto prolonga una anécdota de insistente candidez: la anécdota de una pareja semisalvaje que se amó con ingenuidad y que murió por amor, entre los cocoteros, los papayos y los tatamaques de una isla africana. Es una historia, lo declaro rotundamente, sin subterfugios, que no me interesa. Mi padre describe bien, acaso demasiado bien, pero sus conocimientos psicológicos me parecen rudimentarios. En cualquier ocasión, cuando no se le ocurre qué hacer con sus personajes, los pone a llorar. Allá él. La vida me ha enseñado que la gente llora mucho menos y procede mucho más.

Además de mi padre, tengo un padrastro, padrino, padre putativo o como se quiera designarle: el abate don José Miguel Alea, mi traductor. Porque conviene anotar que yo no soy el Pablo y Virginia ya clásico, arquetípico, en francés, sino uno de sus hermanos benjamines, vertido a un truculento castellano. Tal circunstancia, lógicamente, me ha disminuido ante el mundo, como suele suceder con los parientes pobres. En efecto: ser Pablo y Virginia encerraba sus dificultades, serlo en castellano, con eso de bastardo que toda traducción acarrea, es aun más penoso. Empero, pecaría de injusto si me quejara. He viajado; he conocido gente notable; he hecho acopio de sabiduría práctica. No sé si podrá decir lo mismo mi hermano mayor, *Monsieur Paul et Virginie*, quien desde 1787 duerme un sueño indigesto en la biblioteca del antiguo Palacio del Cardenal Mazarino, en París.

Inició la cronología de mis dueños Lord Gerald Đunstanville, noble caballero de la Gran Bretaña. Me adquirió poco después de mi nacimiento, en el propio Perpiñán.

Allí, en un minúsculo negocio, aguardaba yo, confundido entre volúmenes destripados, cacharros y dudosas pinturas, la llegada de quien me llevaría con él a ver mundo. La tinta fresca, esa sangre de los libros, impregnaba aún mis páginas con su aroma recio. Lord Dunstanville irrumpió en la habitación miserable. Le acompañaba su amigo Sir Clarence Trelawny. Fue un deslumbramiento, algo como si una luz se hubiera encendido sin previo anuncio en mitad de nuestro círculo abigarrado. Callamos todos, conscientes de nuestra suciedad.

Ambos señores no contarían más de dieciocho o diecinueve años. Eran muy bellos, a la pulcra manera inglesa. La esbeltez de sus figuras se acentuaba, paradójicamente, con la profusión de pieles negras que les abrigaban del frío. Tenían los rostros tostados por los largos viajes. Seguíales un criado que acunaba en brazos, como si fuera un niño, un capitel. Luego supe que venían de comprarlo al guardián de las ruinas del viejo torreón de los reyes de Mallorca. Y los muchachos reían de continuo, mostrando las dentaduras iguales.

Reían así mientras desplazaban los cuadros embadurnados, las armas polvorientas y los cántaros herrumbrosos, escoltados por el mercader que daba saltos de mico. Por fin Lord Gerald solicitó en un francés roto: "des livres sur l'Espagne". El comerciante echó mano de cuanto poseía que se vinculara vagamente con el tema. Sobre un banco se apilaron los volúmenes. En su recorrido, Lord Gerald topó conmigo. Sentí sobre el lomo la presión de sus dedos afilados y me estremecí:

–Pablo y Virginia –deletreó–. Aussi sur l'Espagne?

El posible vendedor estaba enterado perfectamente (supongo que por Monsieur Alzine, mi imprentero) de que las parcas aventuras que custodia mi encuadernación se desarrollan en la Isla de Francia, en el Océano Índico, cerca de Madagascar. Me alzó respetuosamente, como una reliquia, y respondió:

–Oui, monseigneur, aussi sur l'Espagne.

A esa frase debo el haber pasado a engrosar el lote que un postillón transportó al carruaje que esperaba a la puerta, y que comprendía libros tan escasamente españoles como Los Lusíadas portugueses y la traducción de los cuentos de Perrault, con ellos, bastante mareado por el traqueteo, fui trasladado a la posada donde paraban los señores. Al día siguiente nos lanzamos al galope por la carretera hacia Madrid.

Lord Gerald y Sir Clarence tenían por el turismo la consideración que sólo se practica en Inglaterra. Viajaban con un lujo digno de su jerarquía. Dos vastos coches contenían el mínimum exigido por su refinamiento. Ocupaban el primero; en el segundo iban dos criados, un cocinero y el monstruoso equipaje que su capricho complicaba en el azar de las etapas constantes. La suerte me asignó un lugarcito en el de los amos, donde bailoteaba toda especie de chucherías.

Era una galera enorme, acolchada. Colmaba buena parte de su espacio libre, frente al asiento, una estatua de mármol protegida por una armazón de madera, de la cual los jóvenes no querían separarse: el Hermafrodito de Salamina. Por él supe, pues pronto anudamos la charla en un cuasi francés equidistante, que se había sumado a la comitiva seis meses atrás. Su edad oscilaba por los veintitrés siglos y estaba intacto. Unos paisanos acababan de desenterrarlo al plantar unos viñedos, en la isla que presenció la derrota de los persas por Temístocles, cuando acertaron a pasar por allí los coches de Lord Dunstanville. Él y Sir Clarence se entusiasmaron y lo adquirieron por tres monedas de oro. Agregó que habían cruzado a Venecia en un barco genovés y que luego atravesaron a Italia y Francia. Nada de cuanto diga acerca de su hermosura logrará reflejarla. A veces, mientras proseguíamos nuestro avance demente, un rayo de luna se filtraba por los vidrios de la portezuela y encendía el torso maravillosamente blanco, los mirtos enlazados en sus sienes, la paloma acurrucada en su hombro. Sir Clarence y Lord Gerald se tomaban entonces de las manos alhajadas con extraños anillos secretos, y hablaban de Grecia.

Nos detuvimos en Gerona, en Barcelona y en Zaragoza. En esta última ciudad fui ennoblecido, juntamente con mis compañeros de canasto. Lord Gerald me colocó frente a la chimenea del hostal donde hicieron noche. El crepitar de las llamas enalteció la breve ceremonia con un resabio de rito ancestral, lejanísimo. Sir Clarence me levantó, abrió mis tapas ordinarias, y su amigo adhirió a mi interior su ex libris: el escudo de Dunstanville bajo la corona de barón y el lema: "Fari quae sentias", que me tradujo un ejemplar de las *Décadas* de Tito Livio: "Habla lo que piensas", y que

185

adopté de inmediato pues se ajusta como un guante a mi manera de ser.

La incorporación de ese escudo (tres fajas de gules en campo de plata) no modificó mi carácter. Aunque no participo de muchas de las ideas de mi padre, los principios democráticos que Bernardin de Saint-Pierre despliega en mi texto han terminado por convencerme. Pero es oportuno subrayar que el blasón y la corona de Dunstanville ejercieron sobre mi vida una significativa influencia, como se corroborará más adelante.

Finalizada la bibliofílica liturgia, Lord Gerald me llevó a su alcoba. Se derrumbó en el camastro que los criados habían disfrazado con pieles de marta, y empezó mi lectura a la luz de una vela. No fue más allá de la tercera página y se quedó dormido. Tiene toda la razón. ¿Cómo ofenderme? Yo me entretuve observando el juego de la llama sobre su faz, sobre sus dedos delicados, sobre la desabrochada camisa. Ya no volví a verlo hasta el siguiente mes, en Sierra Morena, porque hice el resto del viaje en el segundo coche, a donde también fue trasladado el Hermafrodito para dejar sitio a un discutible San Jerónimo del pintor Zurbarán.

Me enteré de que habíamos estado en Burgos, en Segovia, en Madrid y en Toledo, aunque lo único que de ellas alcancé fueron las estampas confusas que salpicaban nuestras ventanillas.

El Hermafrodito me hablaba de Temistocles y de Jerjes. Yo, por corresponder a su cortesía, le referí la historia de Virginia y Pablo, pero a poco advertí que una sombra de tedio cubría sus ojos.

Una tarde, muy tarde ya, después de cruzar con insoportable zangoloteo las arideces de la Mancha, nos internamos en Sierra Morena. Venía en el mismo canasto que yo un ejemplar del *Quijote*, en la vieja versión de Shelton que, seguro del terreno, se puso a discursear desaforadamente en inglés. Le hicimos callar.

Sir Clarence Trelawny, amedrentado por las noticias de asaltos y bandidos que nos comunicaban irónicamente en las postas, obtuvo de su amigo que abultara nuestra pequeña expedición con seis hombres de terrible aspecto, montados en caballos salvajes, quienes se encargarían de custodiarnos. Eso nos perdió.

Íbamos en un semisopor agravado por la charla del cocinero y de los criados, cuando de repente, en el tenebroso desfiladero de Despeñaperros, algo después de la Venta de Cárdenas, paráronse los carruajes. Oí los gritos agudos de los ingleses. La servidumbre se abalanzó sobre las pistolas, pero fue inútil. Nuestros presuntos guardianes abrían ya las portezuelas que decoraban las fajas rojas de los Dunstanville, y ordenaban a todo el mundo que abandonara los coches. Cuando nos tocó el turno a nosotros, lo hicimos en brazos de los postillones.

Mi cesto quedó junto a un precipicio, sobre el río Tamujar. En la oscuridad dramática no se veían más que alcornoques y jarales afirmados en las rocas. Los bandidos iban y venían, con unas antorchas de teatro a cuyo resplandor recortábanse sus sombreros puntiagudos y sus polainas de cuero. Mientras desuncían las yuntas, dos se pusieron a disputar ante el Hermafrodito que tiritaba bajo los vientos bramadores.

—Es hembra —sostenía el uno.

—Es macho —replicaba el otro.

—¡Hembra!

—¡Macho!

Tanto manotearon la escultura para destacar las pruebas de sus contrarias opiniones, que el más fuerte (le recuerdo exactamente, con sus patillas ásperas y la cicatriz que le torcía los labios), de un empellón precipitó la estatua en el abismo. Allí la enfocó la luna. Estaba rota en cuatro pedazos, Lord Gerald se echó a llorar. Sir Clarence se desgañitaba como un loco:

—Fools! Fools! You idiots!

Los desalmados se encogieron de hombros. Se burlaron del dolor de los ingleses. Les obligaron a desnudarse, lo mismo que a sus criados. Y nadie escuchaba, allá abajo, en el barranco, el frenético piar de la paloma y las quejas del adolescente de Salamina.

Uno de los coches, sin caballos, permaneció en el desfiladero. A nosotros nos amontonaron en el restante, que partió a escape hacia las cuevas.

Cinco días después fui vendido en el mercado de Jaén al boticario Publio Virgilio Muñoz.

Su padre, que se envanecía de cierto barniz clásico, le había bautizado así. Este Publio Virgilio fue, de todos mis dueños, el único que me leyó de la primera a la última página. No comparto su juicio generoso, pero se lo agradeceré siempre. Nada es tan desconsolador, para un libro, como morir virgen. A mí casi casi me sucedió.

Jaén tiene el gracioso perfil de una ciudad musulmana. En ella viví trece años, de 1816 a 1829. Me gusta la paz de sus azucaradas paredes, sobre las cuales las campanas se desatan a toda hora, como grandes pájaros tranquilos. La casa de mi boticario se halla en el barrio de la Plaza del Conde. El negocio ocupa en la planta baja una habitación; mi amo tiene su dormitorio en los altos: y digo "tiene" aunque ignoro si don Publio será a estas horas mezclador de filtros o ángel de Nuestro Señor.

El perfume de las cocciones y las yerbas impregnaba los aposentos. Allí aprendí muchas cosas sobre las plantas que devuelven la salud y las que apresuran la muerte. Durante un lustro fui vecino del Agua de Adormidera, que añadida al Jarabe de Acodión se recomienda a quienes sufren de los nervios. Tanto me saturó su esencia, que ello ha contribuido a serenar mi ánimo en el que la inclinación apacible se suma a ciertas indomables antipatías.

El apoticario sólo necesitó dos días para leerme. Lo hacía en el balconcillo de su casa, refrescado por los pámpanos y la hiedra. Frente al ex libris de Lord Dunstanville inscribió su nombre con letra menudita. Hoy, el enemigo que me taladra cavó un agujero en el apellido Muñoz, y el resto, el Publio Virgilio impresionante, yace bajo una gruesa raya amarilla. En la página 37, me dejó una lágrima. Este lector único no es, ciertamente, el que yo hubiera escogido; sin embargo, mi sinceridad me obliga a consignar la atención con que espié en su rostro los pucheros y las beatas sonrisas que marcaron, hasta el llanto final, su progreso en la lectura. ¡Pobre don Publio Virgilio! y ¡qué buen hombre! Le recomiendo a los libros huérfanos de lector.

En el curso de un decenio y tres años he asistido a la entrada y salida de personas de todo sexo, condición y edad, que acudían al negocio con su desesperación, su coquetería o su tozudez maniática. Fui colocado en el cuarto estante de una biblioteca, cerca de otros libros y también de frascos y almireces. Oí hablar continuamente de hinojos y mastuerzos, rudas y ninfeas, estramonios y ruibarbos. Oí críticas sobre vecinos y vecinas. Vi rehacer los planos de las batallas y las composiciones de los ministerios. El hastío de tanta menudencia me hubiera desencuadernado, de no mediar un Guzmán de Alfarache, al cual le faltaban los siete primeros capítulos, y que me distrajo con sus narraciones picarescas. Nunca osé, a pesar de su insistencia amable, agobiarle con las desazones de Pablo y Virginia y con mis celebérrimos cuadros de la naturaleza africana. Temí perder su camaradería.

Una noche de diciembre de 1829, al campaneo de la medianoche, apareció en la botica una tímida luz. El postigo suelto del piso superior quiso avisar a don Publio la presencia intrusa, pero éste (hombre al fin) lo atribuyó a una corriente de aire.

Las pociones y el alambique se alborotaron, y la palabra "ladrón" corrió por las estanterías.

No era un ladrón, aunque lo era. Era Blas, el sobrino de Muñoz, mozalbete aprendiz de escribano, a quien su tío utilizaba para repartir los paquetes de drogas entre sus clientes. Traía una lámpara en la diestra y avanzó sin titubear hasta lo que yo conceptuaba un osario definitivo. Sus dedos se deslizaron sobre los tejuelos. ¡Ay, cuando los sentí sobre mi lomo, advertí cuán opuesta era su calidad de aquella, aristocrática, que asomaba en la punta de las uñas de Lord Gerald! Cogió varios libros, en cuyo número me hallé, y nos depositó sobre la mesa. Luego se consagró a la tarea de examinarnos prolijamente. Nos escudriñaba, en pos de manchas de humedad y desgarraduras; nos soplaba

189

el polvo; nos volvía del revés y del derecho. Cuando me correspondió a mí lanzó una exclamación ahogada ante el escudo de Lord Dunstanville. De inmediato tornó a ubicar los demás en sus lugares; disimuló el mío acortando espacios y, sepultándome en la faltriquera, salió con paso de zorro.

Luché buen rato para desentumecerme. No sólo se trataba de devolver su agilidad a mis tapas y hojas, pegadas y anquilosadas por el luengo plantón, sino era menester también agilizar mi espíritu, con la perspectiva de nuevas aventuras que el abandono había descartado de mis cálculos.

Conmigo en el bolsillo, ambuló hasta la madrugada por las calles de Jaén. Muy tarde, en su tabuco, me abrió, tachó con tinta el nombre de su tío y escribió debajo, cuidando la caligrafía torpe: "A Graciela, cruelísima". Luego lo enmendó y puso "crudelísima". Por fin borroneó y optó por "despiadada". Declaro que su audacia, al maltratarme, me indignó. ¿Qué se creía el infeliz?

A mediodía me condujo a una casa señorial. Se anunció y minutos después fue recibido.

Una mujer rubia, muy pálida, joven aunque no tanto como Blas, esperaba tendida en un diván de damasco verde. Había flores sobre las cómodas francesas, sobre el piano, junto al arpa. Las había en fanales sobre la chimenea. El muchacho se adelantó y besó la mano desmayada que azulaban las venas sutiles. Me acostó encima de un taburete y fui testigo de este diálogo:

—¡Ingrata! ¿Nada podrá deteneros?; ¿siempre partís mañana?

Ella no contestó y quedó ensimismada contemplando un jazmín.

—¡Ingrata! ¡Ingrata! ¿Me escribiréis al menos?

La dama giró la cabeza lentamente:

—Os he repetido, Blas, que nada debéis aguardar de mí. Es una locura vuestra. En Buenos Aires me reuniré con mi marido.

—¡Vuestro marido! ¡Ay, Graciela!

Ahorraré el resto de la conversación, cuyo tono no varió, y que evoca el popularizado por las novelas que leían

190

el boticario, Graciela y Blas. Tuvo más bien los caracteres de un monólogo, pues la señora se limitaba a suspirar y a estudiar las pinturas del techo, y él a porfiar con frases similares a las anteriores.

Entró una criada con unos bultos.

—Agregadlos al baúl negro —murmuró Graciela.

Cuando la otra desapareció, se puso de pie:

—Adiós, Blas; me habéis querido y os lo agradezco, mas nada en mi conducta, durante este año, os autorizaba a suponer que sería infiel a mi esposo.

A la legua se notaba que estaba harta de la entrevista.

El muchacho cayó de hinojos:

—¡Juradme que no me olvidaréis!

—No, no os olvidaré.

Y le pasó la mano por el pelo.

Un resplandor de esperanza (tenía dieciocho años) iluminó los ojos de Blas:

—Os he traído —dijo el mocito recobrándose— un recuerdo. Es un libro que mi amigo Lord Dunstanville me regaló hace años.

—No sabía que fuerais amigo de un lord.

—¡Poco sabéis de mí, ingrata!

Y se retiró.

Graciela me acercó a su seno, me trastornó con su fragancia, curvó una asombrada ceja al advertir en mi tapa las armas de Lord Gerald, y se dirigió conmigo a su dormitorio.

—Este libro irá en la maleta pequeña —dispuso.

Así me lanzó la fortuna veleidosa a viajar de nuevo, rumbo a El Havre de Gracia. El agotador secuestro de la biblioteca había embotado tanto mis facultades, que no pude gozar ni una vez del paisaje patrio. Viajé dormido.

Zarpamos de El Havre el 31 de diciembre de 1829 a las dos de la tarde, a bordo del brick La Herminia, con doce hombres de tripulación y veinticuatro pasajeros. Durante los primeros días, el mareo aletargó por igual a los últimos. Luego se arriesgaron a aparecer en la cubierta, tímidamente. Yo hice mi primera salida de la mano de Graciela el 5

191

de enero. ¿Describiré el milagro espumoso de las olas, del cielo azul, del velamen balanceado, de los delfines? Si fuera Bernardin de Saint-Pierre, lo haría. La experiencia que he almacenado en lo que a descripciones atañe, como depositario de Pablo y Virginia, me señala como el más atrayente el camino de la sobriedad.

Graciela vestía siempre de gris. Me acariciaba con sus guantes grises, con sus velos grises. Me llevaba a la toldilla, donde los señores eternizaban las partidas de *whist*; me abandonaba en su falda de tibieza sensual... Pero no me leía.

El 7 de enero, después de hojearme con desgano, resolvió enterarse de mi contenido. Leyó nueve páginas: seis más que Lord Dunstanville, y bostezó. En ese instante se le aproximó Monsieur Gérôme, segundo de a bordo.

Era un hombre curtido por el sol, con una barba rojiza, que caminaba hamacándose. Tenía un elefante tatuado en el dorso de la mano izquierda. Cambiaron frases corteses. A la media hora, Monsieur Gérôme estaba enamorado de Graciela. La cortejó sin éxito durante la travesía. Ella suspiraba y miraba el horizonte o las estrellas palpitantes. Yo había sido relegado al camarote enano, pero la sombrilla de Graciela me tuvo al tanto de los acontecimientos. Me informó de que mi dueña y el marino habían descendido juntos en la escala de Cabo Verde, pero cuando quiso extenderse en pormenores sobre la naturaleza de la isla, no la dejé proseguir. ¡Para islas me basta y sobra con mi Isla de Francia, en el Océano Índico, me sobran sus mangos, sus guayabos, sus arrozales, sus mirlos, sus loros, sus bengalíes!

La sombrilla ahuecó los encajes el 27 de febrero y me anunció que surcábamos el Río de la Plata y que al día siguiente fondearíamos en Montevideo. El 28, al crepúsculo, Graciela me sacó a tomar aire. El río me impresionó por feo y barroso. Parece que está infestado de bancos de arena.

Mi ama se acodó a proa. Sus velos jugaban con la brisa. Ascendía la luna. El espectáculo me puso triste. Se unió a nosotros el ineludible Monsieur Gérôme.

—El viaje termina —susurró.

Las manos de Graciela, enguantadas de gris, descansaban sobre mi página 123. Sobre ella avanzaron también, peludas, las manos del francés. Me inquietó el elefante, macizo, obsceno. Graciela permitió que sus dedos se rozaran, como distraída, como si lo único que le interesara fueran las nubes que tajeaban al satélite. Debajo, me estremecí como si me atravesara una corriente eléctrica. Me sobrecogió la sensación singular de ser un lecho negro y blanco sobre el cual se debatían diez seres indefinibles: cinco de ellos desnudos, locos de fiebre.

—No me queréis —se angustió el marino—, me odiáis.

Ella esbozó una sonrisa melancólica:

—No os odio. Habéis sido muy bueno conmigo.

Tornó a mirar al cielo.

La barba roja de Monsieur Gérôme echaba chispas:

—Tengo un recuerdo para vos, señora.

Y exhibió un camafeo que sin duda había adquirido en El Havre y que me pareció horrible. Graciela debió participar de mis sentimientos, por el levísimo fruncir de su nariz romana.

—Es muy bonito, muy bonito —comentó.

—¿No me daréis nada —rogó el barbudo—, ningún testimonio de amistad, para que lo conserve toda la vida?

La mano de Graciela se desasió de la suya y se crispó sobre mi canto. Temblé. Debió notarlo porque, sorprendida, me dejó caer en la cubierta. Él se inclinó a recogerme. Le odié; a él, a su barba, a su elefante.

—Guardadlo —dijo la señora—; es un regalo de Lord Dunstanville, un caballero que mucho me amó. Guardadlo y no me olvidéis. Con él os entrego un poco de mi vida.

Desapareció en la sombra dejándome, furioso, en poder del oficial, quien me apretaba contra su martilleante corazón.

Un viento detestable, el pampero, batió a La Herminia al día siguiente. Cuando se aplacó divisamos en las brumas la ciudad de Buenos Aires. Es modesta. Aquí y allá, los campanarios rompen la chatura de su línea. Pronto avistamos la fortaleza, la alameda, los sauces de la Boca, las quintas de la Recoleta y del Retiro. Una barca y una carreta nos ayudaron a llegar al muelle. Allí sobresalía entre el público el marido de Graciela, un hombrachón magnífico, que saludaba y saludaba atusándose el bigote y revoleando el gran sombrero. Mi ex señora se refugió en sus brazos. Dentro del bolsillo de Monsieur Gérôme, las uñas del segundo se clavaron en mi cuero. He conservado la cicatriz.

El oficial ejerció sobre mí el derecho de posesión sólo durante siete días. Me alegro. Nunca me fue simpático.

No bien desembarcó, rodeáronle tres individuos que arrastraban unos sables feroces, y una obesa mujer amulatada, con una pañoleta colorada en la cabeza y una pipa de yeso entre los dientes. Indicó a mi amo con la pipa, vociferando pornografías entre las cuales volvía el ritornelo acusador:

–¡Es él, es él, el franchute hijo de perra!

Después de una bienvenida tan poco cordial, fue arrestado pomposamente y le condujeron a la cárcel vecina del Cabildo. En su encierro supe que adeudaba a la morena su alojamiento del viaje anterior, además de unos pesos fuertes que le había pedido en préstamo. La intervención del capitán de La Herminia logró que fuera puesto en libertad, tras una semana de rabiosas protestas, previa confiscación de sus caudales. Entre ellos me contaba yo. Vanas fueron sus súplicas para guardarme. Al contrario: por ellas me perdió. Cuando se percató del interés especial que cifraba en mí, la mujerona, que ni siquiera se había fijado en mi existencia, se empeñó en tenerme. Tal vez, de haber sido Monsieur Gérôme más discreto, yo estaría ahora en Europa e ignoraría los ataques de la Blatta Americana y del Anobium Molle de Fabricius. Lo mismo hubiera sucedido, posiblemente, si Blas no hubiera amado a Graciela y si dos ingleses extravagantes hubieran elegido mejor su escolta. Hay que resignarse.

Así pasé a engrosar el patrimonio de doña Estefanía, propietaria de una fonda situada en la calle del Temple.

Marcaré con piedra negra los dos años durante los cuales viví en el área vocal de la fondista. Ni siquiera hoy, cuando mi defunción próxima debería moverme a perdonar agravios, me decido a ser clemente con su memoria. Es una mala mujer.

El establecimiento de doña Estefanía alberga, como es de suponer, la clientela más sórdida. Muy pobre debió estar Monsieur Gérôme para acudir a su amparo. De él salió más pobre todavía, pues le dejó hasta su catalejo y su caja de madera de sándalo, el único objeto cuyo aroma no repelía en tan desastrosa sociedad.

La dueña tenía un marido, un borracho cantor que se presentaba de tarde en tarde, con una divisa federal en cada solapa y otra en el desvencijado guitarrón. La criada era Juanita, una niña larguirucha y tierna, con los ojos claros. Hacía todo el trabajo, pacientemente, a cambio de cardenales y palabrotas. Un estudiante, apiadado de su ignorancia y de su soledad, le había enseñado a leer a hurtadillas. No lo toleró doña Estefanía, quien puso al maestro en la calle. Decía que las mujeres que andan con libros se van al infierno. En parte tenía razón.

El desprecio de la mulata me confinó en un desván lúgubre, que sus gritos sacudían diariamente como tempestades. Entre sus muros transcurrieron dos años de mi existencia. Los viví como un ermitaño, fortalecido por la mortificación. Pensaba que con ese castigo que no merecía, pagaba culpas pretéritas: la vanidad de mi corona, mi amistad con una estatua pagana, mi indiferencia filial. Hoy no lo creo. Creo que los hechos se producen porque sí y que debemos adaptarnos a ellos sabiamente. De todos modos, así procedí en esa ocasión.

Una mañana, la criada entró en busca de un cubo que no halló. En vez me halló a mí, de bruces, cara al suelo. A esa posición incómoda y al prolongado contacto con un territorio en el que hervían las alimañas astutas, debo las máculas que oscurecen mis páginas 111 y 112.

Juanita se apoderó de mí con alborozo, me escondió en su seno y huyó conmigo al rincón donde dormía, bajo la escalera. El contacto de esos pechos jóvenes me hizo mucho bien.

Por la noche, cuando doña Estefanía y sus huéspedes se hubieron acostado, Juanita sacó un cabo de vela del mostrador y a su luz macilenta se entregó a mi lectura. No se extendió más allá de la página 39, pero estoy seguro de que ni siquiera al boticario de Jaén procuré placer tan intenso. Es muy agradable que una mujer nos lea en la cama. Leía y releía cada frase, gimoteaba asociándose a los infortunios de Margarita y de la señora de la Tour, y se extasiaba ante las perspectivas hogareñas de Virginia y Pablo. En el fondo prefiero que las circunstancias le hayan vedado llegar al fin de la novela. Nadie la hubiera consolado de la muerte estúpida de mi heroína, y hubiera vuelto a la esterilidad de sus escobas y de sus baldes, más triste, más desamparada.

La noche siguiente reanudó la lectura, pero esta vez la fatalidad se cruzó en su sendero. La encarnó la forma airada de doña Estefanía, provista de un palo y de improperios roncos.

Calculé que regresaría al desván, pero el azar me situó en el cuarto destinado a pulpería, sobre una barrica de vino de Cuyo. Una semana transcurrió y me despedí definitivamente del mareante pedestal.

Mi ama tenía un adorador que veía en ella, más que sus atributos personales, su jerarquía de intermediaria con el vino gratis. Era un sereno ya maduro, especialista en mueras a los salvajes unitarios, que acudía a visitarla los martes y los viernes con puntualidad de funcionario nictálope. Un viernes, pues, encontrábase doña Estefanía a la reja, muy ablandada. El sereno emponchado de rojo había dejado en el barro los atributos de su profesión: el chuzo y la farola. Libres sus manos, las utilizaba diestramente en ejercicios amatorios.

Cuando nadie lo anunciaba, surgió en la penumbra del aposento el marido payador, hipante de borrachera, la guitarra a la espalda y el facón pidiendo sangre. El guardián del orden recogió sus bártulos y se esfumó en un parpadeo.

Doña Estefanía, molestada en un momento de trascendencia psicológica, trocó el arrullo por el rugido. No narraré
aquel combate desigual. Diré, pues me atañe directamen-
te, que integré la lista de proyectiles arrojados contra el
infeliz. Así salí a la calle, después de rozar las clavijas gui-
tarreras, por entre los barrotes de la ventana que salvé con
agilidad.

Al alba, Monsieur Aimé Bonpland me rescató del fango
donde yacía. Sentí en el lomo una puntada aguda. Sólo
entonces supe que el golpe me había arrancado las tapas.
El botánico me abrigó con ellas, me limpió con su pañuelo
y, afianzándome bajo el brazo, echó a andar haciendo
molinetes con el paraguas impostergable.

Esto ocurría en noviembre de 1832. Hacía siete meses
que el ilustre viajero se hallaba en Buenos Aires, tras de
pasar nueve años secuestrado en el Paraguay por orden del
tirano Francia. Era entonces un hombrecito sexagenario,
de espesa nariz y gran boca, muy amable, muy fino. Con-
cluido su almuerzo, me abrió en su posada y leyó el breve
prólogo en el cual Bernardin de Saint-Pierre declara su propósito de dedicar su libro a poner en evidencia algunas
hondas verdades, entre otras aquella de que la felicidad
finca en vivir de acuerdo con la naturaleza y la virtud. Bonpland sonrió amargamente y escribió en el margen, en español: "B. de S. P. no vivió ni según la naturaleza ni según
la virtud. Fue un cortesano ambicioso que sacrificó todo a
su egoísmo. Científicamente no encierra ningún interés.
Humanamente, tampoco".

Confieso que la noticia me abrumó. La imagen que yo
había construido de un padre bonachón y sensiblero, poeta
a ratos, se deshacía. Me avergüenza desde entonces ser yo
mismo el portador de un testimonio que la destruye.

La dureza de su opinión no privó a Monsieur Bonpland
de llevarme con él a San Borja, en la zona de las antiguas
Misiones de la Compañía de Jesús, Paraná arriba. El estu-
dioso francés vivía allí casi como un santo, vestido con una
camisa flotante, descalzos los pies. Ejercía la medicina y
trabajaba sin reposo, juntando plantas, piedras y fósiles.

Un muchacho había embalsamado para él cientos de pájaros tropicales. Periódicamente enviaba al Museum de París enormes cajas con sus herbarios.

De 1832 a 1837, mi terreno trajinar tuvo por marco un paisaje idílico. Bonpland había hecho maravillas. Su rancho se disimulaba tras un cerco de bromelias, entre plantaciones de limoneros, de mandioca, de maíz, de melones, de yerba mate. Alrededor se cernía la acechante espesura verde, rayada por los caminitos de tierra roja.

Yo hubiera sido feliz allí, de no mediar el constante cotejo entre ese panorama y los descritos en la historia de Pablo y Virginia. Me los recordaba demasiado, lo cual, dado mi modo de ser, resultaba incómodo. Por eso lo único que en verdad me sedujo fueron las meditaciones del sabio en los atardeceres, que compartí desde la biblioteca.

Sobre las mesas, entre los rellenos tucanes impávidos, se estiraban las preparaciones curiosas de curupay, de jatropha, de *convulvulus batata*, de *ilex paraguaiensis* (aprendí mucho, contra mi voluntad). Había llegado la hora del descanso. Monsieur Bonpland repasaba su niñez rochelesa, sus estudios, los viajes que realizó por América con el Barón de Humboldt, su amistad con Bolívar, con Josefina Bonaparte, con doña María Sánchez de Mendeville. Cuando centraba sus evocaciones en La Malmaison, donde había sido intendente, aumentaba mi alegría. Veía desfilar entonces, por la biblioteca aldeana, sobre las hojas y los tallos puestos a secar, las duquesas y los chambelanes de la corte de Napoleón; veía la silueta del corso inclinada entre los rosales; y veía a la Emperatriz, con un chal de muselina, pasar entre los jardineros... Las escenas de mi propia biografía se barajaban con tan domésticas suntuosidades. Era Lord Gerald Dunstanville, avanzando del brazo de Sir Clarence Trelawny, bajo columnas griegas; era Publio Virgilio Muñoz, deleitándose conmigo en el balconcillo, rodeado de pámpanos; era Graciela, mujer neblina, y la arboladura del brick azotada por las gaviotas... ¿Y el Hermafrodito de Salamina? ¿Cuál habría sido su destino? ¿Lo recuperarían los señores ingleses o permanecería destrozado en el desfiladero de Despeñaperros, con hierbas en el pecho turgente, con mariposas en la cintura, con lagartos calentándose al sol entre sus finas piernas?

Acaso fuera la edad, acaso la experiencia, pero sufrí altibajos sentimentales que no condecían con mi carácter. ¿Acabaría Monsieur de Saint-Pierre por dominarme y por hacer de mí, su hijo rebelde, un personaje ficticio, lacrimoso y declamador?

En tan largo espacio, Bonpland sólo se ocupó de mí una vez. Me sacó de la biblioteca y me indicó al joven consagrado a embalsamar picaflores:

—Si no tiene lectura, aquí hay un libro que se comentó en Europa.

El muchacho se plantó en la página 14: trece más que Bonpland; once más que Lord Gerald; cinco más que Graciela; veinticinco menos que Juanita. Esa actitud vigorizó mi escepticismo. Volví al anaquel remozado.

Me despedí de mis compañeros, atlas y textos de botánica y mineralogía, en setiembre de 1837. Aimé Bonpland me conducía a Buenos Aires, repentinamente, dentro de un equipaje tan complejo que hasta comprendía huesos de gliptodonte. Me regaló a Pedro de Angelis, publicista napolitano.

En su casa de la calle de Santa Clara resido desde entonces y en ella falleceré. Faltábame su conocimiento para completar una mundología a la que nutre la curiosidad.

Los años en el curso de los cuales me he alojado en la biblioteca de don Pietro no pueden, ciertamente, calificarse de monótonos. En ellos he analizado de muy cerca la miseria humana. He atestiguado el desarrollo de la ambición reptando como una víbora. He tenido por espectáculo a la ingratitud y al temor que hacen mudar al hombre de piel. Nadie me leyó en el andar de tres lustros. ¿Se detendrán los presuntos dueños del globo terráqueo a reflexionar sobre ese aspecto de la fatalidad libresca? Nos leen (cuando nos leen) en dos, tres, cinco días. Luego nos comprimen los unos contra los otros, sin que a menudo nada nos relacione con nuestros camaradas inmediatos. Y nos olvi-

dan. ¿Qué representa esa veloz y excitante semana de comunicación, de intercambio, si se la compara con los meses, con los años, con los decenios de rígida expectativa,
de esperanza y de desencanto? No filosofemos, Pablo y
Virginia, y reanudemos la narración.

Sólo la admirable inocencia de Aimé Bonpland pudo
aproximarle a un hombre como Angelis y hacerle cometer
la equivocación de honrarle con su afecto. Ambos habían
venido a las Provincias Unidas invitados por Rivadavia.
Eso estrechó sus vínculos. Pero no he tratado a dos seres
más opuestos. El primero es todo buena fe y el segundo
todo fe mala. El primero enseñó a la Emperatriz Josefina a
clasificar sus rosas y el segundo enseñó a los hijos de Joaquín Murat, caracoleante Rey de Nápoles, los rudimentos
de la traición maquiavélica. Bonpland vivió entre árboles y
pájaros; Angelis, entre bufones y periodistas que se ven-
dían al mejor postor. El único lazo auténtico que entre uno
y otro distingo es su común pasión por la cultura.

¿De qué le ha servido el estudio a Pietro de Angelis? ¿De
qué le han servido las obras raras y estéticas que decoran
este caserón, hoy tan funesto, y la biblioteca más importante del país y las colecciones de manuscritos? ¿De qué le
ha servido poseer cinco o seis idiomas vivos y dos muertos,
amén de dominar el vocabulario toba, el quichua, el pampa, el tamanaca, el aymará y el mapipure? ¿De qué le ha
servido la elegancia inmaculada de su corbatón, el ademán con que estira la caja de rapé, y la coquetería con que
revolea el gran pañuelo de la India? ¿Dirá la verdad Monsieur de Saint-Pierre y la educación que nos aparta de la
naturaleza nos precipitará en el cultivo técnico de los
vicios?

Cien veces, mil veces, he observado a Angelis, en esta
misma habitación que custodian los libros alienados, escribiendo hasta el amanecer sus panfletos soeces, sus edito-
riales mentirosos, su correspondencia de extorsión. Ha
elogiado a Rivadavia, a Lavalle, a Rosas, a Viamonte, a
Balcarce... Me lo han referido mis compañeros o yo mismo he sido testigo de su venalidad. Y siempre temblando,

siembre temblando. A medianoche llamaban a la puerta y el napolitano se ponía a temblar. Traían una esquela de Rosas, el dictador: dos palabras altaneras al pie del original de su artículo denso de adulación: "Vuelve aprobado". Las necesitaba para que sus insultos pudieran publicarse al día siguiente en *El Restaurador de las Leyes*, en *La Gaceta Mercantil*.

Ahora mismo, mientras hablo en el silencio de mis amodorrados colegas, le veo sentado a su escritorio, junto a la lámpara encendida. ¡Qué confusión reina en torno suyo! Escribe y escribe... Su mujer ha entrado hace un instante, y le ha comunicado la derrota de las fuerzas de Rosas en Caseros, por el general Urquiza, y la fuga de don Juan Manuel. El italiano nada dijo. Se limitó a sonarse la nariz con el pañuelo de la India. Luego hundió la cabezota entre las manos de uñas cuadradas.

Su mujer es una rusa que ha residido en Francia largamente; una señora alta y bella. Se ha dejado caer en un sillón y le estuvo espiando durante un rato sin una palabra de consuelo. Hasta me pareció adivinar en sus ojos una chispa maligna, la chispa del desquite: o quizás la haya inventado yo para completar el cuadro. Después se alejó, arrastrando el vestido lujoso.

Pietro de Angelis escribe y escribe. Mi vecino de la izquierda, un ejemplar del *Ariosto* de Leipzig (1826), con quien estoy enfriado pues barrunto que le debo mi polilla, engoló la voz retórica para dirigirse al cortapapel que sestea en el bufete y preguntarle:

—¿A quién le escribe ahora?

—Le escribe al general Urquiza, para ofrecerle sus servicios.

¡Dios mío! ¡Jamás he escuchado una carcajada tan unánime como la que brotó de los anaqueles! Por lo menos con ello la biblioteca evidenció su solidaridad. Rieron los libros de historia y de geografía, de política y de arte, de filosofía y de legislación; rieron los documentos que ilustran sobre el Paraguay y sobre las Malvinas; los mapas y los planos; las poesías francesas; hasta los que nunca ríen, como la *Descripción de la Patagonia*, del Padre Falkner y el agobiante engendro del arcediano Centenera. ¡Qué sano modo de reír! Tanto reímos, que las cortinas se contagiaron y se movieron. Es asombroso que don Pietro no se diera cuenta, que no arrojara de una vez por todas la pluma, la caja de rapé, el pañuelo y los anteojos, y la emprendiera con nosotros a golpes. Pero no... ¡qué va a golpear! Está temblando y escribe...

¡Ay!, la risa no me ha convenido. Ya me lo recetó el diccionario: quietud y paciencia es lo que necesito. Y ¡cómo me duele el corazón!

Mañana o pasado irrumpirá aquí el enemigo victorioso. Posiblemente nos llevarán como rehenes. Y yo moriré. Me desharé en polvo amarillo, cuando me toquen; mis hojas caerán en fragmentos, como si fuera un arbusto estremecido por el aire de otoño. Quedarán mis tapas con la corona y el escudo, a manera de una piedra tumbal a la que exhorna un nombre aristocrático: Lord Gerald Dunstanville, y la escueta inscripción latina: "Fari quae sentias".

¡Lord Gerald! ¡Sir Clarence! ¡A mí! ¡Ay, el balcón, el balcón bajo la hiedra y los pámpanos! ¡Jaén blanca, los caseríos, mi Perpiñán natal y la torre de los reyes de Mallorca! ¿Nadie, nadie me escuchará? Nadie... ¿ni tú, Petrarca, ni tú, La Fontaine? ¿A quién le confiaré ahora lo más difícil? ¿A quién le diré que antes de morir hubiera dado lo que no poseo porque una niña me tomara en brazos y llorara sobre mí, sobre mis páginas finales, sobre Virginia, sobre mi pobrecita Virginia?

## XXXII

## LA HECHIZADA

### 1817

Mi madre murió cuando éramos muy niños. Desde entonces el carácter de mi padre se ensombreció. Su viudez, al coincidir con los acontecimientos revolucionarios de 1810, produjo trastornos considerables en su casa y en su vida. Era mi padre un hombre aferrado a la añeja tradición: bajo el régimen español había desempeñado la auditoría de guerra de varios virreyes, y su fortuna, sumada a la que le aportó la herencia de su suegro, prosperó hasta destacarle entre los vecinos más acaudalados de Buenos Aires. He conservado su testamento, en el cual detalla con orgullo melancólico la lista de las propiedades perdidas: porque las perdió, embargadas por el gobierno patrio, que sospechaba de su contribución a los levantamientos destinados a abolirlo. Nunca he logrado saber qué hubo de cierto en la desconfianza del doctor Moreno y de don Bernardino: la verdad es que muy poco se recobró de las estancias familiares (había una en Corrientes, de casi setenta leguas), y que mis imágenes infantiles y adolescentes se vinculan con una insoportable hojarasca papelera; con el rasgueo de las plumas de ave sofocado por las cortinas; con las conferencias enlutadas de leguleyos y eclesiásticos, y con la sensación de que algo no paraba de roer, bajo el piso, entre las vigas y dentro de los muros de nuestra casa vecina de la Catedral.

La presencia de mi madre, según averigüé, había colmado ese macizo caserón. Muerta ella y desaparecidos los cortesanos que a cualquier hora acudían a interesar a mi padre, para que insinuara "media palabra" en su favor, ante Arredondo, Olaguer Feliú o Sobremonte; zozobrante también y luego desvanecida la opulencia que permitía mantener el trajín de esclavos y servidores, la casa pareció más grande aun, más anchas sus habitaciones y más vacías, a pesar de los muebles enormes y severos que las trocaba en sacristías conventuales y a pesar de los testiguos fastuosos que mes a mes se esfumaban y cuya huida, muy niños, no advertíamos, hasta que preguntábamos: ¿dónde está la yerbera con el pavo de oro?, ¿dónde están las bandejas de abuelo?, y mi padre, con un gesto desesperadamente duro, nos hacía callar.

Durante los primeros años de orfandad dependimos para todo de la negra Tomasa, que había sido nodriza de nuestra madre; pero Tomasa era vieja y cegatona; pronto se le paralizaron las piernas y con la chochera senil se transformó en algo semejante a los solemnes muebles negros que tanto temíamos: un mueble de ébano esculpido, arrimado a la pared de un aposento que perfumaban los hinojos cercanos, y cuyo piso de ladrillos –esto no lo olvidaré nunca– se diría adornado con alfombras listadas que producían las sombras de las altas rejas.

Mi padre no salía de su ensimismamiento. Como un taladro le trabajaba la idea fija. Sería injusto si le guardara rencor, pues la defensa de sus bienes le requería por completo. Si mi madre hubiera vivido, las cosas hubieran sucedido en forma diferente, a pesar del descalabro de la hacienda. Pero mi madre descansaba bajo una losa en la iglesia de Santo Domingo, y mi padre... mi padre ya no era tal, sino un anciano triste, agobiado, perplejo, que aun durante las comidas –comía solo– no cesaba de escribir y de rehacer cuentas, y respondía con un distraído beso en la frente a nuestro pedido de su bendición.

Para que no le importunáramos y dejáramos de vagar por las galerías, escondiéndonos al topar con frailes y abogados, y escondiéndonos sobre todo para no encontrarnos con él, que en seguida nos mandaba a repasar la lección de latín y el catecismo, se le ocurrió enviarnos diariamente, después del almuerzo, a jugar en casa de su prima Paula Mendoza.

Así lo hicimos durante mucho tiempo. Tía Paula era una de las señoras principales de la ciudad. Creía mi padre que, sola y sin hijos, nos dedicaría su tarde, pero tía Paula apenas disponía de unos minutos para nosotros. Siempre la rodeaban las visitas. Siempre había, en su estrado, gente mundana y alegre. Las mujeres se mostraban chales y peinetas traídos de Europa; y los hombres eran elegantes. Decían versos, tomaban mate y bebidas dulces, jugaban a las prendas, comentaban los menudos episodios de Buenos Aires, reían en el aleteo de los abanicos y el ofrecimiento modoso de las cajas de rapé y de los pastilleros, y sus risas campanilleaban hasta la huerta. En la huerta, más allá de los patios, nos refugiamos Asunción y yo, entre los criados de la casa de Mendoza.

Asunción dejaba ya de ser una niña. Cuando sucedió lo que voy a contar (acerca de lo cual pueden ustedes ser escépticos sin incomodarme, pues su extravagancia justifica no sólo el recelo sino también la incredulidad), mi hermana tenía trece años. Yo andaba por los doce y la adoraba. Nuestro aislamiento nos había alejado de otros chicos. Hoy mismo, después de cuarenta años, cuando indago en mis memorias de entonces, titubeo al esforzarme por calificar exactamente lo que por ella sentía. Lo indudable es que nunca he querido así a nadie. La adoraba y hubiera quedado durante horas sin más juego que trenzar y destrenzar la mata de pelo castaño que, deshecha, le caía hasta la cintura, o sin más distracción que mirarla correr y correr tras ella, fragilísima, levísima, aérea, en ese momento del desarrollo en que el cuerpo comienza a diseñarse y en que, por eso mismo, por eso que trasunta de ser y de no ser, de estar y de escurrirse, logra una calidad vibrante, fugaz y enternecedora.

En la huerta reinaba Bernarda Velazco, una mulata joven. Era una mujer realmente hermosa y ahora malicio, por cierta aristocrática semejanza, que mi tío Mendoza, don Cipriano, gran caballero andaluz, amigo del Virrey

Marqués de Loreto, algo –y algo decisivo– tuvo que ver con su venida al mundo, porque poseía unas maneras naturalmente señoriles que contrastaban con su color y con sus labios gruesos, carnales.

Cuando la conocí no capté en seguida –no hubiera podido hacerlo– el enigmático influjo que emanaba de su personalidad. Pasaba con repentina rapidez del lánguido despego que, aun cerca de nosotros, la enclaustraba en una aparente lejanía, a una preocupación de animal que acecha. Los ojos verdes le chispeaban entonces y apretaba los dientes perfectos como los de Asunción, sin llegar a sonreír. Pero esto y mucho de lo que después se produjo y que he ido deduciendo, escapaba a la inconsciencia de mis cortos años. Lo único que a mí me importaba era retozar detrás de mi hermana, como un cachorro, y acosarla entre los melones y las sandías o en la penumbra anaranjada de los frutales, o arrancar puñados de jazmines para volcarlos sobre su pelo.

Las tardes de Bernarda Velazco se enhebraban sobre una alfombra que había sido azul y que la pátina del tiempo había desvaído hasta lavarla con tonos misteriosos, como de cielos muy pálidos, muy delicados, muy lueñes. Alrededor, como en una estampa de mercado asiático, esparcíanse los nobles objetos de metal de aquella casa rica. Bernarda Velazco cuidaba de ellos; los frotaba todas las semanas con ceniza; los pulía con retazos de terciopelo; los hacía brillar hasta que los candelabros de plata parecían de oro, y las salvillas de oro parecían de fuego y arrojaban llamas cuando las alzaba al sol.

De vez en vez, caía por la huerta algún enamorado suyo. Era en ciertos casos el encendedor de faroles Sansón, a quien apodaban así por su extraordinaria estatura y que, concurrente a cuanto velorio había en la ciudad, trataba de divertirla con el relato de sus lujos fúnebres. En otras ocasiones se deslizaba a través de los patios Martín, el aguatero, que había dejado a la puerta su carro arrastrado por una yunta de bueyes y coronado, encima del tonel y las canecas, encima de las ruedas colosales, por un muñeco de trapo, su santo patrono, sujeto a una estaca. Pero la charla de los galanes no la entretenía. Bernarda se encastillaba, distante, altanera. Levantaba una jícara entre los dedos finos y la limpiaba suavemente, mientras los muchachos la rondaban, erguidos para que valorara el garbo de sus figuras, o aparentaban no percatarse de su desdén y estiraban los perfiles mitad indios y mitad gitanos, una flor en la oreja, en la mano un junco.

Sería difícil precisar en qué momento Asunción empezó a apartarse de mí. Debió de ser al iniciarse la primavera del año 1816. Por entonces solíamos abandonar nuestras correrías y acercarnos a Bernarda para que nos contara cuentos. Nos sentábamos en la alfombra azul, rodeados por el tesoro de mates, sahumadores, palmatorias y aguamaniles, y la escuchábamos durante una hora o dos, fascinados por su voz musical y por el mundo que nos revelaba. Su seducción obró sobre mí al principio, como sobre mi hermana, pero al cabo de un tiempo se abrió camino en mi ánimo, lentamente, poderosamente, un indefinible horror, un miedo cuya esencia luego comprendí y que me mantenía a su lado, como un pájaro inmóvil sugestionado por una serpiente. No sé si esa sensación derivaba del carácter de sus relatos o de sus ojos verdes, cuyas pupilas recordaban las de ciertos animales malignos. Sus narraciones versaban siempre sobre aparecidos, sobre ahorcados, sobre luces vagabundas bailoteantes en torno de los solitarios rancheríos. Las refería sin adorno, con grandes pausas, y lograba transmitir el espanto con maravilloso vigor. Pero mi angustia no se nutría tanto, con ser yo un niño impresionable, del terror de los monstruos evocados por ella, como de la atmósfera siniestra –y simultáneamente cautivante– que envolvía a Bernarda Velazco.

Terminados los cuentos, cuando el aguatero o el encendedor de faroles se acercaban cimbrándose, yo me empeñaba en apartar de la mente de Asunción las fantasmagorías de la mulata, mas, si bien reanudaba conmigo los juegos, la sentía apartada, inaccesible, como si me la hubieran raptado y su alma siguiera, por espectrales caminos, a las visiones. Poco a poco advertí que se desasía de mí y que los lazos que nos ataban uno a uno se rompían. Entonces maduró en mí el temor, pues al suscitado por Bernarda, por su tenebrosa belleza y sus alucinaciones, se sumó el pánico de perder a la que quería tanto.

Traté de que recobráramos nuestra vida pasada y su feliz despreocupación, diciéndole que las consejas de la mulata eran patrañas locas, pero ante su callado encono, ante la forma en que se cerró para mí, clausurando toda comprensión, me di cuenta de cómo la había penetrado la influencia de Bernarda Velazco, y de que si deseaba conservar su amistad y su cariño debería transigir con una situación que se tornaba asfixiante.

Durante semanas la acompañé en la alfombra azul cuyo solo contacto me estremecía como el de una piel sensual. Avanzaba la primavera y las mariposas se posaban sobre las jarras y los platos repujados. De tanto en tanto, porque mi ansiedad me impulsaba a ganar a toda costa la simpatía de la mulata, yo le pasaba uno de esos objetos decorados con águilas y con escudos, para que lo puliera, y le elogiaba la destreza con que realzaba los arabescos de su cincel. Pero ella casi no respondía y yo, sentado entre ambas, sentía florecer y crisparse su aversión, que me atravesaba como un aire frío, y sentía que mi hermana la recogía también y la proyectaba sobre mí. Hasta que opté por dejarlas solas, en la exclusividad del dominio limitado por la alfombra cubierta de plata y de oro. Oculto por el naranjal, las espiaba. Quedaba la una sentada frente a la otra larguísimo rato. Bernarda hablaba despacio, con la mirada en la vinajera o en el mate o en el tejido que proseguía con habilidad, y de repente levantaba los párpados y fijaba en Asunción sus ojos gatunos. Cuando llegaban los cortejantes, apenas correspondía a su saludo, así que un día, acaso de común acuerdo, no regresaron.

Yo armaba trampas para cazar pájaros y cavaba en el jardín, pero más a menudo los celos me mantenían quieto entre la fronda, atisbando.

Hasta que una tarde Bernarda dejó de hablar. Desde entonces, protegidas por el tapiz que las separaba de todo,

208

ella y mi hermana no hicieron más que mirarse, mientras las horas se desgranaban con perezoso ritmo. El pecho de Asunción pujaba bajo el vestido tenso. A partir de ese instante comenzó a producirse la inexplicable transformación. Tan sutil fue el desarrollo del proceso que jamás, aunque varié el escondite y me arrimé cuanto pude, me fue dado captar un signo de la mudanza en el segundo mismo en que ella ocurría. Pero lo cierto es que esa mudanza tenía lugar. Insensiblemente, las cejas de Asunción se curvaron en la copia del trazo de las de Bernarda, en tanto que las de ésta se alisaban y extendían como las de mi hermana. Fue luego –o antes, porque esto, la exactitud de cada evolución de la embrujada metamorfosis no lo sabría precisar– la boca de la mulata la que pareció sumirse hasta trocarse en delgada línea, mientras que la de Asunción se redondeaba y enriquecía con el voluptuoso dibujo de los labios de Bernarda Velazco. Y luego fueron los ojos. Yo estudiaba a mi hermana en casa, cuando pedíamos a mi padre la bendición y la luz de los candelabros le daba de lleno. Una noche discerní en el fondo de sus ojos algo nuevo, como si otros ojos fueran surgiendo, aflorando, de la profundidad de los suyos, y entintándolos con reflejos verdes.

Por fin no pude más y, angustiado, interrogué a Asunción, pero se echó a reír de lo que le dije, con una risa ronca, extranjera, y por otra parte lo dije mal, a tropezones, pues era imposible que expresara cabalmente la idea que tenía, o sea que Bernarda la iba devorando. O no, no es eso, tampoco es eso, pues se devoraban la una a la otra, se *trasladaban* la una a la otra –si tal descripción tiene sentido– en viaje de etapas inubicables. Y lo peor es que nadie se daba cuenta. Traté de hacerlo comprender a mi padre quien, con un corto ademán, como se ahuyenta a un moscardón, me mandó a que jugara en el patio.

–Pero, ¿no lo ve usted? –grité, exasperado por mi impotencia.

Mi padre la escudriñó un instante y se encogió de hombros:

–¡Qué disparate! –comentó–. Asunción crece; ya es una señorita. Eso es lo único que sucede. Mejor fuera que estudiaras tu latín y no te trastornaras el seso con fantasías.

Mi entrometimiento me privó del resto de confianza que mi hermana depositaba en mí. Ya no me dirigió la palabra y vivimos el uno junto al otro como extraños.

Entre tanto, en la huerta de la casa de Mendoza, que el verano poblaba de abejas y de cigarras, el maleficio proseguía. Asunción empezó a dorarse, como si el reflejo del oro acumulado alrededor se transmitiera a su piel, y la mulata palidecía, como si se estuviera desangrando.

Un día –recuerdo la fecha: fue el 26 de febrero de 1817; el capitán Mariano de Escalada acababa de entrar en Buenos Aires con noticias de haber reconquistado nuestras tropas el reino de Chile– resolví hablar con tía Paula. Llegué al estrado tumultuoso, pero la señora no me quiso atender. Ella y sus amigos estaban absorbidos por las nuevas magníficas. En la plaza atronaban las salvas de los artilleros. A poco, la sala se vació. Se encaminaban todos a la Casa Consistorial, a ver la bandera tomada al enemigo que habían colocado en el balcón central, caída, entre las nuestras enarboladas. Corrí a invitar a mi hermana para que gozáramos del espectáculo y de las músicas militares, pero ni siquiera me contestó.

Bernarda me miró por primera vez en mucho tiempo y me costó reconocerla; me costó distinguir cuál de las dos era Asunción y cuál la servidora, aunque esta última, si bien no sólo su rostro sino también su cuerpo delicado correspondían a los de Asunción, debía ser la que, con ademanes armoniosos, bruñía el marco de un pequeño espejo de plata. La otra, mi hermana en verdad, era ya idéntica a Bernarda Velazco. Unidas las manos, en actitud reverente, dijérase que la adoraba.

Entonces me tocó asistir a la escena en la cual culminaba el hechizo. La mulata se puso de pie y tendió a mi hermana el espejo que pulía; ésta lo tomó y reanudó la tarea iniciada por la otra, quien, de nuevo en cuclillas, juntó las manos.

No me contuve y exclamé con voz quebrada: ¡Asunción! ¡Asunción!

Fue Bernarda Velazco quien me dio respuesta, Bernarda que había terminado de apoderarse de mi hermana, de trasvasarla toda a ella:

—¿Qué quieres? —me interrogó ásperamente.

—No, tú no, tú no, mi hermana...

—Yo soy tu hermana, Beltrán.

Y entre tanto mi hermana Asunción frotaba el marco exhornado de ángeles y medialunas, sin osar mirarnos.

Esa noche, cuando regresé a casa, quien me acompañó fue la mulata, lo juro.

Creí que mi padre, alertado por el instinto, adivinaría confusamente el engaño y recordaría mis palabras anteriores, pero al requerir Bernarda que la bendijera (Bernarda que ya no era Bernarda, sino Asunción), mi padre le sonrió y dijo:

—¡Qué bella estás, muchacha! —y le acarició la mejilla.

No dormí. Recé con atormentada congoja, pidiendo ayuda al Cielo. De mañana, corrí a lo de Mendoza. Asunción se hallaba en la huerta, sentada en la alfombra azul, entre los metales que se caldeaban al sol del estío.

—Asunción —le rogué—, Asunción...

Y ella rehuyó mis ojos y clavó los suyos, los ojos verdes de Bernarda, en el sahumador de oro del Marqués de Loreto que iba cubriendo de suave ceniza.

Quedé junto a ella, hablándole, hablándole como se habla a los niños muy pequeños para que no se asusten, pero no quiso contestar. Apareció por el jardín tía Paula, a buscar unos jazmines.

—¿Qué haces aquí tan temprano? —me preguntó riendo detrás del velo, pues pretendía que el sol la manchaba de pecas. Y añadió—: ¿Te habrás enamorado de Bernarda?

Reía y cortaba los frescos jazmines, y yo no sabía qué hacer, no atinaba más que a cubrirme la cara con las manos temblorosas.

Por la tarde, la que había asumido los rasgos de mi hermana vino a la huerta. Ocupó su lugar en la alfombra, el lugar de Asunción, y el día transcurrió, infinito...

Pero al siguiente se negó a regresar a lo de Mendoza. A mí no me replicaba; en cambio no cesaba de platicar con mi padre, y pronto advertí que lo encantaba, que lo seducía como había hecho con nosotros, y en tanto pasaba la semana letal fue evidente que en el ánimo de mi padre se desperezaba una desazón provocada por esa hija que no era su hija, cuya hermosura le trastornaba...

Mi hermana –porque volví a la huerta solo– dejó el tejido y me preguntó con su voz distinta:

–¿Y Asunción, no la traes contigo?

–No mientas, bien sabes que no es Asunción; que Asunción eres tú.

–¿No vendrá? ¿Estás seguro de que no vendrá?

–No vendrá. Está enloqueciendo a nuestro padre.

Asunción movió la cabeza negativamente y hundió las agujas en la guarda del tejido:

–Te ruego que le digas que venga.

Pero Bernarda rehusó hacerlo. Salía ahora mucho con mi padre. Juntos fueron al teatro de comedias y a la recepción de los estandartes traídos de Santiago de Chile y a la fiesta con castillo de fuego que hubo en la Plaza Mayor.

Yo no me alejaba durante todo el día del naranjal de los Mendoza.

–Asunción –imploraba–, dime que tú eres Asunción...

Y le besaba llorando las manos morenas.

Yo era un niño, un niño de doce años. No se me ocurría qué hacer, a quién recurrir. Las pesadillas me torturaban de noche.

–¿No vendrá Asunción? –gemía mi hermana recostándose entre la orfebrería olvidada.

–Asunción eres tú...

Acosado, me humillé y supliqué a Bernarda que volviera aunque fuera una vez. Me espió con los ojos de mi hermana, en cuya hondura, como un pez veloz en lo hondo del agua revuelta, cruzó la chispa cruel de los otros ojos agoreros, y retrocedí:

–No iré nunca.

212

Tuve que transmitir el mensaje despiadado. Asunción carecía ya de voluntad. Sus brazos pendían sobre la alfombra. A la madrugada siguiente, impulsado por un presentimiento, acudí temprano a la huerta. La hallé acurrucada sobre el tapiz. Corrí hacia ella, desparramando las fulgurantes platerías, y la abracé. Entreabrió los ojos verdes y murmuró:

—¡Beltrán! ¡Beltrán!

Di grandes voces, llamando a los negros. Con ellos irrumpió, destrenzada, la tía Mendoza.

—¡Ha muerto! —sollocé.

Tenía entre los brazos el cadáver de mi hermana Asunción, mi hermana Asunción como había sido cuando su belleza me detenía en mitad de los juegos para sonreírle; mi hermana Asunción con sus ojos oscuros, sus manos blancas, sus labios finos que mojaron mis lágrimas.

A Bernarda nadie la vio más. En su cuarto, en el cuarto de Asunción descubrí que la imagen de la Virgen María había sido atravesada con siete alfileres. Debajo de la almohada, en el lecho, encontré unas hojas de aruera, el árbol de las brujas del litoral.

Meses más tarde, le pedí a mi tía que me regalara la alfombra azul. Quizás pensó que desearía guardarla, en memoria de la que había muerto allí. Encendí una gran hoguera en el patio de la casa. Largos años me persiguió el recuerdo de la forma encrespada, cuando se erguía y retorcían los flecos en medio de las llamas crepitantes, rugiendo como un animal de presa que se quema vivo.

213

## XXXIII

## EL CAZADOR DE FANTASMAS

### 1821

De todo hay en la extravagante Corte de Río de Janeiro: hasta un cazador de fantasmas, hasta un hombrecito calvo, muy viejo, muy movedizo, que vive cazando fantasmas. Es un antiguo criado de la Reina doña María de Braganza, la loca. Se llama Silvestre y vino con ella de Portugal hace trece años. Ya en aquel viaje vergonzoso, en aquella fuga, dicen que cazó un espectro que se escondía en la cubierta de la nao, dentro de una de las sacudidas carrozas de la recepción de doña Mariana de Austria, bajo los almohadones de terciopelo. Lo encerró en una bolsa de esas que él mismo asegura y remienda, y durante el largo viaje lo guardó celosamente. Las infantas y los emigrados que se apretujaban en la sofocación del navío –el Rainha–, distraíanse de las incomodidades de la travesía preguntándole por su prisionero:

–¿Tienes siempre cautivo al fantasma?

–Lo tengo, Alteza; lo tengo, Serenísimo Señor.

–¿Quién es?

–No lo sé.

–Pero, ¿no le hablas?

–No puedo oírle dentro del saco.

Y Silvestre reía, mostrando la boca desportillada. Luego se acercaba a la Reina demente, vestida de negro, enredado el rosario en las manos blanquísimas, que de tanto en tanto agitaba las tocas monjiles para exclamar: ¡Ay, Jesús!

Adoraba a su señora. Sólo se separaba de ella para lanzarse de aventura por los puentes, a la noche, con breves pasos furtivos, lista bajo el brazo su bolsa de cazador. Durante el resto de la odisea, no consiguió nada.

Los hidalgos no paraban con sus preguntas. La broma disfrazaba su ridícula debilidad de fugitivos. Acaso Silvestre les hiciera olvidar, con su persecución de miedos fantásticos, los otros miedos, los reales: el miedo que les causara el fragor de las espuelas de Junot al entrar en los desiertos salones de Lisboa; el miedo de la sombra inmensa de Napoleón, volcada sobre la flota angloportuguesa en la que disparaban hacia el Brasil quince mil cortesanos.

—Silvestre, ¿traemos muchos duendes con nosotros?

—Silvestre, ¿vienen también los del palacio de Queluz, los del monasterio de Mafra?

—Silvestre...

El criado a todos respondía:

—Señores, los oigo alrededor como un zumbido de abejas.

Y las infantas y los nobles callaban un instante, hechizados por el tono del viejo, para escuchar el chapoteo del agua contra el casco de la embarcación.

En Río de Janeiro no cambió de tarea. Solían hallarle, a altas horas, por los corredores de Bôa Vista. Llevaba en una mano un farol de vidrios azules y en la otra su bolsa. Un día topó con don João, el Príncipe Regente. Detúvole el grueso señor, que caminaba con dificultad, arrastrando los pies. El soberano tendió hacia él su carota espesa, papuda:

—Y, Silvestre, ¿cuántos has cazado ya?

—Ocho, Alteza.

—¿Dónde los guardas?

—Arriba, Alteza, en mi desván.

—Iré a verles alguna noche.

Pero nunca fue. En el desván, alrededor del lecho del criado, pendían los ocho bultos colgados de las vigas, como perniles. Cuando entraba un soplo de aire, se balanceaban.

Otra vez, luego de un besamanos, Silvestre hizo su reverencia en el jardín de la quinta ante la infanta Carlota

Joaquina, la Princesa. Llameaban en torno las orquídeas fabulosas. Eso fue el año 1809.

La española sonrió. La gente sonreía siempre, cuando se dirigía al cazador de fantasmas:

—Silvestre, ¿te gusta tu oficio?

—No, señora, no me gusta.

—¿Por qué lo haces, entonces? Nadie te obliga.

—Alguien tiene que hacerlo.

—¿Es verdad que los oyes como si fueran abejas?

—Es verdad, señora.

—Cuando yo sea reina del Río de la Plata te llevaré conmigo a Buenos Aires. Allí no hay fantasmas y podrás descansar.

El criado se pasó la diestra por la cabeza monda, de marfil chino:

—¿No los hay, Alteza?

—No. Aquello es muy joven, muy nuevo para que lo habiten las ánimas.

Desde entonces Silvestre soñó con Buenos Aires, donde podría descansar.

Transcurrió un tiempo y la Princesa le dijo:

—Las cosas andan bien; Silvestre, pronto iremos a Buenos Aires.

Y él, soñando, soñando...

Pero las cosas anduvieron mal y la Princesa no logró su trono. Opusiéronse don João —el marido receloso— y el embajador de Inglaterra. Se le esfumó entre las manos, como otro espectro. Ya nadie pensaba en esa corona mitológica y Silvestre seguía recordándola, esperándola. Nadie la recordaba, ni los conspiradores porteños de la rua do Ouvidor, a quienes traicionó la serenísima señora; ni todos aquellos con quienes mantuvo una correspondencia astuta: los Rodríguez Peña, Belgrano, Hipólito Vieytes, Beruti, Irigoyen; ni el almirante Sir Sidney Smith, ni el bello Felipe Contucci... Nadie...

Después de la muerte de la Reina loca, Silvestre creyó que él también iba a morir. Le salvó el espejismo de Buenos Aires.

—¿Cuántos fantasmas tienes ahora, Silvestre?

—Doce, Majestad.

–¿Cómo los cazas?

Él se sonreía débilmente, enseñando las desdentadas encías: –Es difícil, Majestad. Debo aguardar a que estén muy quietos.

Carlota Joaquina, feísima, hombruna, renqueante, se aventaba con el abanico:

–¿Ves alguno en este momento?

–Sí... allí... detrás del plátano...

–Cázalo para mí.

El viejo se crispaba, encendíansele los ojos bajo las cejas revueltas.Abría el bolso y daba un salto, como la Archiduquesa Leopoldina, la austríaca, la mujer del heredero, cuando cazaba mariposas.

–Se escapó...

Un silencio:

–¿Cuándo iremos a Buenos Aires, Majestad?

La nueva Reina de Portugal entrecerraba los párpados, como una gata. Ya no sería suya la corona de América:

–Pronto, Silvestre, pronto... ¿Estás cansado?

–Muy cansado, Majestad.

Por fin se resolvió el regreso a Lisboa. Napoleón no existía, el Brasil se agitaba y todo el mundo urgía la vuelta: más que ninguno la deseaba doña Carlota Joaquina, ambiciosa de reinar, harta de la mediocridad de la colonia, de la lucha sorda con el esposo, del calor, del calor terrible... Quien menos quería el retorno era Don João. Le encantaba Río de Janeiro. Nunca se fatigó de admirarlo. Por las tardes, cuando recorría la bahía en una falúa tripulada por remeros vestidos de terciopelo rojo que sudaban bajo los cascos de plata, abarcaba con la mirada los morros verdes, empenachados por la maravilla vegetal bajo el cielo puro, y suspiraba.

La Marquesa de Lumiares, la camarera mayor, se apiadó de la tristeza de Silvestre:

–¿Quién te ha dicho que vamos a Lisboa? Vamos a Buenos Aires. Prepara tus cosas, Silvestre, esta semana partimos.

La Reina fea compartía los sobresaltos de la política con las diversiones del amor. Sus amantes acudían a la quinta del arrabal, en el Engenho Velho, a solazarse entre los naranjos, los limoneros, los ananáes. Don João los hacía espiar. Sabía todo. Su ascetismo heredado del rigor materno se irritaba ante las fiestas que allí se sucedían, al claro son de panderos y castañuelas españolas. ¡Ay, no en vano su mujer era hija de María Luisa de Parma, la de Godoy! Mordíase los labios el monarca. En Portugal, las cosas cambiarían, tenían que cambiar... Pero el Brasil, su refugio, le atraía con imperiosa seducción...

—Nos vamos, Silvestre, nos vamos...

—A Buenos Aires...

En una de esas fiestas, los pajes más jóvenes susurraron a la reina, para divertirla:

—Majestad, ¿transportaremos de vuelta los fantasmas de Silvestre? Mejor sería abandonarlos aquí.

Vibró la risa de las azafatas. Iluminóse la cara sin gracia de Carlota Joaquina: la nariz hinchada y roja, los ojos pequeñitos. A su lado, Marialva, el antiguo gobernador de Paraíba, le daba de comer en la boca:

—¿Qué queréis hacer, condenados?

—Ponerlos en libertad, señora. Es justo.

Aplaudió la hermana de Fernando VII:

—Haced lo que os plazca, pero a él, a Silvestre, no le hagáis mal...

Los cuatro pajes se deslizan por las calles del quintón, bajo las sombras de esmeralda, de turquesa y de ópalo. Cada uno aprieta un cuchillo. Como han bebido demasiado, titubean.

—Habrá que aguardar a que salga.

—Siempre sale por la noche, de cacería.

A la distancia le descubren. Le reconocen por el farol trémulo, de vidrios azules.

En un minuto llegan al vacío zaquizamí.

—Lo primero será clavar la ventana, para que los duendes no vuelen. ¡Menudo susto tendrá, si los halla sueltos aquí a su regreso!

La clavan y luego hienden los sacos como si fueran odres. Asustados, brincan por las galerías, llenas de insectos y de

218

perfumes. En la escalinata se hacen a un lado y se inclinan, ceremoniosos, porque el Rey avanza pesadamente apoyado en los hombros de los dos Lobatos, los favoritos. Arden las velas en las hornacinas:

—¿Qué andáis haciendo?

—Vamos al Engenho Velho, Majestad.

Él les observa, inquisitivo, empastado en la grasa:

—¿Nunca terminará el juego? Mejor fuerais a la capilla, para que Dios os perdone.

Huyen, saltarines, como cuatro pájaros alegres.

Más adelante, el insomne don João se encuentra con el viejo cazador. Saca de la faltriquera uno de los bizcochos que tritura sin cesar y lo ofrece al criado. Es un honor insigne.

—Mañana partimos, Silvestre. Debes estar pronto.

—Sí, Majestad, a Buenos Aires, a descansar.

—¿A Buenos Aires? Si tú lo dices, así será.

Y Silvestre besa la mano gorda.

Sube ahora con lentitud las escaleras que conducen al altillo. Su farol inquieta las sombras. Los equipajes se amontonan doquier. Habrá que devolver lo que se trajo en la fuga repentina, trece años atrás: las barras de oro, las vajillas suntuosas, los muebles barrocos, los tapices, cuanto se acumuló apresuradamente el día de lluvia en que el pueblo lisboés lloraba porque perdía a su padre y le dejaban solo ante el invasor.

Silvestre entra en su habitación diminuta y atranca la puerta. Comienza a desnudarse. Murmura...

—Buenos Aires... Buenos Aires...

La luz tímida le muestra la ventana cerrada, los sacos desventrados que penden del techo como de una horca. Lívido de terror, retrocede.

Al día siguiente, la camarera mayor le halló en un ángulo del aposento, chiquito, retorcido, los ojos fuera de las órbitas. Salió dando voces, en el aleteo de las tocas de luto.

Después confesó uno de los pajes que al rasgar las bolsas había oído un ruido extraño, como si de su seno escapara un enjambre de abejas, pero que en la oscuridad no vio nada.

## XXXIV

## LA ADORACIÓN DE LOS REYES MAGOS

### 1822

Hace buen rato que el pequeño sordomudo anda con sus trapos y su plumero entre las maderas del órgano. A sus pies, la nave de la iglesia de San Juan Bautista yace en penumbra. La luz del alba —el alba del día de los Reyes— titubea en las ventanas y luego, lentamente, amorosamente, comienza a bruñir el oro de los altares.

Cristóbal lustra las vetas del gran facistol y alinea con trabajo los libros de coro, casi tan voluminosos como él. Detrás está el tapiz, pero Cristóbal prefiere no mirarlo hoy.

De tantas cosas bellas y curiosas como exhibe el templo, ninguna le atrae y seduce como el tapiz de la Adoración de los Reyes; ni siquiera el Nazareno misterioso, ni el San Francisco de Asís de alas de plata, ni el Cristo que el Virrey Ceballos trajo de la Colonia del Sacramento y que el Viernes Santo dobla la cabeza, cuando el sacristán tira de un cordel.

El enorme lienzo cubre la ventana que abre sobre la calle de Potosí, y se extiende detrás del órgano al que protege del sol y de la lluvia. Cuando sopla viento y el aire se cuela por los intersticios, muévense las altas figuras que rodean al Niño Dios.

Cristóbal las ha visto moverse en el claroscuro verdoso. Y hoy no osa mirarlas.

Pronto hará tres años que el tapiz ocupa ese lugar. Lo colgaron allí, entre el arrobado aspaviento de las capuchinas, cuando lo obsequió don Pedro Pablo Vidal, el canónigo, quien lo adquirió en pública almoneda por dieciséis onzas peluconas. Tiene el paño una historia romántica. Se sabe que uno de los corsarios argentinos que hostigaban a las embarcaciones españolas en aguas de Cádiz, lo tomó como presa bélica con el cargamento de una goleta adversaria. El señor Fernando VII enviaba el tapiz, tejido según un cartón de Rubens, a su gobernador de Filipinas, testimoniándole el real aprecio. Quiso el destino singular que en vez de adornar el palacio de Manila viniera a Buenos Aires, al templo de las monjas de Santa Clara.

El sordomudo, que es apenas un adolescente, se inclina en el barandal. Allá abajo, en el altar mayor, afánanse los monaguillos encendiendo las velas. Hay mucho viento en la calle. Es el viento quemante del verano, el de la abrasada llanura. Se revuelve en el ángulo de Potosí y Las Piedras y enloquece las mantillas de las devotas. Mañana no descansarán los aguateros, y las lavanderas descubrirán espejismos de incendio en el río cruel. Cristóbal no puede oír el rezongo de las ráfagas a lo largo de la nave, pero siente su tibieza en la cara y en las manos, como el aliento de un animal. No quiere darse vuelta, porque el tapiz se estará moviendo y alrededor del Niño se agitarán los turbantes y las plumas de los séquitos orientales.

Ya empezó la primera misa. El capellán abre los brazos y relampaguea la casulla hecha con el traje de una Virreina. Asciende hacia las bóvedas la fragancia del incienso.

Cristóbal entrecierra los ojos. Ora sin despegar los labios. Pero a poco se yergue, porque él, que nada oye, acaba de oír un rumor a sus espaldas. Sí, un rumor, un rumor levísimo, algo que podrá compararse con una ondulación ligera producida en el agua de un pozo profundo, inmóvil hace años. El sordomudo está de pie y tiembla. Aguza sus sentidos torpes, desesperadamente, para captar ese balbucir.

Y abajo el sacerdote se doblega sobre el Evangelio, en el esplendor de la seda y de los hilos dorados, y lee el relato de la Epifanía.

Son unas voces, unos cuchicheos, desatados a sus espaldas. Cristóbal ni oye ni habla desde que la enfermedad

221

le dejó así, aislado, cinco años ha. Le parece que una brisa trémula se le ha entrado por la boca y por el caracol del oído y va despertando viejas imágenes dormidas en su interior.

Se ha aferrado a los balaústres; el plumero en la diestra. A infinita distancia, el oficiante refiere la sorpresa de Herodes ante la llegada de los magos que guiaba la estrella divina.

–*Et apertis thesaurus suis* –canturrea el capellán– *obtulerunt ei muaera, aurum, thus et myrrham.*

Una presión física más fuerte que su resistencia obliga al muchacho a girar sobre los talones y a enfrentarse con el gran tapiz.

Entonces en el paño se alza el Rey Mago que besaba los pies del Salvador y se hace a un lado, arrastrando el oleaje del manto de armiño. Le suceden en la adoración los otros Príncipes, el del bello manto rojo que sostiene un paje caudatario, y el Rey negro ataviado de azul. Oscilan las picas y las partesanas. Hiere la luz a los yelmos mitológicos entre el armonioso caracolear de los caballos marciales. Poco a poco el séquito se distribuye detrás de la Virgen María, allí donde la mula, el buey y el perro se acurrucan en medio de los arneses y las cestas de mimbre. Y Cristóbal está de hinojos escuchando esas voces delgadas que son como subterránea música.

Delante del Niño a quien los brazos maternos presentan, hay ahora un ancho espacio desnudo. Pero otras figuras avanzan por la izquierda, desde el horizonte donde se arremolina el polvo de las caravanas, y cuando se aproximan se ve que son hombres del pueblo, sencillos, y que visten a usanza remota. Alguno trae una aguja en la mano; otro, un pequeño telar; éste, lanas y sedas multicolores; aquél desenrosca un dibujo en el cual está el mismo paño de Bruselas diseñado prolijamente bajo una red de cuadriculadas divisiones. Caen de rodillas y brindan su trabajo de artesanos al Niño Jesús. Y luego se ubican entre la comitiva de los magos, mezcladas las ropas dispares, confundidas las armas con los instrumentos de las manufacturas flamencas.

Una vez más queda desierto el espacio frente a la Santa Familia.

En el altar, el sacerdote reza el segundo Evangelio.

Y cuando Cristóbal supone que ya nada puede acontecer, que está colmado su estupor, un personaje aparece delante del establo. Es un hombre muy hermoso, muy viril, de barba rubia. Lleva un magnífico traje negro, sobre el cual fulguran el blancor del cuello de encajes y el metal de la espada. Se quita el sombrero de alas majestuosas, hace una reverencia y de hinojos adora a Dios. Cabrillea el terciopelo, evocador de festines, de vasos de cristal, de orfebrerías, de terrazas de mármol rosado. Junto a la mirra y los cofres, Rubens deja un pincel.

Las voces apagadas, indecisas, crecen en coro. Cristóbal se esfuerza por comprenderlas, mientras todo ese mundo milagroso vibra y espejea en torno del Niño.

Entonces la Madre se vuelve hacia el azorado mozuelo y hace un imperceptible ademán, como invitándole a sumarse a quienes rinden culto al que nació en Belén.

Cristóbal escala con mil penurias el labrado facistol, pues el Niño está muy alto. Palpa, entre sus dedos, los dedos aristocráticos del gran señor que fue el último en llegar y que le ayuda a izarse para que pose los labios en los pies de Jesús. Como no tiene otra ofrenda, vacila y coloca su plumerillo al lado del pincel y de los tesoros.

Y cuando, de un salto peligroso, el sordomudo desciende a su apostadero del barandal, los murmullos cesan, como si el mundo hubiera muerto súbitamente. El tapiz del corsario ha recobrado su primitiva traza. Apenas ondulan sus pliegues acuáticos cuando el aire lo sacude con tenue estremecimiento.

Cristóbal recoge el plumero y los trapos. Se acaricia las yemas y la boca. Quisiera contar lo que ha visto y oído, pero no le obedece la lengua. Ha regresado a su amurallada soledad donde el asombro se levanta como una lámpara deslumbrante que transforma todo, para siempre.

## XXXV

## EL ÁNGEL Y EL PAYADOR

### 1825

Esto sucedió, señores, allá por los años en que derrotamos a los brasileños en la batalla de Ituzaingó; quizá un poco antes, hacia 1825. La fecha de Ituizangó no puedo olvidarla, porque la conservo en el dibujo de la hoja de un cuchillo que me regaló un puestero de Balcarce. Vaya a saber quién fue su dueño. Si me prestan, pues, atención, escucharán una historia que me contó mi abuelo. Era un hombre serio y se la había oído a su padre. Yo la llamo "el cuento del Ángel y el Payador", para acortar, pero el verdadero nombre sería "el cuento del Ángel, el Diablo y el Payador": y pongo al Ángel primero por su condición divina; después a Mandinga para que no se enoje; y por último al Payador porque, a pesar de haber sido el más grande que pisó nuestros pagos, y tanto que lo solían apodar "aquel de la larga fama", no era más que un hombre y como tal capaz de todas las debilidades. Ya colegirán que estoy hablando de Santos Vega.

El padre de mi abuelo lo vio una vez en una pulpería de Dolores y decía que era un gaucho buen mozo, tostado por el sol y el viento, más bien bajo y delgado, con la barba y el pelo renegridos. Claro que en la época de lo que voy a referir andaría arañando los setenta y el pelo y la barba se le pusieron blancos como leche. Había sido rico. Había tenido estancia y tropillas, pero por entonces no le quedaban más pilchas que lo que llevaba encima, más plata que las dos virolas del cuchillo de cabo negro, y más flete que un alazán tostado como él y un potrillo de barriga redonda: el Mataco.

224

La fama de Santos Vega se esparció por todo el campo argentino. Los paisanos lo adoraban como a un dios. Por eso la gente cree que fue un personaje imaginario, pues les resulta imposible que un individuo de carne y hueso como ustedes y yo, ganara con la guitarra tanta reverencia.

Algunos lo pintan como un gaucho malo que se pasó la vida cobrando una deuda de sangre a los jueces de paz y acuchillando a cuanta partida de la ley se le cruzó en el camino. No es cierto. Así por lo menos lo declaraba mi antepasado. Puso su gloria en la guitarra y no necesitó andar marcando cristianos para merecer el respeto de los criollos: no porque no fuera valiente, entiéndanme bien, sino porque para él lo principal fue la guitarra.

Y ¡qué guitarra! Juraba mi abuelo que su padre la describía como si tuviera vida propia. Decía que cuando Vega se afirmaba en ella y empezaba a acariciarla, su caja se estremecía como un cuerpo de mujer, y que las cintas de colores patrios con las cuales la habían engalanado las chinas querendonas, se movían como trenzas tironeadas por el aire. Esto sí puede ser exageración. ¡Vaya uno a saber! Todo lo que atañe a Vega se oscurece con tanto misterio que lo mejor es escucharlo tranquilamente, sin impresionarse por su rareza.

Con esa guitarra se arrimó a cuanto fogón hospitalario se encendía en la provincia. De repente aparecía por San Pedro y de repente por Chascomús; un día lo encontraban en la Magdalena y el otro en Luján o en Arrecifes, como si galopara sobre el pampero. Varias veces estuvo en Buenos Aires y es fama que su entusiasmo calentó a los mozos de las estancias y los obligó a arrear sus tropillas hasta la capital, cuando la patria los requería para los ejércitos, después del 25 de mayo. Se los trajo cantando: hacía lo que quería con la voz.

Algunos gauchos aseguraban que lo habían visto al mismo tiempo en dos lugares. Así nació su leyenda. No faltaba a los fandangos ni a los velorios del angelito. Apenas empezaba el paisanaje a juntarse en cualquier sitio alrededor de un asado con cuero y tortas fritas, y apenas se desataba el zapateo de un malambo o el bastonero anunciaba un pericón, ya barruntaba la concurrencia que Santos Vega se descolgaría de las nubes aunque no le avisaran. Y era así. Entonces aquello se ponía lindo. El payador se acomodaba en las raíces de un ombú o al amparo de la ramada y cantaba unos estilos y unos tristes que no ha vuelto a cantar ninguno. Al principio algunos se animaban a payar con él, pero pronto comprendieron que no podría vencerle nadie. Cuentan que hasta los perros lo rodeaban y los pingos, con las orejas tiesas, y que los tucutucos salían de sus cuevas para escucharlo. Hasta que la gente comenzó a decir que el único que conseguiría ganarle en una payada sería el Diablo mismo, porque no existía hombre capaz de tal hazaña. Él se reía y contestaba que cuando el Diablo quisiera lo esperaba de firme. Y ese pensamiento orgulloso casi lo condenó a penar para siempre en las vizcacheras infernales.

Pero vamos a mi cuento. Sucedió, pues, hacia 1825, y me parece que Bernardino Rivadavia estaba al frente del gobierno, aunque es posible que me equivoque y haya sido otro. Libros hay que sacarán de dudas a los fastidiosos, pero los libros están lejos y yo no sé qué desconsideración me tiene la lectura que al ratito me hace lagrimear.

Había en Buenos Aires, por aquel entonces, un barrio que llamaban del Pino, a causa de un árbol gigantesco cuya sombra invitaba a los pájaros. Si mal no recuerdo, ese barrio se extendía por donde corre hoy la calle Montevideo, cerca de Santa Fe. Un boliche atraía los paisanos al atardecer junto al árbol mentado. Acudían de todas partes de la ciudad a jugar a la taba, a perder los patacones en las riñas de gallos, las cuadreras y las sortijas, y a hacer boca con una azumbre de caña: la ginebra era superior.

Un día el barullo cesó temprano, porque Santos Vega, ya viejo, se había echado a dormir bajo las ramas y no querían molestar su sueño. Cuando nadie lo esperaba, surgió por allí un moreno desconocido. Era su estampa, dice mi bisabuelo, la de un gaucho malevo, alto y flaco, con una cara afilada como un facón y unos ojos de bagual. Montaba un parejero que a los gauchos los dejó medio

226

locos, un doradillo que cuando le daba el sol echaba luz. Vestía de negro y su único adorno era un cinto lleno de monedas de oro, lo mismo que la rastra. ¡De oro, señores, como están oyendo!

Se acercó a don Santos sin saludar a nadie y lo despertó rozándole el hombro con el rebenque.

–Mire, amigo –explicó–, me he enterado que hace tiempo que me busca para una payada. Aquí estoy para lo que mande.

Vega entreabrió los ojos pesados de sueño y lo estuvo observando un rato:

–Yo no lo conozco, compadre; ni siquiera sé su nombre.

El enlutado rió con una risa fea:

–Lo mismo vale un nombre que otro, lo que importa son las uñas. Si le parece, puede llamarme Juan Sin Ropa, y si le parece no payaremos. Puede ser que esté cansado.

Se había formado alrededor una rueda de guapos que murmuraban de asombro. Intervino el pulpero abombado, después de darle un beso a la damajuana:

–Usté no sabe con quién se mete, don. Éste es Santos Vega.

–De mentas lo conozco y me tiene a su disposición.

Don Santos estiró los brazos y se levantó:

–Cuando guste, Juan Sin Ropa.

–Usté primero, don Santos.

Debió ser cosa de verse. El viejo rompió en un preludio en el que daba la bienvenida al misterioso adversario, y aguardó.

Cuando le tocó responder al moreno y empezó a florearse como baqueano, todos comprendieron que la cosa sería larga, y aunque no se tomaron apuestas pues estaban seguros del triunfo del más anciano, alguno sintió que un frío finito le corría por la espalda.

¿Para qué les repetiré lo que siguió? Es cosa que sabe todo el mundo. Tres días y tres noches estuvieron cantando. La cifra pasaba de boca en boca sin que dieran muestras de abandonar. Hasta que la concurrencia notó que don Santos flaqueaba. Más de una vez se detuvo, esperando la inspiración, y repitió versos que ya se habían oído. En cambio el otro continuaba como un político de esos que tienen charla hasta el día del Juicio Final. Por fin Vega no pudo más y arrojó la guitarra. Entonces Juan Sin Ropa lanzó una carcajada tan siniestra que los hombres se santiguaron. El pino se incendió de arriba abajo como una hoguera que prende en un pajonal, y el payador victorioso arrancó la bordona del viejo de un manotazo que hizo relampaguear sus uñas como navajas. Luego desapareció entre las llamas que envolvían al árbol. Era el Diablo, que le había salido al encuentro a quien lo retó a duelo, ignorando que no se juega con Satanás.

Disparó el paisanaje y no me extraña. También hubiera disparado yo. Sólo el pulpero quedó allí: la tranca lo había dejado duro como palenque de potro. Entonces se abrió el ramaje como una cortina de fuego, y un muchachito de unos doce años se acercó al vencido que se tapaba la cara con el poncho.

–Vamos, tata –le dijo, y lo ayudó a levantarse.

El viejo tomó la guitarra y lo siguió cojeando. Montó en su alazán y el mocito saltó en el potrillo barrigón. Se alejaron al tranco y nadie volvió a verlos en Buenos Aires.

Contaba mi bisabuelo que galoparon sin pronunciar palabra hacia los pagos del Salado. En Chascomús reconocieron a Vega. Iba doblado sobre el flete y el muchacho trotaba detrás. Había cazado dos mulitas que llevaba a los tientos. Como era invierno, no paraba de llover y de soplar un viento rabioso. A don Santos se le pegaba el poncho sobre el chiripá y el calzoncillo cribado.

Llegaron así una noche a la estancia de don Gervasio Rosa: la que fue después de Sáenz Valiente, en la boca del Tuyú. Los peones ya habían asegurado la hacienda, porque la tormenta no amainaba, y mateaban en el puesto Las Tijeras, cuando oyeron ladrar. El capataz se asomó a la puerta, gritando para contener a los perros y éstos obedecieron su orden. Entonces Santos Vega y su compañero entraron en la cocina. Chorreaban agua como si recién salieran del río.

228

El capataz abrazó al payador:

—¡Bien haiga, don Santos, arrímese al fuego! ¡No tenía el gusto de verlo desde sus payadas en la esquina La Real!

El viejo casi no respondió. Venía medio muerto por el disgusto y por el frío. Se quitó el poncho, aceptó un amargo y se acomodó junto a las brasas. El mocito acercó una de las mulitas al fogón para asarla. Comieron despacio y don Santos se durmió. Tiritaba y hablaba en sueños. Los paisanos fueron tumbándose también sobre los aperos. Sólo velaba el muchacho. ¿No les he dicho cómo era? Tenía el pelo negro y lacio, volcado sobre las orejas, y unos ojos como dos carbones pero azules. Con el caparazón del otro bicho se puso a hacer una guitarrita que era un primor.

La noche entretanto andaba y la lluvia batía la paja quinchada del rancho. Por ahí se despertó Santos Vega. Los reflejos del fogón le iluminaban la barba noble abierta sobre el pecho. Estuvo espiando al mocito y murmuró:

—Mirá, muchacho, sé que voy a morir y que iré al Infierno.

—¿Y por qué al infierno, tata?

—Porque he sido un mal cristiano y Dios es justo. Aquel hombre que me venció en la pulpería del Pino no era un hombre: era el propio Mandinga. Me ha vencido porque fui soberbio y quise medirme con él. Ahora tendré que pagar mi pecado.

El niño se sonrió como un ángel. Ya les adelanté al comenzar que éste se llama "el cuento del Ángel y el Payador", de manera que habrán colegido que era un ángel. Y ¿qué ángel?, me preguntarán. Pero tendrán que perdonar mi ignorancia. Puede que fuera el Ángel de la Guarda de don Santos, o un ángel que bichó desde las nubes lo mal que le iba en su versería con el Demonio. Sí, para mí era uno de esos ángeles que tocan música para alegrar al Señor. Probablemente no le habrá gustado que el Malo pudiera andar contando por ahí que había maltratado al mejor payador criollo. Quería tenerlo en el Cielo con su guitarra, para que la orquesta sagrada sonara mejor. ¡Vaya a saber!

229

–Usté no se va al Infierno, tata –le dijo–. Yo le propongo que payemos ahora mismo, sin esperar. Si me vence a mí, le prometo que se va derechito al Cielo.

Se sonrió don Santos melancólicamente:

–¿Y vos qué sabés de estas cosas?

Por respuesta el ángel rasgueó su instrumento tan lindamente que al viejo, enfermo y todo como estaba, los ojos le brillaron.

–Pero es al ñudo, yo no puedo cantar con vos. Aquel malvado me cortó la bordona.

El mozo tocó la cuerda con un dedo y don Santos se persignó, porque la cuerda se estiró como si fuera una serpiente y se enredó sola en la clavija. Al mismo tiempo un gran resplandor inundó la cocina, como si hubieran prendido mil velas, y el payador vio que la cosa iba en serio.

Payaron toda la noche, la guitarra contra la guitarrita, y lo milagroso es que ni uno de los peones se despertó. Afuera la lluvia enmudeció para escucharlos y el cielo se fue pintando de estrellas. ¡Qué payada, señores! El viejo se esforzó como nunca. Adivinaba que de su inspiración dependía la gloria eterna. Yo no sé si el ángel se habrá dejado ganar de puro bueno, pero lo cierto es que anduvo apurado. A veces se sacudía y la pieza se llenaba de plumones celestes. Don Santos, para apretarlo, le preguntaba por las cosas de la tierra, y el de los ojos azules retrucaba preguntándole por las del cielo. Por fin el mozo se iluminó todo como una imagen del altar, y suspiró:

–Me ha derrotado en buena ley, don Santos.

Al viejo se le cerraron los párpados ahí mismo. Al día siguiente lo enterraron a la sombra de un tala, en campo verde, donde lo pisara el ganado, como pedía en sus trovas. Los peones clavetearon un cajón hecho con maderas de los barcos hundidos en la playa vecina durante la guerra con el Brasil. Agregaba mi bisabuelo que el payador sonreía cuando le dieron sepultura, como si ya hubiera empezado a cantar delante de Tata Dios.

# XXXVI

## EL TAPIR

### 1835

Mister Hoffmaster no se ha quitado todavía la pintura del rostro. Brillan sus ojos de mico en la máscara blanca, azul y roja que le retuerce los labios y le inventa unas cejas angulares. Al terminar la última función, terció una capa sobre el traje de fantoche, ocultó bajo ella el bulto que tenía preparado y echó a andar por los senderos del Vaux-Hall. Ése es el nombre que le dan los europeos: Vaux-Hall, pero los criollos prefieren llamarlo sencillamente Parque Argentino.

El frío de junio hace tiritar los árboles y las plantas, bajo un cielo fúnebre y unas estrellas que también tiritan, casi celestes. Ya se despobló el jardín. El invierno no tienta a trasladarse desde el centro de la ciudad hasta el parque de diversiones creado por Santiago Wilde donde fue la antigua quinta de Zamudio, en la manzana comprendida por las calles Córdoba, Paraná, Uruguay y del Temple, frente a las tunas de la quinta de Merlo. La función de adiós de la compañía contó con un público escaso, difícil de entusiasmar. Sí: Mister Laforest tiene razón; lo mejor es irse a otra parte. Hace un año que trabajan allí y Buenos Aires empieza a cansarse del espectáculo.

Mister Hoffmaster no se preocupa por estas cosas. Lo que ansía ante todo es que no le descubran a la claridad de las linternas que mueve la brisa. Se esconde ahora detrás de un aguaribay y se hace más pequeñito, él que es casi enano, porque los mulatos desafinadores de la orquesta atraviesan entre las mesas abandonadas, con los bom-

231

bos a la espalda y las cornetas erguidas como cuernos bes-
tiales dentro de sus fundas.

El payaso sigue su camino. Aquí está, en su jaula, el
jaguar del Chaco. Mister Hoffmaster se detiene y lo contempla. Siempre le pareció que el felino tenía los mismos
ojos verdes de Mister Laforest, y que cuando se desliza con
sinuoso paso recuerda a Peter Smith, el rápido y grácil
Peter Smith, orgullo del circo. Pero él no ha venido a ver al
tigre. El tigre es su enemigo, como lo son los bellos bailari-
nes ecuestres.

La señora Laforest se aleja hacia su carromato por la
avenida de paraísos. Camina canturreando el aria de Ros-
sini que tantos aplausos le valió. Y Mister Hoffmaster vuelve a emboscarse, temeroso de que le encuentren. Sería
muy grave que le descubrieran.

¡Qué hermosa es la señora Laforest! ¡Cómo espejea su
traje de luces! En las pantomimas no hay quien se le com-
pare. Cuando representó la parte de Torilda en "Timour, el
Tártaro", la concurrencia alfombró la pista de flores. Ella
lo hace todo bien: lo mismo emociona con una canción de
Weber que transporta con sus danzas. Mister Hoffmaster la
prefiere en el ballet de "El tirano castigado o El naufragio
feliz". Y su marido, Mister Laforest, es también insupera-
ble cuando aparece en el ruedo guiando sus ocho caballos
de la Banda Oriental. Todos son insuperables en el Circo
Olímpico de los ingleses. Peter Smith, con sus audaces
dieciocho años, se lleva las ojeadas y el corazón de las
porteñas.

Este Peter Smith llega a realizar pruebas asombrosas.
Una tarde, de pie sobre el lomo de Selim, el mejor de los
caballos, se despojó de nueve chalecos que, con ser tantos, apenas desfiguraban su elegancia de junco. Luego se
arrebujó en un manto de pieles y se puso un sombrero de
mujer crepitante de plumas sobre el pelo dorado. Todo ello
sin que Selim parara de trotar. Mister Hoffmaster le perseguía tropezando y cayendo, dando vueltas de carnero y
pegándose unos golpes sonoros, porque así lo exige su condición de clown. Cazaba al vuelo las prendas arrojadas por

232

el muchacho con tan fina desenvoltura y las revestía a su vez. El público rió hasta no poder más. Los negros pateaban en la galería llena del humo de los cigarros. Hasta se esbozó una sonrisa sobre los labios de don Juan Manuel de Rosas, el gobernador, en el palco ennoblecido por el oro de los uniformes.

Sale de su escondite, frente a la jaula del jaguar, y se dirige hacia el corral de troncos duros donde el tapir le estará aguardando como todas las noches. El tapir es su amigo, su único amigo. Los demás no le buscan más que para reírse.

Pero el payaso tiene que disimularse de nuevo en los matorrales. Aprieta, bajo la capa, el bulto que envolvió tan cuidadosamente. Las linternas chinas le muestran a Peter que avanza del brazo de una muchacha. Es una muchacha bonita, de ojos oscuros, y Mister Hoffmaster recuerda haberla visto muchas veces, en uno de los escaños del circo, acompañando con la mirada anhelosa los brincos mortales del adolescente. Van hacia el pórtico oriental de siete arcos. Detrás, en el palenque, los gauchos pobres atan sus mancarrones junto a los parejeros de los paisanos ricos y a los caballitos nerviosos de los dandis. Mister Hoffmaster les oye partir al galope. Tendrán que aprovechar la noche bien, porque es la última. Mañana el circo se irá, con sus carros, con sus toldos, con sus gallardetes.

El payaso bordea el pequeño lago artificial donde la luna ascendente copia su mueca. Se asoma al agua pacífica, entre los patos inmóviles y los flamencos de biombo, para observar su faz pintarrajeada, blanca como la luna y como ella triste.

He aquí los troncos que limitan la morada del tapir. Dulcemente, el clown lo llama, y el animal acude a su voz. Mister Hoffmaster le pasa la mano sobre el lomo áspero y lo contempla largamente. El tapir es su amigo, su hermano.

Cuando hace buen tiempo, en el centro de la ciudad de Buenos Aires, en la azotea de la casa de don Pablo

233

Villarino, izan cuatro banderas, dos blancas y dos encarnadas, visibles desde muy lejos. Entonces los porteños saben que hay función en el Parque; saben que podrán llegar hasta su pórtico de siete arcos, porque el agua turbia del Zanjón de Matorras no alcanza a cubrir el puente de ladrillo levantado por Santiago Wilde. Señoras y señores hacen el viaje a caballo o en volanta. Muchos lo hacen a pie, saltando los charcos entre grandes risotadas, para no enlodarse. El general Rosas fue así una vez desde el Fuerte, con sus edecanes.

Mister Hoffmaster piensa en ese extraño general Rosas, mientras acaricia el lomo del tapir. Dijérase que el payaso trata de que otros pensamientos le distraigan del que esta noche le guía hasta el corral. Piensa en Rosas presidiendo el palco del Gobierno, en el circo, el día en que asumió el mando por segunda vez. Le rodeaban unos militares, unos perfiles de litografía enmarcados por las patillas crespas. Al mirarles desde la pista, deslumbrantes de alamares y charreteras, áureos, escarlatas y azules, tuvo la curiosa sensación de que no eran hombres sino imágenes esculpidas, iconos terriblemente quietos, y aunque no los había, se le antojó que la luz surgida de sus rostros y de sus bordados procedía de centenares de cirios que temblaban alrededor. Ahora el retrato del Héroe del Desierto pende sobre la entrada del circo.

¡Cuánta gente desfiló por allí desde que iniciaron las funciones hace un año! Iban a admirar los terciopelos y las fosforescencias del tigre y a burlarse del tapir, que es una caricatura de animal, un poco jabalí y un poco rinoceronte, con algo de mulo y algo de cebú. Iban a admirar el ritmo majestuoso de Selim, de Bucephalus, de Poppet, de los caballos de larga cola y revueltas crines; a admirar la destreza con que Mister Laforest dibuja arabescos en el aire, restallante el látigo sutil; a admirar a Peter en el cuadro del regreso de Napoleón de la Isla de Elba, en el que treinta y un corceles relinchan entre nubes de polvo. Iban a pasmarse con los gorgoritos de la señora Laforest, que cuando canta crispa los dedos en que chispean las piedras fal-

234

sas, sobre el pecho redondo. E iban a reír hasta las lágrimas de Mister Hoffmaster, el clown. Mister Laforest siempre inventaba algo nuevo, ingenioso, para que el payaso lo hiciera. Una vez el mamarracho debió vestirse de mujer, coronarse con el enorme peinetón de moda, y así ataviado sentarse en la cazuela entre las damas. ¡Cómo reían! Le palmeaban y él repetía en su castellano tartamudo la frase que le enseñara Mister Laforest:

—¿Cómo está, compadre? ¿Cómo está, comadre?

Otra vez le hicieron trepar a la punta de una barra larguísima, colocarse allí de cabeza, con los pies en alto, y aguardar para descender a que se encendieran las ruedas de fuegos de artificio ubicadas en la parte inferior. Pero las ruedas no se encendían. Mister Laforest arrimaba una antorcha, guiñando un ojo al público, y luego la apartaba. La gente enronquecía de reír. Y él, allá arriba, esperaba, muerto de miedo, muerto de miedo.

No se elige. El tapir hubiera preferido ser jaguar; tener una piel como el manto de un príncipe, en lugar de su cuero; tener una cabeza fina y astuta como la del tigre, en lugar de la que prolonga su trompa grotesca. Y él también, él hubiera preferido ser esbelto como Peter; hubiera preferido no embadurnarse la cara. Hubiera querido revestir una malla de lentejuelas y no el levitón disparatado que destaca su ridícula pequeñez. Hubiera querido... Sobre todo hubiera querido no provocar la risa todo el tiempo, no hacer reír con cualquier gesto, con cualquier ademán, aun los más naturales, los más simples, los que no persiguen la carcajada. Pero no se elige. Quien elige es el destino.

Y Mister Hoffmaster piensa que el tapir es su hermano, su único hermano. Por eso, noche a noche, ha acudido a verlo, a consolarlo. Le hablaba a media voz, mientras se extinguían las postreras linternas sobre los canteros diseñados al modo inglés. Así le habla ahora, quedamente. Le dice que el circo se irá mañana. Le dice que el jaguar y él permanecerán en el Vaux-Hall, el uno para entusiasmar con su soberbia afelpada, el otro para que la concurrencia,

235

después de estallar en carcajadas rotundas o de aguzar la risa hasta el silbido, declare, meneando la cabeza:

–Es un monstruo. Este animal es un monstruo.

¿Será un monstruo él también? Mister Hoffmaster se palpa la nariz respingada, los pómulos manchúes, la boca cuyo carmín le pinta las yemas. Se toca las canillas, el pecho hundido, los hombros desiguales. Súbitamente ese impulso trae a su mente otro similar que tuvo hace muchos años, quizás treinta.

Fue en Stratford-on-Avon, su ciudad natal. Vivía en una casa vieja, revieja, en Henley Street, casi frente a la morada donde Shakespeare vio la luz. De niño soñaba con ser poeta. Vagaba cerca del río Avon y sus cisnes, y recitaba los versos de *Hamlet*. A los catorce años se enamoró de una niña del vecindario, rubia como Peter Smith. Juntos paseaban por las calles torcidas. A veces se asomaban a las ventanas de la casa del bardo, para espiar su interior, y creían adivinar al espectro del gran Will en la penumbra, cerca de la chimenea, volcado sobre el jubón el cuello de encaje isabelino, con un libro en la mano, la alta frente iluminada por el fuego.

Una tarde le declaró su amor a la mocita y le rogó que huyera con él. Ella se echó a reír con la crueldad inocente de los chicos.

–¡Mi pobre Harry –pudo entenderle–, estás loco! ¿Nunca te has mirado bien?

Y Harry Hoffmaster, como hoy ante el tapir, deslizó sus dedos sobre su cara, sobre sus bracitos, sobre su pecho magro. Al día siguiente escapó solo de Stratford. Unos saltimbamquis le recogieron en Warwick y le llevaron con ellos. Desde entonces pasó de un circo al otro, sin cesar, y siempre haciendo de payaso, siempre con la cara pincelada de blanco, de amarillo, de azul.

El tapir entrecierra los ojos tímidos bajo la presión que se demora sobre su pelambre. A la distancia, Mister Hoffmaster oye a Mister Laforest que le está llamando. Tendrá que ir a ayudarle a embalar las ropas de las pantomimas; los trajes de "La batalla de Montereau", la plumajería de

"Los caciques rivales", a la cual la lisonja británica agregó una que otra divisa punzó. ¡Bah! que le ayude Fay, el pintor de telones… él tiene otras cosas de que ocuparse.

Se pone de hinojos y deshace el envoltorio. Saca de él una barra de hierro y un cuchillo filoso, grande, y entra resueltamente en el corral del tapir. De un golpe en la nuca, derriba al confiado animal. Luego le hunde entre las vértebras la hoja fría. Es tan duro el cuero, que debe afirmarse con ambas manos para que el facón penetre. La sangre mana a borbotones y mancha el levitón del payaso.

Ya no tornarán a hacer mofa del tapir. Ha regresado a sus bosques verdes, donde lo aguardan los papagayos relampagueantes, como él quisiera regresar a Stratford-on-Avon, a sus cisnes melancólicos, a lo que fue de niño, cuando recorría las calles medievales entre las enseñas antiguas que el viento hacía chirriar, rumbo a la casita de Anne Hathaway, la mujer del poeta; ha vuelto como él quisiera volver a lo suyo, lejos de este mundo de generales impávidos y de muchachas que ríen sin fin.

Mister Hoffmaster, el diminuto clown, está llorando en la soledad de la noche. Limpia el cuchillo en las hierbas que el rocío abrillanta; alza la muerta cabezota horrible, la besa con sus labios pintados y murmura:

–*Alas, poor Yorick!*

Después corre hacia el circo, donde los hombres robustos como gladiadores empaquetan las armaduras de latón.

# XXXVII

## EL VAGAMUNDO

### 1839

Llegó a Buenos Aires hace cuatro días, sólo cuatro días, y siente que no podrá quedar aquí mucho tiempo. El amor, su viejo enemigo, le acecha, le ronda, le olfatea, como un animal que se esconde pero cuya presencia adivina alrededor, con uñas, con ojos ardientes. Por alguna parte de la pulpería se despereza ahora ese amor que enciende sus llamas secretas y que le obligará a partir. Su vida monstruosa ha sido eso: partir, partir en cuanto el amor alumbra. Y el amor alumbra todas las veces, en todas partes, en todas las épocas. ¡Ay, si la falta fue grave, también es terrible el castigo! Llegar y partir, llegar y partir; con la eterna, la infinita zozobra frente a ese amor que, eludido, torna a formarse y a crecer, a modo de una enredadera que llena el aire de látigos y le impulsa a andar, a andar de nuevo, a andar...

Y así siempre, siempre, en Inglaterra, en Francia, en Italia, en Hungría, en Polonia, en España, en Moscovia, en Suecia, en Dinamarca; en Oriente y en Occidente; aquí y allá, aquí y allá, siempre, siempre. Siempre con sus trajes flotantes, con sus ojos pálidos, con sus barbas finas, con sus duras manos viriles. Andando, andando... Y ahora, en Buenos Aires. ¿Qué más da? También tenía que venir aquí, e irá a Chile y al Perú y a México y a donde sea, andando, andando... ¡Ojalá el amor consiguiera sofocarle por fin, para que muriera! Pero no; él no muere. No murió en Vicenza, hace tanto tiempo, cuando le encarcelaron por espía y resolvieron ahorcarle; hasta las sogas más gruesas

238

se rompieron y el "capitano", absorto ante la maravilla, ordenó que le dejaran ir. Ir, ir... Eso era, precisamente, lo único que él no quería, mas no hubo nada que hacer. Y de nuevo a andar, a andar...

El rumor de la fiesta entra por la ventana de la pulpería, y el hombre que jamás sonríe no lo escucha. Escucha con los oídos de su corazón a ese amor que madura en alguna parte, cerca, muy cerca, detrás del flaco tabique que aísla su cuarto de viajero. Tanto ha caminado, que confunde las regiones, los años y los episodios; pero al amor no lo confunde porque el amor es el enemigo y siempre debe estar pronto a enfrentarlo, a prevenirlo, a rechazarlo, y sus sentidos se han aguzado sutilmente, horriblemente, para percibir su presencia en seguida. Lo demás... lo demás ¿qué le importa? En Venecia, en Nápoles, en Sicilia, cantan su historia extraña o la refieren; con ella compusieron los ingleses una balada, y los flamencos otra, que es como una queja dulce. Los imagineros populares pregonan su efigie y le dan nombres distintos. A veces las gentes le han acosado como a un perro rabioso, y a veces le agasajaron y pidieron su consejo. En Alemania, el populacho cristiano invadió en más de una ocasión los barrios judíos, gritando que le tenían allí oculto y que le quemarían en el mercado; y en Florencia la multitud colmó la plaza de los Alberti para verle, tocarle y acompañarle entre hachones deslumbrantes hasta la Señoría, donde le acogieron como a un huésped ilustre. Y en España le llamaron Juan Espera-en-Dios, y en Siena... en Siena tuvo que resolver si el cuadro en el cual Andrea Vanni representó a Cristo agobiado bajo la cruz estaba parecido, si Cristo era en verdad así... Pero de eso hace mucho tiempo... centurias... Su vida se mide por centurias...

El rumor de la fiesta invade su aposento. El cortejo estará llegando. El hombre se pone a la ventana y observa, en frente, la iglesia de Monserrat adornada con ramos de olivo y con banderas. Repican las campanas. Golpean los tambores de los negros. El carro triunfal rueda por el medio de la calle. La muchedumbre lo rodea entre cánticos y vivas.

A su espalda la puerta se abrió y entra la sobrina del pulpero. Sin volverse, el hombre siente que el amor está ahí, flotando, que todavía no se define y titubea, pero que ya está ahí y ya empieza a mostrar las uñas y los colmillos.

—Mi tío manda decir a su merced que si no quiere bajar al zaguán, que asistirá mejor a la fiesta.

El hombre recoge su atado, la alforja que tiene perpetuamente lista, y la sigue. Sabe que pronto deberá partir.

En el zaguán aplástase la gente. El olor de los asados que crepitan detrás de la iglesia se mezcla al perfume de las magnolias. Hay quienes se han puesto de rodillas. Afuera, brilla el rojo. Todo es rojo en la parroquia de Monserrat, esta mañana de fiesta: las colgaduras, los cintajos, los abanicos, las testeras y coleras de los caballos, los chiripás que ondulan en la brisa. Las flores y el hinojo alfombran las calles. Ilumínanse los vidrios de las casas con las luces internas y se recortan, pegados en las ventanas, los versos que elogian al Restaurador, a Rosas el Grande. Y el Restaurador avanza de pie, en la majestad del lienzo enorme pintado quizás por García del Molino. Triunfa en el carro lento, tapizado de seda escarlata, que los clérigos, los militares y los magistrados empujan hacia la iglesia de Monserrat, como si condujeran en alto, sobre las ruedas pesadas, una hoguera.

El hombre de barba fina y ojos pálidos mira el desfile sin verlo. Otros muchos desfiles ha visto en su vida andariega. Ha visto la entrada de los podestás orgullosos, en las ciudades del Renacimiento, bajo arcos esculpidos por los artistas admirables; ha visto a los emperadores, al frente de los cortejos heroicos, las coronas ciñéndoles los cascos de hierro, al viento los estandartes, y alrededor los siervos humillados en la nieve. Ha visto... ¿qué no ha visto él, que conoce todos los idiomas y todos los dialectos, que habla el toscano y el bergamasco y la lengua de Sicilia y las jerigonzas indostanas y las tablas chirriantes del Asia Menor?

Mira el desfile sin verlo. Otra comitiva pasa ahora ante la inmensa lasitud de sus ojos. ¿Siempre tendrá que verla, Dios de Moisés y de Elías? ¿Siempre se renovará la escena de su maldición?

Él era zapatero, en Jerusalén. Cuando el que arrastraba la cruz se detuvo ante su puerta, y se apoyó en ella un instante, para recobrar las fuerzas, él le dijo ásperamente:

—Ve, sigue, sigue tu camino.

Y Jesús le respondió, escrutándole con los ojos húmedos:

—Yo descansaré, pero tú caminarás hasta que regrese a juzgar a los mortales.

Y el Señor continuó su marcha. Venía de lejos, del lithostrotos de Poncio Pilato, de la casa de Anás, de la casa de Caifás, y trepó la cuesta del Gólgota, cayendo y levantándose, entre el cortinaje de picas y el llanto de las mujeres piadosas. Su huella era púrpura.

El hombre baja los párpados. Los alza una vez más y nota que el carro de triunfo se para delante de la iglesia de Monserrat y que descienden con pompa el retrato del dictador rubio en cuyo uniforme ciega el oro de los laureles.

¡Ay, a aquel otro, al que sudaba sangre, no le llevaban en un carro de gloria! Los pretorianos se mofaban de él y los caballos de arneses escandalosos manchaban sus vestiduras con el lodo que arrojaban al pasar al galope.

—Yo descansaré, pero tú caminarás...

Ya lo siente. El amor, su enemigo, está aquí. La sobrina del pulpero le roza el brazo y él siente el contacto como una quemadura cruel. Es el amor: el deseo antiguo como el mundo; el hambre que devora y enriquece; el hambre de los cuerpos y las almas; el hambre... El peregrino aprieta los labios para no pronunciar las palabras que debe decir cada vez, pero las palabras le horadan los labios y escapan, monótonas, como siempre:

—Ve, sigue, sigue tu camino.

La muchacha le contempla asombrada. ¡Sería tan hermoso quedarse junto a ella, hundir la cabeza en la frescura de su regazo, y reposar! Pero no. El amor es el signo, la orden de marcha. Hasta el fondo de los tiempos le perseguirá, irónico, vengándose sin alivio de quien odió porque sí, por odiar, sólo por odiar.

El judío errante se echa la alforja a la espalda y se aleja.

## XXXVIII

## UN GRANADERO

## 1850

El indio Tamay alquila en la Recova un cuarto pequeñito. En él vende, hace muchos años, estampas, escapularios, ropa hecha y, algunos días, empanadas y tortas. Desde
la mañana, cuando la estación lo permite, se sienta bajo
las arcadas aguardando a los compradores y aventándose
con una hoja de palmera. En invierno, el indio no se aparta del brasero sobre el cual se calienta la pava del mate. Al
anochecer regresa sin apurarse a su rancho del barrio de la
Concepción. Arrastra la pierna lisiada; a un costado de la
chaqueta, la manga izquierda, vacía, hace ademanes absurdos. Perdió el brazo en la rendición del Callao, en 1821;
allí le hirieron en la pierna también: a pesar de las invalide-
ces, Tamay sigue siendo esbelto como cuando, treinta y
ocho años atrás, don Francisco Doblas se presentó en Ya-
peyú, comisionado por el gobierno para invitar a los jóvenes a alistarse en el cuerpo que organizaba el coronel San
Martín, y él obedeció al reclamo con Nambú, con Benítez,
con los hermanos Itá, con Herrera, con Tabaré...

Tamay no tiene amigos. Los únicos que se aproximan a
él y le rodean, en su puesto de la Recova, son los negritos
y los "bandoleros", los muchachos zumbones que cuidan
las bandolas portátiles y que, mientras husmean alrededor
de los mostradores armados en tijera, no cesan de coto-
rrear, de sacarse la lengua, de decir malas palabras y de
inventar perrerías. El indio, impasible como un santón, les
sosiega levantando la palma flaca. Entonces le piden que
les cuente algo más, algo más "de antes", de cuando era

242

granadero. Y Tamay, que rumia un castellano difícil mechándolo con disonancias guaraníes, vuelve a relatarles las historias de su juventud, las historias de una vida tan remota, tan alucinante, tan distinta de la que ahora vive, que a menudo le parece que él no es más que un narrador y que las cosas que refiere le fueron contadas en su infancia, cuando cazaba pájaros y mariposas en las selvas de Misiones.

Atiéndenle los pillos recoveros sin parpadear, y de nuevo desfilan ante ellos las grandes batallas sangrientas, como pintadas en vastos óleos, en los que no falta ni la silueta del jefe con el catalejo en la diestra, ni el primer plano de revueltas cabalgaduras y de tambores esparcidos: así, desde San Lorenzo hasta la toma del Callao, donde hirieron a Tamay y casi le matan. El indio no es muy locuaz; cuando habla no mueve un músculo del cuerpo tenso; pero sus palabras salmodiadas excitan la imaginación de los oyentes, quienes les incorporan un lujo dramático de su propia cosecha, de tal suerte que unas pocas frases bastan para que aparezca ante los deslumbrados adolescentes todo el esplendor, todo el riesgo, toda la gloria y toda la penuria de esa campaña de ocho años: el paso de los Andes inmensos, cuya sobria evocación siempre hace levantar los ojos del auditorio, más allá de la Catedral, más allá del Cabildo, hacia las nubes recortadas en la metopa azul como un friso de antiguos mármoles; los entreveros vibrantes: Chacabuco, la guerra en el sur de Chile, el asalto de Talcahuano, Maipo; la expedición a Lima, el Callao... y la vuelta a la patria, a Buenos Aires, porque ya no podía luchar.

El rescoldo del brasero, inquietado por un soplo de brisa, empurpura de repente el rostro del indio. Y los muchachos suponen que están ante un viejo hechicero venido de los bosques mágicos, y le ruegan que les cuente más. Tamay les dice las máquinas que fue menester construir para que los cañones atravesaran la cordillera infinita; o les recuerda cómo, al adiestrarles, el Libertador les juraba que con el sable en la mano partirían como sandía la cabeza del primer godo que se les pusiera por delante; o alude con cuatro o cinco frases a la tristeza de San Martín cuando trepó la cuesta de Chacabuco, de regreso a Buenos Aires después de la liberación de Chile, y al divisar en una quebrada un montículo murmuró: ¡Pobres negros!, refiriéndose a los libertos del número 8 que perecieron en la batalla y fueron enterrados allí. Y los negritos que escuchan sienten que los ojos se les llenan de lágrimas y se suenan la nariz con los dedos, pero al instante sus caras lisas se aclaran y aprietan los dientes blancos, porque Tamay sonríe y habla de una fiesta que hubo en Lima, en el palacio de los Virreyes, en honor del general.

—¿Y vos comías mucho, don Tamay? —preguntan los negros.

—¿Y qué comías?

—¿Y tomabas vino, don Tamay?

—Ajá, vino de España, mismo.

Los muchachos, desperezada la gula por el imaginario olor de los festines virreinales, ojean las empanadas y las tortas del guaraní. Entonces el granadero golpea la mano contra la rodilla:

—¡Basta! ¡Basta ya!

Y se van a la carrera, a través de la plaza principal que limitan los arcos.

Pero hoy no hubo ni "bandoleros" ni negritos. Andan muy atareados, con sus cajas, con sus pantallas, lidiando con los perros y con las moscas y gritando cosas que encrespan a las damas mayores. Una criada de la casa de don Felipe Arana, el ministro, vino con el pretexto de comprar un rosario. Tamay detesta a la mestiza que antes, cuando él era mozo, le rondaba, y que no le ha perdonado su desdén. Si se le acerca es porque trae mala noticia.

La mujer se demora y revuelve las puntillas gruesas y los peines, como si no se decidiera a partir. Por fin exclama:

—¡Qué raro que abriste la tienda hoy, don Tamay!

—¿Y por qué?

—¿No sabés la novedá, don Tamay?

244

El indio no responde.

–¿No sabés que tu general San Martín ha muerto en la Francia, don Tamay?

El indio escupe en el brasero:

–Andate, víbora, andate.

La mestiza se contonea y hace sonar el rosario:

–Se lo oí decir a doña Pascuala, mi ama, don Tamay.

Tamay escupe en las brasas y gira el desdeñoso perfil hacia la Catedral de Buenos Aires, en la que siempre hay obreros porque nunca la terminan.

La mujer está loca. ¿Cómo le viene con ese disparate? ¿Acaso ignora Tamay que si el general San Martín hubiera muerto las campanas de todas las iglesias de Buenos Aires estarían doblando, y la multitud llenaría la plaza, y los chicos vocearían los boletines? Así debiera ser, porque en la Argentina no hubo hombre más grande.

Camino de su rancho, del lado de la Concepción, el indio se detiene porque alguien le chista. Ya avanza la noche y poco se ve. Junto a un zaguán, sus ojos descubren un muchacho. Es un muchacho rubio, tan alto como él pero más robusto.

–¿Me llamás vos?

–Yo te llamaba, don Tamay, para decirte que ha muerto el general San Martín.

El granadero abre la boca para contestarle, y se percata de que así como se negó a creerle a la criada de doña Pascuala Beláustegui, a este mancebo no le conseguiría refutar, pues sus ojos son serios y de su apostura emana un maravilloso poder. Ahora le ve mejor. Están en el marco de una ventana y dentro hay luces, y el indio, ingenuamente, cree reconocer en su interlocutor a un puestero del general Mansilla a quien trató el año pasado en la casa de la calle Potosí que perfuman los sahumerios inolvidables de doña Agustina Rosas: la alhucema, el benjuí, el azahar, el cedrín y el cedrón. Pero no, no es tal puestero. No llevaría ese cinto de monedas de oro.

–¿Y vos quién sos?

El joven ya se esfumó en la tiniebla. ¿Cómo le iba a reconocer el indio Tamay, antiguo granadero y actual vendedor de la Recova, si tampoco le hubieran reconocido los informados poetas de *La Lira Argentina*, que con cualquier razón le estaban invocando y solicitando para que se ocupara de nuestros intereses, o metiéndole en sus versos, como si se le pudiera traer y llevar? ¿Cómo iba a reconocerle, si no le reconocerían con toda su mitología cotidiana quienes cantaron:

> *Marte mismo te observa y queda absorto...;*

y quienes cantaron:

> *...del terrible Marte*
> *ya el carro estrepitoso es conducido*
> *por el campo y las calles argentinas...?*

¿Cómo iban también a reconocerle los poetas familiarizados con su habitual vestimenta sonora, si aquel mozo ni guiaba carro, ni empuñaba lanza, ni ceñía el casco beocio, ni ostentaba en el centro del escudo un alado grifo?

Las nociones de Tamay sobre los mensajeros espirituales son muy confusas. A Santo Tomás le hubiera individualizado, probablemente, por el hábito blanco y negro que ha visto pintado en las imágenes misioneras; al Pay Sumé, padre de la agricultura, que los ancianos de las tribus guaraníes imploran, también le hubiera adivinado; y a Añanga, que es diminuto como un gorgojo: pero sobre Marte (que los poetas impetratorios prefieren llamar Mavorte) carece de referencias, y además no ha hecho más que entreverle un segundo, en un zaguán.

Así que se aleja hacia su rancho, muy triste, pues aunque nada sepa del dios no en vano ha peleado en tantas batallas y es justo que la voz de quien decide sobre la guerra despierte ecos en su sangre militar.

De ahora en adelante, Tamay el indio procede como un autómata. Marte –"Marte mismo"– le va repitiendo:

246

—¡San Martín ha muerto! ¡Tu general San Martín ha muerto!

Y unos grandes lagrimones surcan las mejillas del granadero de San Martín.

En la puerta de la choza se para. Pero, ¡cómo! ¿San Martín ha muerto en la Francia y nadie, nadie, nadie se apresura a embanderar la ciudad con enlutados pendones; nadie echa a vuelo las fúnebres campanas; nada dicen los periódicos y boletines del señor Juan Manuel; nadie llora?

El indio Tamay entra en su rancho; abre la petaca y saca de él su uniforme. Lentamente, con sacerdotal unción, lo viste. Parece más alto ahora y más digno, con la ropa azul y encarnada, con las palas de bronce escamadas fijas en los hombros, con sus áureos botones. La manga vacía cuelga a un lado y junto a ella el sable le bate la pierna herida.

Paso a paso, retorna al centro de la ciudad. Y comprueba que Buenos Aires duerme. Por los postigos que entreabre la tibia noche de primavera, se deslizan los hondos ronquidos, el misterioso crujir de los muebles y alguna solitaria canción que tranquiliza a una criatura. ¿Nadie piensa en el general San Martín? ¿El general Rosas que, según le han contado al indio, le cita siempre en sus mensajes a la legislatura, tampoco piensa? ¿Y las campanas del Buenos Aires de San Martín?

A dos cuadras de la Plaza de la Victoria hay una pulpería. El granadero se dirige a ella porque sus luces rayan la vereda rota. Allí sí hay gente despierta, muy despierta, que ríe y grita a pesar de las disposiciones. El indio, encandilado, queda de pie junto a la entrada. El penacho punzó se estremece sobre su morrión viejo; las carrilleras de metal amarillo le tajan los pómulos.

Varios paisanos, emponchados de rojo, juegan al truco. Detrás de la reja, el pulpero sirve unos vasos de vino carlón.

El indio Tamay escucha de nuevo la voz del dios que le dice:

—Ha muerto el general San Martín.

Se yergue y grita:

—¡Viva el general San Martín! ¡Viva la Patria!

Los jugadores, sorprendidos, se enfrentan con el inesperado fantasma cuyas espuelas de bronce arañan el suelo. Uno, más borracho, responde:

—¡Viva Rosas!

—¡Viva el Ilustre Restaurador! —corea el resto.

Y el indio siente que una fuerza más pujante que él mismo y que quizás se origine en la sugestión del mancebo desconocido que le dio la noticia de Francia, le impele a desenvainar con ademán altivo el sable de Maipú y de Chacabuco:

—¡Viva mi general! ¡Viva el general San Martín!

El otro pegó un salto gatuno, enrolló el poncho en un brazo y blande en la diestra el facón. Los demás forman círculo en la pieza gris de humo y azuzan vociferando a los contendientes. Poco duró el duelo. El manco peleaba como quien sabe pelear y le clavó el arma en el vientre a su adversario. Retroceden los compañeros, temerosos, porque el uniforme del guerrero parece iluminado y brillan como soles los soles de los botones metálicos con el lema: "Viva la Patria".

Atraídos por el tumulto, acuden unos serenos de chiripá y calzoncillo cribado y una partida policial. El indio se entrega sin resistir. Cuando le conducen a la cárcel, avista, apoyado en un palenque vecino, al mancebo rubio. Las piezas de oro refulgen en su rastra y en su cinturón. Habría que mirarlas muy de cerca para distinguir lo que representan y habría que ser numismático avezado para descubrir las monedas de la costa de Tracia, labradas con Hércules, con Dionisos, con pámpanos, con delfines, con caballos, con cornucopias, que el dios luce acaso como una alusión señoril a su pelasga genealogía. Pero el indio Tamay ni siquiera esta enterado de que la ciencia numismática existe; ni tiene más ojos que para los ojos oscuros del muchacho que, repentinamente, le recuerdan otros ojos graves y bellos encendidos en un balcón de Lima y en un desfiladero de los Andes.

Y mientras el granadero camina hacia la prisión, todas las campanas de Buenos Aires empiezan a doblar, para él, para que sólo él las oiga: la del Cabildo, anunciadora de ocasiones memorables; las de la Catedral, que llevan nombres tan hermosos y se llaman la Santísima Trinidad, la Pura y Limpia Concepción y el nombre del obispo de Tours; las de San Ignacio, las de San Francisco, las de Santo Domingo; todas, todas las campanas porteñas, hasta las muy distantes de la espadaña del Pilar, y de tanto en tanto, a su himno solemne que asciende hacia el esculpido combate de nubes, se mezcla un rápido toque de clarín que, en medio del plañidero repique, se diría verde y dorado. El indio Tamay lo oye y se cuadra.

## XXXIX

## LA ESCALINATA DE MÁRMOL

### 1852

Ahora va a morir. Casi no puede moverse en el lecho, y sus labios, que tuerce la desesperación, no emiten más que un ronco gemido precursor de la agonía.

En las sombras del cuarto, su familia solloza bajo las acuarelas románticas de navíos, de puertos, de tormentas, de velámenes henchidos por el vendaval. Vibra en la oscuridad la mancha blanca de los planos y los dibujos encrespados sobre la mesa. De afuera, de la calle de Santa Rosa que luego será Bolívar, viene el pregón de un vendedor de naranjas. Monsieur Pierre Benoit va a morir.

Y, como otras veces, la escalinata de mármol levanta frente a él la nobleza arquitectónica de sus verdes, sus negros y sus rojos. La escalinata... Hay en lo alto una decoración, un grupo dorado de niños... pero ¿qué sostienen?... a menudo ha tratado de reconstruirlo... Se angustia y tortura su memoria, mientras las mujeres de la familia se deslizan por la habitación, como breves tanagras, con frascos en las manos trémulas...

De toda su infancia, de todo aquel misterio, lo único que salvó fue la escalinata. Súbitamente, como ahora, se yergue ante él. Arriba está la áurea escultura. ¿A dónde conducen los anchos escalones? ¿Los ha visto? ¿Los ha soñado? Lo único que recuerda es que esa escalinata divide su existencia: por un lado, un mundo mágico; por el otro, la cotidiana realidad; y de este lado, al principio, el terror...

Las mujeres cuchichean. Monsieur Benoit apenas las distingue. Se borran, se confunden, como los proyectos que le encargó el Departamento Topográfico de Buenos Aires, como sus cuadros de veleros, como su sable de marino que pende junto al lecho, cerca de las miniaturas pintadas por él.

En cambio la escalinata se perfila con nitidez maravillosa. Alza su orgullo de bronces y balaústres, como si fuera un manto pesado, de pliegues que se quiebran y refulgen con las estrías del verde y del púrpura, color del agua espesa, cargada de herrumbres de follaje, color del agua dormida en los hipnotizados estanques palaciegos. Y allá arriba...

¿No es una letra, una inicial, lo que los amores de carcaj sostienen, como si lo presentaran a quienes suben? Monsieur Benoit tiembla y las señoras le arropan bajo la suavidad de las vicuñas. Ha visto, enlazadas, las iniciales del Gran Rey. Quisiera poder decirlo a esas damas de su familia argentina, pero sus labios se niegan. Cierra los ojos, y cuando los reabre hay a su lado una señora de blanca peluca y falda ampulosa. De inmediato, le da un nombre: Madame de Tourzel, Madame la Marquise de Tourzel...

En la calle estalló un altercado soez entre un aguatero y la negra que vende mazamorra. Sus gritos gangosos atraviesan el patio hasta la cama del moribundo, y las señoras corren las cortinas de damasco rojo, sobre los postigos, para amortiguarlos.

Allá, los cortinajes eran azules y rosas. Madame de Tourzel... y el niño llevaba un traje celeste, con una faja y un gran moño al costado, como en el retrato... el retrato... aquel en que está con la adolescente rubia junto a un árbol del parque, y ambos juegan con un nido...

Madame de Tourzel... Madame de Tourzel...

¡Ay!, si continúa desvariando, enloquecerá antes de morir. Hay que defenderse de la imaginación, cuando anda suelta y embarulla las estampas. Hay que pensar en cosas graves, porque ahora los minutos valen años.

Hay que pensar... la vida... su vida...

Su vida es también como una escalera y Monsieur Benoit la desciende vertiginosamente hacia la niñez, salvando las etapas que son como descansos.

Primero recorre los últimos tres lustros, los que le inmovilizaron en el lecho, paralizadas las piernas. ¡Cuánto dibujó! ¡Cuántos planos nacieron bajos sus dedos hábiles! Desde que llegó a la Argentina, en 1818, no cesó de dibujar. Dibujó flores y animales extraños para el naturalista Bonpland; dibujó bellas fachadas para el Departamento Topográfico: edificios neoclásicos con frontones y columnatas, proyectos de canales, de muelles, de puentes, un mundo fantástico surgió de su pluma finísima, en la trabazón aérea de las cúpulas, de las torres, de los arcos. Antes, en Francia, había sido marino. Sirvió en las cañoneras del Emperador y en las goletas del Rey. Antes estuvo en muchas partes, en las Antillas, en Oriente, en Inglaterra, en Calais... Antes... antes había una terrible enfermedad, dolores agudos... una neblina que le sofocaba... Por más que se afanara en despejar las sombras que envolvían a su infancia, nada conseguía ver. Sin duda aquella enfermedad esfumó su memoria. Lo único que como un solitario peñón emergía en mitad del lago negro, era la escalinata de mármol.

Y ahora la escalinata vuelve a apoderarse de su delirio, a colmar todo su campo visual, como si sólo ella fuera real y el resto no existiera. En el centro de la habitación, redondea sus ángulos multicolores, gira sobre sí misma, como una dama que hace una reverencia en la espiral del vestido de larga cola, y se alza, coronada por el oro de los capiteles empenachados.

Pero esta vez hay algo más. Esta vez Monsieur Benoit ha descifrado el enigma de las iniciales de Luis XIV, y sabe que la mujer que junto a él está se llama Madame de Tourzel.

Haciendo un esfuerzo, se incorpora. Del cuarto vecino entra una ráfaga de la conversación de los hombres que discuten el Acuerdo de San Nicolás, firmado hace tres meses y cuyos artículos irritan a la opinión del país.

—Aceptar a Urquiza —dice uno— es volver a Rosas.

Monsieur Benoit no piensa ni en Rosas, ni en Urquiza, ni en Buenos Aires. Su voluntad se aferra a la escalinata del Gran Rey. Si no la sube ahora, antes de morir, no conocerá el reposo. Grada a grada, como los niños muy pequeños, inicia la ascensión. Su sombra infantil le precede sobre los peldaños. A su lado va la Marquesa de Tourzel.

¡La Marquesa de Tourzel, gobernanta de los hijos del Rey de Francia!

Es como si dos alas diminutas le hubieran crecido en los pies. Echa a correr hacia arriba, y detrás oye el jadeo del aya bonachona.

La distribución del palacio se presenta a su recuerdo con sus detalles menores, como si fuera un plano de los que le encargó el señor Rivadavia para su Departamento de Ingenieros. Corriendo, corriendo, flotante la faja celeste, cruza la Sala de Guardias, la Antecámara, el Salón del Oeil-de-Boeuf, e irrumpe en la inmensa galería donde el sol incendia los espejos infinitos, bajo los techos cubiertos de escenas mitológicas.

Es tal la excitación de Monsieur Benoit que los caballeros le rodean, en el lecho donde no puede hablar y donde sus uñas arañan los almohadones.

¡La Reina! ¡María Antonieta le tiende los brazos! Ahora reconoce a todo el mundo, a la Condesa Diane de Polignac, la fea, a la Duquesa Jules de Polignac, la hermosa, al Príncipe de Ligne, a la Princesa de Lamballe... Cada espejo es una hoguera quieta. En el parque se oculta un ejército de estatuas.

Todo, lo ha reconquistado todo: la ventura y la desventura, la risa de su madre cuando jugaba con él en Trianon; la pachorra de su padre, que forjaba llaves bonitas como flores; las aclamaciones al paso de la carroza, en las calles de París; y el odio, el miedo, los insultos rabiosos; el populacho con hoces y cuchillos; las cabezas cortadas, chorreando sangre en las puntas de las picas; la prisión del Temple; la fuga en un canasto de ropa; la enfermedad, Inglaterra, el silencio sagaz de los fieles... Todo... todo le esperaba en lo alto de la escalinata que sólo hoy pudo subir...

Una negra apareció en su cuarto y empezó a encender las velas en los fanales. En el patio, cantan los canarios de la pajarera.

Monsieur Benoit mueve los labios penosamente. Figuras llorosas se inclinan en torno. El moribundo se ahoga. ¡Tiene tanto que decir! Y de repente recobra la voz, firme, lúcida.

Pero entre las siluetas familiares apiñadas alrededor, asoman unos perfiles arcaicos, transparentes, de seres de flacura gótica, con espadas, coronas y cetros, unos seres rígidos y grises como estatuas de sepulcros. Uno le pone sobre la boca la mano abierta, que es como un ala de cristal.

—No digas nada —le murmura al oído.

Y en el aposento de Buenos Aires cuyas cortinas diluyen el pregón del naranjero, ondula el coro doloroso de los viejos reyes que vienen del fondo de los siglos, con su carga abrumadora de pesares, de ambiciones, de secretos, de crímenes:

—No digas nada, no digas nada... Ven a reinar...

Luis XVII no dice nada. Tira hacia él la cobija, como un manto, cierra los ojos azules y baja solo la escalinata que se interna en el parque espectral, el parque donde los lebreles del Delfín ladran a la luna de hielo y donde los monarcas temblorosos se cuentan sus desilusiones.

## XL

## UNA AVENTURA DEL POLLO

### 1866

*Carta de Anastasio el Pollo a su aparcero*
*don Laguna, paisano de Bragado.*

De la Sierra Tandilera
que por prudencia he ganao
y ande estoy a su mandao,
Laguna, siempre que quiera,
le lleva esta carta fiera
que he sudao al componer,
mi amigo el Rengo Soler,
pa que sepa que ando juido
y que mi disgracia ha sido
asunto de Lucifer.

El gaucho pobre no tiene
siguridá en esta tierra;
creamé, gane la Sierra,
es lo que más le conviene;
que si áura Mandinga viene
sin más a amostrar su cuerno
y a ordenar como Gobierno
y a toriar y a darse aires
por el propio Buenos Aires,
mejor se está en el Infierno.

Ya le conté la ocasión
en que vide a Satanás,

despachándose al compás
en el tiatro de Colón.
Por eso áura, de un tirón,
le escribo desde esta cueva,
pa referirle la nueva
ocasión en que lo vide,
y decirle que se cuide
no sea que el Diablo güelva.

¡Ay Laguna! ¿qué pecaos
negros hemos cometido
que Luzbel mesmo ha subido
y nos tiene acollaraos?
Yo vivía sin cuidaos
con mi tropa y mi majada,
áura no me queda nada,
¿por qué, voto a San Antonio?
por cruzarmelé al Demonio,
en un Café, de pasada.

Usté me conoce bien
y como sabe, amigaso,
soy incapaz de un bolazo;
creamé esta vez tamién.
Un día, en un almacén,
a un matrerito que hablaba
soltando cada guayaba
que a uno lo dejaba tieso,
casi le rompo el pescueso.
Pero le estoy dando taba.

Velay el caso, cuñao,
que me pasó en la ciudá.
Le juro que es la verdá.
Ya se me habrá santiguao.

Sucedió al día siguiente
de aquel en que nos topamos
y en el Bajo conversamos
cerquita de la corriente.

Nada más que una quincena
desde entonces se corrió
y mire qué güelta: yo
estoy como ánima en pena.

Perdí color, perdí peso,
discurseo como un loco,
y todo el cuerpo me toco
a ver si me falta un güeso.

Pues como le iba contando
ese día, de mañana,
me largué a cobrar mi lana
pa poder seguir tirando.

El negocio es con un gringo
lleno de güeltas, ¡canejo!
Si en mi inorancia lo dejo
me va a tomar por tilingo.

Siempre lo esperan visitas,
pero ese día, ¡zas! ¡tras!
me fui al Hotel de la Paz
a cobrar mis ovejitas.

¡Ah! ¡Cristo! ¡Me da una rabia
verlo florearse al inglés!
O dice: —Venga dispués,
o me abomba con su labia.

Esa vez cayó un Musiú
(que era el fondista barrunto),
con un jopo negro de unto
y me gritó: —¿Vulé vú?

Áhi me le puse amarillo
y mi asunto le espliqué.
Me contestó: —¿Vú vulé?
y yo le amostré el cuchillo.

¡Qué alfajor! Vale por cuatro.
Lo quiero como a mi potro.
Me refalaron el otro
de la cintura, en el tiatro.

En cuanto la lata vio,
el francés parló criollo.
Me dijo: –¿Musiú es el Pollo?
Espere aquí, cómo no...

Él se fue el gringo a buscar,
yo me quedé en la vedera.
¡Laguna, qué suerte fiera!
¿Por qué no pensé en dentrar?

Si dentro en vez de paviar
en la puerta de la fonda,
no tendría esta pena honda
ni este triste lagrimear.

Pero el destino es ansina:
siempre se burla del sonso
y le canta su responso
cuando usté ni lo imagina.

Aparcero, ¿no se acuerda
que frente al Hotel mentao
hay un Café muy sonao,
un poquitito a la izquierda?

Calle Cangallo, ¿la ve?
casi casi en Reconquista.
Afirme, cuñao, la vista y
encontrará mi Café.

Yo me divertí vichando
a la gente de copete
que en ese lugar se mete
cacariando y faroliando.

Había un famoso hembraje,
don Laguna, todo luces;
andaban como avestruces,
moviendo el fino plumaje.

Áhi estaba, algo caliente
por la ausiencia de mi socio,
¿y quién, en vez del negocio,
se apareció redepente?

A ver... ¿quién pudo bajar
por la calle de Cangallo?
¿Fue López, el paraguayo?...
No lo podrá devinar...

Eran tres. Vaya contando:
una mujer y dos hombres,
y si le digo sus nombres
creerá que estaba soñando.

Los vide doblar la esquina.
Dejuro, si no soy tal,
áhi mesmito me da el mal
y mi cuento se termina.

Los conocí, abatatao,
y me persiné, Laguna.
¡Voto a cristas! por fortuna
estaba a pie y no montao.

Porque si estoy en mi flete,
el colorao que ya sabe,
hoy sería herido grave
del corcovo que me mete.

A usté que es hombre projundo,
trabajao de tanto andar,
se lo puedo reclarar:
no era gente de este mundo.

¿A qué alargaré su cuita?
Sepa de una vez lo pior:
eran el Diablo, el Dotor
y la rubia Margarita.

¿Se almira? Yo no me almiro
de nada ya, don Laguna,
y si me bajan la luna
la uso de espejo y me miro.

Ella llevaba una capa
llena de moños azules,
con cintajos y unos tules
y con más tules de yapa.

Hacía unos golgoritos
la rubia, como un canario,
y perlas de millonario
le adornaban los deditos.

Ellos, los dos paquetones;
uno gordo y otro flaco;
las levitas color naco
y zapatos con tacones.

–¿Y cómo? –me dirá usté–
¿la rubia no se murió?
Eso mismo pensé yo,
pero viva la encontré.

¡Y qué viva! ¡vivaracha!
Si se venía riyendo
de algo que le iban mintiendo
los hombres a la muchacha.

¿Hombres? Ansina les digo
pa facilitar lo que hablo,
aunque uno era el mismo Diablo,
y el otro, del Diablo amigo.

Visto de cerca, Mandinga
es petiso, no usa barba,
tiene el pelo como parva
y un airecito de gringo.

Se me había disfrazao
pero le pesqué el detalle:
no puede andar por la calle
con su traje colorao.

¿Y don Fausto? ¡vieraló
cuando llegaba a la fonda,
con una cara redonda
como vidrio de reló!

El Diablo nunca retoza
cuando algo persigue, m'hijo;
habían arreglao de fijo
comilona con la moza.

Ansina que se dentraron
y se me hicieron perdiz
en el Café de París,
y yo me quedé rezando.

Pensé dir a ver qué hacían,
dispués de cobrar mi lana,
pero se iba la mañana
y los gringos no volvían.

Me retobaba la idea
de la pobre rubiecita,
abandonada guachita
a una esistencia tan fea.

Ansí que, pa no hacer ruido,
áhi la rodaja empiné
de la espuela, y al Café
me largué como un suspiro.

Es un gran patio con una
fuente cantora lucida,
y una palmera metida
en un macetón, Laguna.

Pa disimular la cosa,
guardándome el entripao,
me puse medio al costao
de la palmera graciosa.

No había mucho parroquiano,
lo siento por el pulpero,
aunque colijo, aparcero,
que lo esquilan a un cristiano.

Vide unas mozas lindazas
sentaditas a una mesa,
con una doña muy gruesa
de dientes como tenazas.

Más allá vi un barrigón
que me pareció mamao,
y que anda siempre apurao
las mañanas de eleción.

Por fin, al lao de la fuente,
vi mi rubia y sus dos liones,
devorando sus porciones
y charlando a lo insolente.

Me acerqué despacio, ¡ah Cristo!
pronto a defender mi vida,
y buscando en qué comida
había puesto el Diablo el misto.

Porque yo estaba siguro,
y usté me dará razón,
que el Diablo en esa ocasión
iba a hacer algún conjuro;

o a mezclarle a la muchacha
algún polvito secreto.
¿Por qué no se estará quieto
en vez de enseñar la hilacha?

Atrás de cuatro tablones
forraos en seda rubí,
felizmente me escondí
pa oír las conversaciones.

En eso empezó una balsa
que un violonista tocó,
y el Demonio le sirvió
a la inocente una salsa.

Áhi mesmo un brinco pegué
con gran chas-chás de lloronas,
y ante el Malo y las personas
redepente me planté.

—¡No pruebe ese beberaje!
Le rogué a la pobre rubia,
y la salsa como lluvia
se le derramó en el traje.

Don Fausto estiró una mano
y soltó una chillería,
en algo que parecía
francés, inglés o italiano.

Se me pasaron los miedos,
si lo agarro, lo apuñalo;
y cuadrándomele al Malo
le hice la cruz con los dedos.

¡Ahijuna! ¡Viera, compadre,
cómo reculó en su silla,
con una jeta amarilla,
llamándome hijo de... madre!

¡Qué modo de andar la bola
y qué lío el Diablo armó,
gimiendo como si yo
le hubiera pisao la cola!

–¡Viva Mitre! –en su vecina
mesa gritaba el mamao,
y yo que ya estaba alzao
le retruqué: –¡Viva Alsina!

A la rubia le dio el mal
y se tumbó, toda blanca.
El barrigón de la tranca
patiaba como bagual.

Alguno habrá dao parte,
Laguna, porque al segundo
con cara de fin del mundo
se presentó un Comendante.

Traiba un corvo su mercé
y a más una milicada
con la que cerró la entrada,
y me ordenó: –¡Entrieguesé!

Quise ablandarlo al milico,
pero la razón del pobre
¡ya se sabe! vale cobre
y vale oro la del rico.

Áhi no más me puso preso,
mientras el Diablo canalla
revoliaba una pantalla
y comentaba el suceso.

Me hierve la sangre, hermano
si pienso que todo el día
me tuvieron en crujía.
¿Pa qué seré ciudadano?

Al otro que pené ansina
vino Estanislao del Campo,
llegao recién del campo
de orden del Dotor Alsina.

Me dio tabaco y papel,
me dijo: —Estáte tranquilo,
no seás bruto, guardá estilo,
vi a hablar con el Coronel.

Salí una hora más tarde,
y el propio Ño Estanislao
se riyó y dijo: —Cuñao,
pucha que el Diablo es cobarde...

Ya no quise saber más
del asunto de la lana,
quedará para mañana
o nunca, ¡déjenme en paz!

Ensillé mi parejero
y apunté rumbo a la Sierra.
Aquí a lo menos la guerra
no es con el Diablo, aparcero.

Hay malevos, más de tres,
y su trato no conviene,
pero si Mandinga viene
no podrá llamar al juez.

Creamé: güelva al Bragao,
dispare de Buenos Aires
que hay chamusquina en el aire;
monte en su overo rosao.

Ya se me termina el rollo.
Si el Diablo es autoridá,
¿quién se queda en la ciudá?
Lo abraza

ANASTASIO EL POLLO

265

# XLI

## EL HOMBRECITO DEL AZULEJO

### 1875

Los dos médicos cruzan el zaguán hablando en voz baja. Su juventud puede más que sus barbas y que sus levitas severas, y brilla en sus ojos claros. Uno de ellos, el doctor Ignacio Pirovano, es alto, de facciones resueltamente esculpidas. Apoya una de las manos grandes, robustas, en el hombro del otro, y comenta:

—Esta noche será la crisis.

—Sí —responde el doctor Eduardo Wilde—; hemos hecho cuanto pudimos.

—Veremos mañana. Tiene que pasar esta noche... Hay que esperar...

Y salen en silencio. A sus amigos del club, a sus compañeros de la Facultad, del Lazareto y del Hospital del Alto de San Telmo, les hubiera costado reconocerles, tan serios van, tan ensimismados, porque son dos hombres famosos por su buen humor, que en el primero se expresa con farsas estudiantiles y en el segundo con chisporroteos de ironía mordaz.

Cierran la puerta de calle sin ruido y sus pasos se apagan en la noche. Detrás, en el gran patio que la luna enjalbega, la Muerte aguarda, sentada en el brocal del pozo. Ha oído el comentario y en su calavera flota una mueca que hace las veces de sonrisa. También lo oyó el hombrecito del azulejo.

El hombrecito del azulejo es un ser singular. Nació en Francia, en Desvres, departamento del Paso de Calais, y vino a Buenos Aires por equivocación. Sus manufactureros, los Fourmaintraux, no lo destinaban aquí, pero lo in-

266

cluyeron por error dentro de uno de los cajones rotulados para la capital argentina, e hizo el viaje, embalado prolijamente, el único distinto de los azulejos del lote. Los demás, los que ahora lo acompañan en el zócalo, son azules como él, con dibujos geométricos estampados cuya tonalidad se deslíe hacia el blanco del centro lechoso, pero ninguno se honra con su diseño: el de un hombrecito azul, barbudo, con calzas antiguas, gorro de duende y un bastón en la mano derecha. Cuando el obrero que ornamentaba el zaguán porteño topó con él, lo dejó aparte, porque su presencia intrusa interrumpía el friso; mas luego le hizo falta un azulejo para completar y lo colocó en un extremo, junto a la historiada cancela que separa zaguán y patio, pensando que nadie lo descubriría. Y el tiempo transcurrió sin que ninguno notara que entre los baldosines había uno, disimulado por la penumbra de la galería, tan diverso. Entraban los lecheros, los pescadores, los vendedores de escobas y plumeros hechos por los indios pampas; depositaban en el suelo sus hondos canastos, y no se percataban del menudo extranjero del zócalo. Otras veces eran las señoronas de visita las que atravesaban el zaguán y tampoco lo veían; ni lo veían las chinas crinudas que pelaban la pava a la puerta aprovechando la hora en que el ama rezaba el rosario en la Iglesia de San Miguel. Hasta que un día la casa se vendió y entre sus nuevos habitantes hubo un niño, quien lo halló de inmediato.

Ese niño, ese Daniel a quien la Muerte atisba ahora desde el brocal, fue en seguida su amigo. Le apasionó el misterio del hombrecito del azulejo, de ese diminuto ser que tiene por dominio un cuadrado con diez centímetros por lado, y que sin duda vive ahí por razones muy extraordinarias y muy secretas. Le dio un nombre. Lo llamó Martinito, en recuerdo del gaucho don Martín que le regaló un petiso cuando estuvieron en la estancia de su tío materno, en Arrecifes, y que se le parece vagamente, pues lleva como él unos largos bigotes caídos y una barba en punta y hasta posee un bastón hecho con una rama de manzano.

—¡Martinito! ¡Martinito!

El niño lo llama al despertarse, y arrastra a la gata gruñona para que lo salude. Martinito es el compañero de su soledad. Daniel se acurruca en el suelo junto a él y le habla durante horas, mientras la sombra teje en el suelo la minuciosa telaraña de la cancela, recortando sus orlas y paneles y sus finos elementos vegetales, con la medialuna del montante donde hay una pequeña lira.

Martinito, agradecido a quien comparte su aislamiento, le escucha desde su silencio azul, mientras las pardas van y vienen, descalzas, por el zaguán y por el patio que en verano huele a jazmines del país y en invierno, sutilmente, al sahumerio encendido en el brasero de la sala.

Pero ahora el niño está enfermo, muy enfermo. Ya lo declararon al salir los doctores de barba rubia. Y la Muerte espera en el brocal.

El hombrecito se asoma desde su escondite y la espía. En el patio lunado, donde las macetas tienen la lividez de los espectros, y los hierros del aljibe se levantan como una extraña fuente inmóvil, la Muerte evoca las litografías del mexicano José Guadalupe Posada, ese que tantas "calaveras, ejemplos y corridos" ilustró durante la dictadura de Porfirio Díaz, pues como en ciertos dibujos macabros del mestizo está vestida como si fuera una gran señora, que por otra parte lo es.

Martinito estudia su traje negro de revuelta cola, con muchos botones y cintas, y la gorra emplumada que un moño de crespón sostiene bajo el maxilar, y estudia su cráneo terrible, más pavoroso que el de los mortales porque es la calavera de la propia Muerte y fosforece con verde resplandor. Y ve que la Muerte bosteza.

Ni un rumor se oye en la casa. El ama recomendó a todos que caminaran rozando apenas el suelo, como si fueran ángeles, para no despertar a Daniel, y las pardas se han reunido a rezar quedamente en el otro patio, en tanto que la señora y sus hermanas lloran con los pañuelos apretados sobre los labios, en el cuarto del enfermo, donde algún bicho zumba como si pidiera silencio, alrededor de la única lámpara encendida.

Martinito piensa que el niño, su amigo, va a morir, y le late el frágil corazón de cerámica. Ya nadie acudirá cantando a su escondite del zaguán; nadie le traerá los juguetes nuevos, para mostrárselos y que conversen con él. Quedará solo una vez más, mucho más solo ahora que sabe lo que es la ternura.

La Muerte, entretanto, balancea las piernas magras en el brocal poliédrico de mármol que ornan anclas y delfines. El hombrecito da un paso y abandona su cuadrado refugio. Va hacia el patio, pequeño peregrino azul que atraviesa los hierros de la cancela asombrada, apoyándose en el bastón. Los gatos a quienes trastorna la proximidad de la Muerte, cesan de maullar: es insólita la presencia del personaje que podría dormir en la palma de la mano de un chico; tan insólita como la de la enlutada mujer sin ojos. Allá abajo, en el pozo profundo, la gran tortuga que lo habita adivina que algo extraño sucede en la superficie, y saca la cabeza del caparazón.

La Muerte se hastía entre las enredaderas tenebrosas, mientras aguarda la hora fija en que se descalzará los mitones fúnebres para cumplir su función. Desprende el relojito que cuelga sobre su pecho fláccido y al que una guadaña sirve de minutero, mira la hora y vuelve a bostezar. Entonces advierte a sus pies al enano del azulejo, que se ha quitado el bonete y hace una reverencia de Francia.

—Madame la Mort...

A la Muerte le gusta, súbitamente, que le hablen en francés. Eso la aleja del modesto patio de una casa criolla perfumada con alhucema y benjuí; la aleja de una ciudad donde, a poco que se ande por la calle, es imposible no cruzarse con cuarteadores y con vendedores de empanadas. Porque esta Muerte, la Muerte de Daniel, no es la gran Muerte, como se pensará, la Muerte que las gobierna a todas, sino una de tantas Muertes, una Muerte de barrio, exactamente la Muerte del barrio de San Miguel en Buenos Aires, y al oírse dirigir la palabra en francés, cuando no lo esperaba, y por un caballero tan atildado, ha sentido crecer su jerarquía en el lúgubre escalafón. Es hermoso que la

269

llamen a una así: "Madame la Mort". Eso la aproxima en el parentesco a otras Muertes mucho más ilustres, que sólo conoce de fama, y que aparecen junto al baldaquino de los reyes agonizantes, reinas ellas mismas de corona y cetro, en el momento en que los embajadores y los príncipes calculan las amarguras y las alegrías de las sucesiones históricas.

–Madame la Mort...

La Muerte se inclina, estira sus falanges y alza a Martinito. Lo deposita, sacudiéndose como un pájaro, en el brocal.

–Al fin –reflexiona la huesuda señora– pasa algo distinto.

Está acostumbrada a que la reciban con espanto. A cada visita suya, los que pueden verla –los gatos, los perros, los ratones– huyen vertiginosamente o enloquecen la cuadra con sus ladridos, sus chillidos y su agorero maullar. Los otros, los moradores del mundo secreto –los personajes pintados en los cuadros, las estatuas de los jardines, las cabezas talladas en los muebles, los espantapájaros, las miniaturas de las porcelanas– fingen no enterarse de su cercanía, pero enmudecen como si imaginaran que así va a desentenderse de ellos y de su permanente conspiración temerosa. Y todo, ¿por qué?, ¿porque alguien va a morir?, ¿y eso? Todos moriremos; también morirá la Muerte.

Pero esta vez no. Esta vez las cosas acontecen en forma desconcertante. El hombrecito está sonriendo en el borde del brocal, y la Muerte no ha observado hasta ahora que nadie le sonriera. Y hay más. El hombrecito sonriente se ha puesto a hablar, a hablar simplemente, naturalmente, sin énfasis, sin citas latinas, sin enrostrarle esto o aquello y, sobre todo, sin lágrimas. Y ¿qué le dice?

La Muerte consulta el reloj. Faltan cuarenta y cinco minutos.

Martinito le dice que comprende que su misión debe ser muy aburrida y que si se lo permite la divertirá, y antes que ella le responda, descontando su respuesta afirmativa, el hombrecito se ha lanzado a referir un complicado cuento

270

que transcurre a mil leguas de allí, allende el mar, en Desvres de Francia. Le explica que ha nacido en Desvres, en casa de los Fourmaintraux, los manufactureros de cerámica, "rue de Poitiers", y que pudo haber sido de color cobalto, o negro, o carmín oscuro, o amarillo cromo, o verde, u ocre rojo, pero que prefiere este azul de ultramar. ¿No es cierto? N'est-ce pas? Y le confía cómo vino por error a Buenos Aires y, adelantándose a las réplicas, dando unos saltitos graciosos, le describe las gentes que transitan por el zaguán: la parda enamorada del carnicero; el mendigo que guarda una moneda de oro en la media; el boticario que ha inventado un remedio para la calvicie y que, de tanto repetir demostraciones y ensayarlo en sí mismo, perdió el escaso pelo que le quedaba; el mayoral del tranvía de los hermanos Lacroze, que escolta a la señora hasta la puerta, galantemente, "comme un gentilhomme", y luego desaparece corneteando...

La Muerte ríe con sus huesos bailoteantes y mira el reloj. Faltan treinta y tres minutos.

Martinito se alisa la barba en punta y, como Buenos Aires ya no le brinda tema y no quiere nombrar a Daniel y a la amistad que los une, por razones diplomáticas, vuelve a hablar de Desvres, del bosque trémulo de hadas, de gnomos y de vampiros, que lo circunda, y de la montaña vecina, donde hay bastiones ruinosos y merodean las hechiceras la noche del sábado. Y habla y habla. Sospecha que a esta Muerte parroquial le agradará la alusión a otras Muertes más aparatosas, sus parientas ricas, y le relata lo que sabe de las grandes Muertes que entraron en Desvres a caballo, hace siglos, armadas de pies a cabeza, al son de los curvos cuernos marciales, "bastante diferentes, n'est-ce pas, de la corneta del mayoral del tránguay", sitiando castillos e incendiando iglesias, con los normandos, con los ingleses, con los borgoñones.

Todo el patio se ha colmado de sangre y de cadáveres revestidos de cotas de malla. Hay desgarradas banderas con leopardos y flores de lis, que cuelgan de la cancela criolla; hay escudos partidos junto al brocal y yelmos rotos

271

junto a las rejas, en el aldeano sopor de Buenos Aires, porque Martinito narra tan bien que no olvida pormenores. Además no está quieto ni un segundo, y al pintar el episodio más truculento introduce una nota imprevista, bufona, que hace reír a la Muerte del barrio de San Miguel, como cuando inventa la anécdota de ese general gordísimo, tan temido por sus soldados, que osó retar a duelo a Madame la Mort de Normandie, y la Muerte aceptó el duelo, y mientras éste se desarrollaba ella produjo un calor tan intenso que obligó a su adversario a despojarse de sus ropas una a una, hasta que los soldados vieron que su jefe era en verdad un individuo flacucho, que se rellenaba de lanas y plumas, como un almohadón enorme, para fingir su corpulencia.

La Muerte ríe como una histérica, aferrada al forjado coronamiento del aljibe.

–Y además... –prosigue el hombrecito del azulejo.

Pero la Muerte lanza un grito tan siniestro que muchos se persignan en la ciudad, figurándose que un ave feroz revolotea entre los campanarios. Ha mirado su reloj de nuevo, y ha comprobado que el plazo que el destino estableció para Daniel pasó hace cuatro minutos. De un brinco se para en la mitad del patio, y se desespera. ¡Nunca, nunca había sucedido esto, desde que presta servicios en el barrio de San Miguel! ¿Qué sucederá ahora y cómo rendirá cuentas de su imperdonable distracción? Se revuelve, iracunda, trastornando el emplumado sombrero y el moño, y corre hacia Martinito. Martinito es ágil y ha conseguido, a pesar del riesgo y merced a la ayuda de los delfines de mármol adheridos al brocal, descender al patio, y escapa como un escarabajo veloz hacia su azulejo del zaguán. La Muerte lo persigue y lo alcanza en momentos en que pretende disimularse en la monotonía del zócalo. Y lo descubre, muy orondo, apoyado en el bastón, espejeantes las calzas de caballero antiguo.

–Él se ha salvado –castañetean los dientes amarillos de la Muerte–, pero tú morirás por él.

Se arranca el mitón derecho y desliza la falange sobre el pequeño cuadrado, en el que se diseña una fisura que se

272

va agrandando; la cerámica se quiebra en dos trozos que caen al suelo. La Muerte los recoge, se acerca al aljibe y los arroja en su interior, donde provocan una tos breve al agua quieta y despabilan a la vieja tortuga ermitaña. Luego se va, rabiosa, arrastrando los encajes lúgubres. Aun tiene mucho que hacer y esta noche nadie volverá a burlarse de ella.

Los dos médicos jóvenes regresan por la mañana. En cuanto entran en la habitación de Daniel se percatan del cambio ocurrido. La enfermedad hizo crisis como presumían. El niño abre los ojos, y su madre y sus tías lloran, pero esta vez es de júbilo. El doctor Pirovano y el doctor Wilde se sientan a la cabecera del enfermo. Al rato, las señoras se han contagiado del optimismo que emana de su buen humor. Ambos son ingeniosos, ambos están desprovistos de solemnidad, a pesar de que el primero dicta la cátedra de histología y anatomía patológica y de que el segundo es profesor de medicina legal y toxicología, también en la Facultad de Buenos Aires. Ahora lo único que quieren es que Daniel sonría. Pirovano se acuerda del tiempo no muy lejano en que urdía chascos pintorescos, cuando era secretario del disparatado Club del Esqueleto, en la Farmacia del Cóndor de Oro, y cambiaba los letreros de las puertas, robaba los faroles de las fondas y las linternas de los serenos, echaba municiones en las orejas de los caballos de los lecheros y enseñaba insolencias a los loros. Daniel sonríe por fin y Eduardo Wilde le acaricia la frente, nostálgico, porque ha compartido esa vida de estudiantes felices, que le parece remota, soñada, irreal.

Una semana más tarde, el chico sale al patio. Alza en brazos a la gata gris y se apresura, titubeando todavía, a visitar a su amigo Martinito. Su estupor y su desconsuelo corren por la casa, al advertir la ausencia del hombrecito y que hay un hueco en el lugar del azulejo extraño. Madre y tías, criadas y cocinera, se consultan inútilmente. Nadie sabe nada. Revolucionan las habitaciones, en pos de un indicio, sin hallarlo. Daniel llora sin cesar. Se aproxima al brocal del aljibe, llorando, llorando, y logra encaramarse y

273

asomarse a su interior. Allá dentro todo es una fresca sombra y ni siquiera se distingue a la tortuga, de modo que menos aun se ven los fragmentos del azulejo que en el fondo descansan. Lo único que el pozo le ofrece es su propia imagen, reflejada en un espejo oscuro, la imagen de un niño que llora.

El tiempo camina, remolón, y Daniel no olvida al hombrecito. Un día vienen a la casa dos hombres con baldes, cepillos y escobas. Son los encargados de limpiar el pozo, y como en cada oportunidad en que cumplen su tarea, ése es día de fiesta para las pardas, a quienes deslumbra el ajetreo de los mulatos cantores que, semidesnudos, bajan a la cavidad profunda y se están ahí largo espacio, baldeando y fregando. Los muchachos de la cuadra acuden. Saben que verán a la tortuga, quien sólo entonces aparece por el patio, pesadota, perdida como un anacoreta a quien de pronto trasladaran a un palacio de losas en ajedrez. Y Daniel es el más entusiasmado, pero algo enturbia su alegría, pues hoy no le será dado, como el año anterior, presentar la tortuga a Martinito. En eso cavila hasta que, repentinamente, uno de los hombres grita, desde la hondura, con voz de caverna:

—¡Ahí va algo, abarájenlo!

Y el chico recibe en las manos tendidas el azulejo intacto, con su hombrecito en el medio; intacto, porque si un enano francés estampado en una cerámica puede burlar a la Muerte, es justo que también puedan burlarla las lágrimas de un niño.

274

## XLII

## EL SALÓN DORADO

### 1904

Hace cinco días que la niña Matildita dejó de existir, y el salón dorado en el cual tan poco lugar ocupaba, trémula con su bordado eterno en el rincón de las vitrinas, parece aun más enorme, como si la ausencia frágil acentuara la soledad de los objetos allí reunidos, allí convocados misteriosamente por ese congreso de la fealdad lujosa que se realiza en las grandes salas viejas. Y sin embargo nada cambió de sitio. Nada ha cambiado en el salón de encabritadas molduras, en el curso de los últimos quince años, desde que a él llevaron el lecho imposible de doña Sabina, todo decorado con pinturas al "Vernis Martin", y desde que en él se instaló, erguida sobre las almohadas, la anciana señora. Todo está igual: la chimenea de mármoles y bronces; los bronces y mármoles distribuidos sobre mesas y consolas; las porcelanas tontas de las vitrinas; los cortinajes de damasco verde que ciñe la diadema victoriana de las cenefas; y los muebles terribles, invasores, prontos siempre a la traidora zancadilla, que alternan el dorado con el terciopelo y cuyos respaldos y perfiles se ahuecan, se curvan, se encrespan y se enloquecen con la prolijidad de los ornamentos bastardos.

La presencia de la cama ha dejado de inquietar a sus vecinos numerosos. En quince años tuvieron tiempo de habituarse a ella y al hecho de que su incorporación haya transformado al cuarto en algo híbrido, algo que no es totalmente ni sala ni dormitorio. Merced a ese traslado, la sala que sólo se abría de tarde en tarde, para las recepciones, alcanzó una existencia de inesperada novedad. En ella, a lo largo de tres lustros, tres personas han convivido: doña Sabina en el lecho distante, como un soberano en su trono; la niña Matildita junto al bastidor, cerca de la chimenea en invierno, cerca de la ventana cuando el calor apretaba; y Ofelia, el ama de llaves, entrando y saliendo, sin acomodar mucho porque la señora no quiere que toquen sus cosas. Y nadie más: en quince años, salvo algunas visitas espaciadas, salvo uno que otro médico, nadie ha entrado en la sala de la calle San Martín. La sordera creciente de doña Sabina terminó por aislarla. Y su carácter también: su carácter autoritario, egoísta, celoso, quejoso. De tal manera que la vida infundida por las tres mujeres al ancho aposento ha sido curiosamente estática, como si ellas también fueran tres muebles extraños sumados a la barroca asamblea.

La niña Matildita bordaba; la señora leía; Ofelia atizaba el fuego, aparecía con el juego de té de plata, corría las cortinas al crepúsculo. La niña Matildita bordaba siempre flores y pájaros sobre unas pañoletas; la señora leía, entre hondos suspiros, novelas que se titulaban *Los misterios de la Inquisición* o *La verdad de un epitafio* o *La Marquesa de Bellaflor* o *La virgen de Lima*. A veces levantaba los párpados venosos, porque adivinaba a su lado al ama de llaves. Había aprendido a entender lo que le decían, por el movimiento de los labios. Doña Sabina daba una orden. Ella las daba todas. Su sobrina –la niña Matildita– nada podía, nada significaba en el salón. Y así durante un día que se prolongó quince años, desde que la señora sufrió aquel gravísimo ataque que la mantuvo oscilando catorce meses entre la muerte y la vida, hasta que la vida triunfó y, paralizada, sorda, la condujeron al salón cuyas ventanas abren sobre la calle San Martín.

La idea fue del doctor Giménez, el médico joven que entonces la atendía. Puesto que no podría abandonar su aposento, después de tan larga e intensa lucha con la muerte, lo mejor era que pasara sus horas en el cuarto que más quería, aquel en el cual había concentrado más recuerdos.

De esa suerte no tendría la impresión de estar encerrada en su alcoba, sino de continuar presidiendo su salón de fiestas. A doña Sabina la idea le gustó. Le gustaba cuanto tendía a rodearla de una aureola de extravagancia, de capricho, de exclusividad. Eso era ella: exclusiva, distinta. Por ello, en vez de ceñir su pelo escaso, que el postizo fue sustituyendo, con una cofia, anudaba a él una especie de turbante de gasa cuyo color cambiaba todos los días.

Los primeros tiempos la ubicaban trabajosamente en un sillón de ruedas, que transportaban al centro del cuarto, pero pronto, por consejo del mismo médico, prescindieron de él. ¿Dónde estaría más cómoda la señora Sabina que en su propia cama, flanqueada de almohadones, de estolas de encaje, de moños, de pañuelos, con los libros al alcance de la mano? A la señora le gustó también eso. Le parecía que cuanto menos la movieran y agitaran, más dueña de su pequeño estado sería, desde el lecho que lo gobernaba por la sola virtud de su diferencia, de su arbitraria intromisión en una sala de recibo; por la circunstancia además –sutilísima– de que sólo ella pudiera ocupar, entre tantos muebles, ese mueble intruso, orgulloso, jerárquico. Y únicamente empleaba su sillón de ruedas de mañana, cuando la llevaban a que tomara su baño en el cuarto vecino.

Por último el doctor Giménez insinuó en su ánimo la conveniencia de que para el manejo de su inmensa casa poblada de criados, doña Sabina se valiera del intermedio de su ama de llaves. ¿Para qué iban a molestarla cotidianamente su "maître-d'hotel", su cocinero, su portero, su servidumbre, si no podía oírles, y eso no haría más que irritar sus nervios: sus nervios que era preciso mimar mucho? La proposición también fue del gusto de la señora. Decididamente, el joven médico la comprendía. Poco a poco, los criados dejaron de presentarse en la sala dorada. En cuanto asomaban, la señora ponía el grito en el cielo: que hablaran con Ofelia, que se entendieran con Ofelia. Ella no los necesitaba en su cuarto; demasiado tenían que hacer en el resto de la casa suntuosa, donde la segunda

277

sala, el "hall", el comedor y el billar precedían a la serie de
dormitorios, llenos todos, como esta habitación, de una
fauna y flora inmóvil de muebles, de muebles, de muebles,
de alfombras, de tapices, de espejos, de cuadros, de jarro-
nes, de cortinas pestañudas de borlas, de estatuas de gladiadores y de pajes, y de más muebles, de más muebles,
como corresponde a la posición de la señora en Buenos
Aires. Y ahora la niña Matildita ha muerto. Hace cinco
días. La niña Matildita, que era como una ratita gris.

La señora piensa en ella, vagamente, perezosamente,
esta mañana de domingo. La cara espesa, el violento perfil
borbónico, se destacan entre las blondas y el arabesco de
las iniciales, en las almohadas. Toma la novela gorda (*Las
ruinas de mi convento*, de don Fernando Patxot) y se en-
frasca en la lectura. Pero no puede leer. A cada instante, la
figura de su sobrina se mete en el enredo de los capítulos y
anda, con sus ojazos violetas, con su rodete tirante, con
sus manos ágiles, en medio de los personajes discurseado-
res que se esconden en catacumbas para departir sobre
temas morales, y que sostienen luchas feroces mientras
dobla la campana del monasterio. La niña Matildita, que
era como una ratita gris... la niña Matildita, bordando,
bordando... ¡hipócrita!

Hay algo que doña Sabina no le ha perdonado y es el
asunto con el doctor Giménez: el "affaire", como lo llamó
entonces, empinando la voz de tiple.

Sucedió casi en seguida después de que la alojaron en
la sala dorada. Durante los catorce meses anteriores —esos
en que pareció que iba a abandonar este mundo— la señora vivió en un estado de semiinconsciencia, ignorante de lo
que pasaba a su alrededor. Con la mejoría recobró la luci-
dez, y doña Sabina empezó a ver claro: entre la niña Matildita y el doctor "algo" había; algo todavía indefinible, pero
algo al fin. Cuando el médico entraba, la anciana espiaba
a su sobrina y la veía bajar los párpados sobre el bastidor,
como si rehuyera la mirada de Giménez, que era joven y
elástico y usaba una levita impecable. El médico alargaba
las visitas con pretextos. Al comienzo doña Sabina creyó

278

que lo hacía porque sus cuentos le interesaban. Había sido famosa en los salones porteños por el arte de narrar. Así que desplegó ante él sus fuegos de artificio, sus antiguos relatos que recamaba con ademanes y exclamaciones: el cuento de cuando conoció a la Emperatriz Eugenia en París, durante la Exposición Universal del '67 ("aquí, sólo Carlota Romero ha tenido unos hombros como los suyos"); el cuento del asesinato de Felicitas Guerrero de Álzaga, en 1872; el del casamiento de Fabián Gómez con la Gavotti, en 1869. Sobre Fabián Gómez poseía detalles inauditos, por su vínculo con los Anchorena y los Malaver. Al recordarlo, erguía como un fabuloso castillo la enumeración de las propiedades de doña Estanislada y luego se arrojaba a referir aventuras del Conde del Castaño, sobre todo aquella de la comida en que una "cocotte" célebre, Cora Pearl (la señora apagaba la voz) surgió desnuda del interior de un pastel de hojaldre.

Un día en que por segunda vez recitaba el episodio para el doctor Giménez, sorprendió en un espejo la mirada de inteligencia cambiada entre el médico y su sobrina. Sintió de inmediato como si se le helara el corazón, y sus celos, impetuosos, se erizaron mientras proseguía las descripciones ("Fabián tuvo que regalarle un collar de perlas de ocho hilos para decidirla a hacerlo"). Rió el doctor y doña Sabina adivinó en sus labios las palabras amables, pero se había roto el sortilegio. Le habían producido la llaga peor: la herida en plena coquetería. En cuanto el doctor Giménez salió del cuarto, declaró que estaba harta de ese médico y que quería ensayar otro. Inútiles fueron las observaciones de la niña Matildita ("esa falsa") y de Ofelia ("esa estúpida"). Se negó a atenderlas y se hundió en su libro respirando pesadamente. Más tarde hizo una escena atroz a su sobrina con un motivo fútil y Giménez ya no regresó a la casa de la calle San Martín.

La niña Matildita... la niña Matildita... siempre en su rincón, bordando, bordando... ¡farsante! Seguramente calculaba que algún día la podría heredar , y que esa casa y los coches y la fortuna le pertenecerían. Y ahora ha muerto... ha muerto la ratita gris...

¡Ah! Mejor es no pensar en cosas tristes, en el desagradecimiento, en el cálculo, en la incomprensión... Hoy es domingo. La señora tomará su baño caliente y, de nuevo en la cama, rezará su misa. Después reanudará la lectura truculenta de Patxot, que obra como un narcótico, porque de lo contrario se obsesionará y terminará por ver al pequeño fantasma de su sobrina junto al solitario bastidor, bordando, bordando...

Ofelia la alza en sus brazos robustos y la lleva al baño en el sillón de ruedas.

Ofelia... Ahora quedarán frente a frente, hasta el fin... Pero así la lucha será más equilibrada. Antes eran dos contra una: dos conspiradoras, frente a la señora rica, sorda, tullida.

Ofelia, con su masculina brusquedad... taciturna, severa... Debió librarse de ella hace muchos años. A esta altura es imposible. Pero quizás ahora convenga que alguien más entre en el salón dorado, porque si no concluirá por perder la razón y por gritar entre sus muebles indiferentes y pomposos. Quizás sería bueno abrir las puertas a esos criados que sirven en su casa hace tantos años y a algunos de los cuales no conoce. Mientras lo imagina, su vanidad se inflama con la pasión del papel altivo que representa desde que enfermó. No: la señora Sabina no ve a nadie, a nadie. No hay en Buenos Aires nadie tan original, tan exclusivo como la señora Sabina.

¿Qué comentarán en Buenos Aires? ¿Qué dirán de la señora excéntrica de la calle San Martín, amurallada detrás de sus estatuas, de sus canapés, de sus "marquises", de sus armarios?

Ofelia... Ofelia... Ofelia es como un hombre. A ninguno se le ocurriría pensar en ella como mujer. ¡Y cuánto quiso a la niña Matildita! Eso también lo adivinó la señora. Todo tenía que adivinarlo, porque vivían ocultándole, fingiéndole. Tal vez la quiso demasiado... tal vez demasiado... ¡vaya una a saber!... pero ahora la ratita gris ha muerto...

Ofelia le frota suavemente la espalda con el perfume finísimo, le viste el batón, la empolva, le retoca el turbante transparente, la deposita en el sillón de ruedas. Muy despacio, vuelven a la sala. Doña Sabina la abarca con sus ojos protuberantes. ¡Ah, ella no oirá nada, pero ve muy bien, ve hasta el último pormenor, hasta el objeto más mínimo de sus vitrinas repletas! ¡Qué hermoso es el salón dorado, el salón de las grandes recepciones! Mansilla le dijo en ese mismo cuarto que en Buenos Aires no existe un salón tan europeo.

En el fondo del aposento, entre el retrato de su padre, el general, y el de su madre, con el peinetón airoso, las puertas de roble han sido abiertas de par en par.

–¿Qué es esto? –interroga asombrada–. ¿Quién dio orden de abrir?

Gira el rostro buscando el dibujo de la respuesta en los labios del ama de llaves, pero la cara rígida sigue impasible. Ofelia empuja la silla hacia el medio del salón, sorteando las mesas colmadas de abanicos y de grupos de porcelana de Sajonia. Doña Sabina tuerce la carota de infanta vieja y agita las manos en las que los anillos se posan como escarabajos verdes y azules.

–¿Ha perdido el juicio? ¿Adónde me lleva?

Ofelia hace rodar la silla. Van hacia las puertas de roble, hacia el "hall" estilo Francisco I, al que ilumina una claraboya por cuyos vidrios multicolores pasean diosas coronadas de laurel.

La señora se debate, indignada, pero comprende que si quiere conservar por lo menos la ficción del mando, lo más cuerdo será callar. Así que, saltándosele los ojos, declara:

–Tiene razón. Ya es tiempo de que vea cómo anda mi casa.

Y en verdad, siente una súbita nostalgia de su casa inmensa, que no recorre hace quince años, y en cuyo corazón permaneció enclaustrada como una absurda Bella Durmiente protegida por una selva de muebles y tapices.

–Tiene razón, Ofelia. Me parece que...

Su voz se quiebra porque han salido al "hall" y no lo reconoce.

En lugar de la luz enjoyada que proyectaban las mitologías de la claraboya, una triste penumbra se aprieta en los

281

ángulos y flota en el aire. Instintivamente, mira hacia arriba: largas manchas negras oscurecen el "vitrail". Sus ojos se habitúan poco a poco a la tiniebla.

–¿Y la araña? –grita–. ¿Y los cofres?

Porque la araña colosal, en cuyos bronces reían los faunos, no pende ya del techo, y los cofres tallados no se alinean contra el damasco rojo de las paredes. Dona Sabina da rienda suelta a sus nervios. Sus uñas cuidadas se crispan en los brazos del sillón.

–¿Dónde están, Ofelia, dónde está todo? ¿Dónde están los cuadros?

Los cuadros superponían sus marcos esculpidos hasta el cielo raso. Uno representaba a Napoleón premiando a un granadero de su guardia; otro representaba el interior de un taller donde la modelo púdica se entibiaba junto al fuego; otro mostraba a un prelado conversando con una marquesa; otro... otro... Pero no hay ninguno. No hay nada: ni cuadros, ni muebles, ni araña, ni tapices. Sólo una mesa redonda y algunas sillas desterradas dan más relieve a la amplitud desnuda de la habitación.

La anciana impotente escruta la fisonomía de Ofelia.

–¿Dónde está todo, ladrona? ¿Dónde están los mucamos? ¡Llame a los mucamos!

Levanta la voz:

–¡A ver! ¡Alguien, alguien! ¡Vengan!

Y entre tanto, la silla rueda lentamente. El ama de llaves la detiene delante de la puerta que da al comedor. En su panel central hay clavado un cartel: "Bruno Digiorgio, sastre".

Entran allí. Los cortes de género se apilan sobre un mostrador; los maniquíes rodean a la estufa, encima de la cual permanece, como un testigo irónico, el lienzo pintado de la "Carrera de Atalanta" que imita un gobelino. Aquí hay más luz. Doña Sabina advierte que los labios de Ofelia se mueven y descifra sus palabras:

–Se empezó a vender todo hace quince años, cuando usted estuvo muy enferma. En aquel tiempo comenzó la ruina.

282

–¿Cómo, la ruina? ¿Qué ruina?

La señora se mesa el pelo postizo y desordena el turban-te. Están de nuevo en el "hall". En la puerta del billar, otro rótulo anuncia: "Valentín Fernández y Cía. Remates y co-misiones", y el de la segunda sala dice: "Azcona. Compos-tura de objetos artísticos". Y así, las inscripciones se multiplican de habitación en habitación. Al pie de la esca-lera, cuyo arranque enaltecía un trovador de mármol, des-aparecido como el resto de los objetos y los muebles, se amontonan los letreros y las flechas que señalan hacia arri-ba: "Mlle. Saintonge, sombrerera", "Carmen Torres, flores artificiales", "Gutiérrez y Morandi, fotógrafos", y otro re-matador y un pintor y "El Bordado Francés" y "Loperena, fabricante de violines".

Un tic estremece a doña Sabina,

–La niña Matildita –recalca Ofelia, imperturbable-trabajaba para "El Bordado Francés". Gracias a ella y al alquiler de los cuartos, usted pudo seguir viviendo en la casa.

–Pero..., ¿con qué derecho...? ¿Cómo no se me previ-no...? ¿Con qué derecho...?

–Los médicos aseguraron que sería fatal que usted se enterara. Y a medida que pasaba el tiempo las cosas se ponían peor. El mal venía de lejos, del tiempo de su her-mano. Usted había gastado mucho. Las hipotecas... la administración...

–¡Había que decírmelo!

–Yo insistí cien veces para que se lo dijeran, pero no hubo nada que hacer. La niña Matildita se opuso.

–¡Esa entrometida audaz, resolviendo!

Ofelia recorta los vocablos y las muecas le tironean los rasgos hombrunos:

–La niña Matildita fue una santa. Cuando el doctor Gimé-nez quiso casarse con ella, lo rechazó para no dejarla a usted.

La señora ahoga un suspiro. Sus viejos celos están ahí, verdes, vibrantes, tan fuertes como el desconcierto que la sobrecoge.

Regresan a través del "hall" sórdido. En un extremo, el salón dorado brilla, palaciego; más acá están la neblina,

283

la impureza, la destrucción, los damascos moteados por la humedad, los cristales sucios, la soledad dominguera de esa casa que el lunes se llenará de extraños, sus dueños.

Doña Sabina no quita los ojos de los labios de Ofelia, de la cara de Medusa de Ofelia.

—La niña Matildita fue una santa. Vivió para usted, para que usted no sufriera.

Y Ofelia rompe a llorar, con un llanto grotesco, un llanto de hombre desesperado.

El salón de fiestas, con la cama de "Vernis Martin" al fondo, hace pensar en una nave magnífica, una galera a la que la tormenta obligó a anclar en un puerto de brumas, habitado por gentes miserables, rapaces, hostiles.

¡Cómo fulgen las porcelanas en las vitrinas, la ronda delicada de pastores y músicos! ¡Cómo fulgen los espejos y la alfombra de Aubusson y las sillas y las lámparas, que indican el camino hacia el lecho cubierto de pieles y encajes, hacia la novela de don Fernando Patxot y los perfumes mezclados en la mesa de luz!

Pero la señora no aparta su mirada de la boca de Ofelia. No ve el salón dorado, donde la chimenea canta dulcemente. No ve nada más que la boca de Ofelia.

—Yo me voy, señora Sabina. Tengo que anunciarle que me voy. Me voy ahora mismo. Ya tengo todo arreglado.

—¿Se va? ¿Usted se va? ¿Está loca?

—Sí, señora Sabina, me voy. Yo no soy una santa. La niña Matildita era una santa. Ella vivió para usted, para su egoísmo. Yo no podría. No quiero hacerlo.

El ama de llaves le da la espalda. Se aleja. Y la señora sorda se pone a gritar, a gritar, y su voz de tiple cruza el salón dorado y vuela por las habitaciones vacías, entre los maniquíes enhiestos de Bruno Digiorgio, entre los sombreros espectaculares como fruteras, entre las máquinas de fotografiar y las horribles flores artificiales, entre las diosas de vidrio y los violines que duermen. El lunes la casa se llenará de enemigos. Deberá aguardar al lunes, sola en el salón de oro que los cuartos acechan, como animales grises y negros, como lobos y hienas alrededor de una gran fogata.

## ÍNDICE

Esta edición de 4.000 ejemplares
se terminó de imprimir en
Kalifón S.A.,
Humboldt 66, Ramos Mejía, Bs. As.,
en el mes de octubre de 2005